INICIANTES

RAYMOND CARVER

Iniciantes

Tradução
Rubens Figueiredo

1ª reimpressão

Companhia Das Letras

Copyright © 2008 by Tess Gallagher

Obra inédita de Raymond Carver

Grafia atualizada segundo o Acordo Ortográfico da Língua Portuguesa de 1990, que entrou em vigor no Brasil em 2009.

Título original
Beginners

Versão original de What we talk about when we talk about love
Texto estabelecido por William L. Stull e Maureen P. Carroll

Prefácio e notas dos editores dos inéditos
Copyright © 2008 William L. Stull e Maureen P. Carroll

Todos os direitos reservados
Todos os textos protegidos pelas leis de direitos autorais dos Estados Unidos, tratados internacionais e outras leis de direitos autorais aplicáveis.

Capa
Elisa v. Randow

Foto de capa
Cortesia de Nicholas Osborn/ Square America

Preparação
Leny Cordeiro

Revisão
Ana Maria Barbosa
Isabel Jorge Cury

Dados Internacionais de Catalogação na Publicação (CIP)
(Câmara Brasileira do Livro, SP, Brasil)

Carver, Raymond
Iniciantes / Raymond Carver ; tradução Rubens Figueiredo. —
São Paulo : Companhia das Letras, 2009.

Título original: Beginners.
ISBN 978-85-359-1471-9

1. Contos norte-americanos I. Título.

09-04667   CDD-813

Índice para catálogo sistemático:
1. Contos : Literatura norte-americana   813

Todos os direitos desta edição reservados à
EDITORA SCHWARCZ LTDA.
Rua Bandeira Paulista 702 cj. 32
04532-002 – São Paulo – SP
Telefone (11) 3707 3500
www.companhiadasletras.com.br
www.blogdacompanhia.com.br
facebook.com/companhiadasletras
instagram.com/companhiadasletras
twitter.com/cialetras

Sumário

Prefácio do editor, 7

Por que não dançam?, 13
Visor, 21
Cadê todo mundo?, 27
Coreto, 42
Quer ver uma coisa?, 55
O lance, 65
Uma coisinha boa, 86
Diga às mulheres que a gente já vai, 122
Se vocês não se importam, 141
Tanta água tão perto de casa, 166
Mudo, 192
Torta, 216
A calma, 226
É meu, 234
Distância, 237
Iniciantes, 250
Mais uma coisa, 280

Notas, 287

Prefácio do editor

— mas essa não é a história toda

R. C., "Gordo"

Iniciantes é a versão original dos dezessete contos escritos por Raymond Carver e publicados, em forma editorialmente modificada, sob o título *What we talk about when we talk about love* [Do que estamos falando quando falamos de amor], por Alfred A. Knopf, em abril de 1981.

A fonte desta edição — seu texto-base — é o manuscrito que Carver enviou para Gordon Lish, seu editor na editora Knopf na ocasião, primavera de 1980. Aquele manuscrito, do qual Lish cortou mais de cinquenta por cento em duas rodadas de revisão cerrada, ficou preservado na Biblioteca Lilly da Universidade de Indiana. Os originais dos contos de Carver foram recuperados mediante a transcrição das palavras datilografadas que estão por baixo das supressões e alterações feitas à mão por Lish.

Para facilitar a comparação, e porque Carver não propôs nenhum sumário, a sequência de contos em *Iniciantes* reproduz a sequência de *What we talk about when we talk about love*. Nos dois livros, o penúltimo conto, embora com formas nitidamente diversas, dá o título da coletânea. No manuscrito de Carver, esse conto se intitula "Iniciantes" ("Mas acho que a gente não passa do nível de iniciantes no amor"). Depois de reduzir "Iniciantes" à metade, Lish adaptou um trecho de outro texto de Carver para extrair o título "What we talk about when we talk about love" para o conto e para o livro.

Três meses antes de levar seu manuscrito para a cidade de Nova York em maio de 1980, Carver escreveu para Lish dizendo que tinha em mãos três conjuntos de contos. Um deles havia sido publicado anteriormente em revistas pequenas ou em livros de editoras pequenas, mas jamais saíra numa editora grande. Um segundo conjunto de contos também fora publicado ou iria ser publicado em breve em periódicos. Um terceiro conjunto, de longe o menor de todos, era formado por contos novos, ainda em originais datilografados. Os três conjuntos formam *Iniciantes*.

Ao preparar os originais para a revisão editorial de Lish, Carver fez pequenas mudanças em contos que já tinham sido publicados em revistas ou em livros de editoras pequenas. Essas revisões autorais, inclusive as correções feitas à mão, estão preservadas em *Iniciantes*. Óbvias omissões vocabulares, erros de ortografia e incoerências na pontuação foram corrigidos sem serem indicados. Um breve histórico de publicação de cada conto é oferecido na seção de notas.

A recuperação de *Iniciantes* foi um trabalho de muitos anos. Somos gratos à ajuda da equipe da Biblioteca Lilly da Universidade de Indiana por nos permitir acesso aos documentos de Gordon Lish e aos arquivos da Capra Press de Noel Young. Nosso caloroso agradecimento à equipe da Biblioteca da Universidade do Estado de Ohio, em especial a Geoffrey D. Smith, chefe da Seção de Manuscritos e Livros Raros, que supervisionou a criação do arquivo de Raymond Carver na Coleção de Ficção Americana William Charvat. Pela autorização para reproduzir os escritos de Carver, gostaríamos de agradecer à poeta, ensaísta e contista Tess Gallagher.

Raymond Carver dedicou *What we talk about when we talk about love* a Tess Gallagher em 1981, com a promessa de que um dia ela iria republicar seus contos na versão completa. Suas tentativas para fazê-lo foram interrompidas prematuramente por seu falecimento, aos cinquenta anos de idade, em 1988. Desde então, temos nos empenhado na restauração de *Iniciantes*, com o apoio irrestrito da sra. Gallagher. A ela dedicamos o fruto do nosso esforço.

William L. Stull
Maureen P. Carroll

Universidade de Harftord
West Hartford, Connecticut
22 de agosto de 2008

INICIANTES

Por que não dançam?

Na cozinha, ele serviu mais um drinque e olhou para a mobília do quarto, no jardim da frente. O colchão estava nu e os lençóis, com listras coloridas, arrumados ao lado de dois travesseiros sobre a cômoda. A não ser por isso, as coisas tinham a mesma cara de quando estavam dentro do quarto — a mesinha e a luminária de leitura do seu lado da cama, a mesinha e a luminária de leitura do lado dela da cama. O lado *dele*, o lado *dela*. Ele ficou pensando nisso, enquanto bebia devagar o seu uísque. A cômoda estava a pouca distância do pé da cama. Ele havia esvaziado as gavetas e guardado tudo em caixas de papelão naquela manhã, e as caixas estavam na sala. Um aquecedor portátil se encontrava do lado da cômoda. Uma cadeira de vime, com uma almofada decorativa, estava junto ao pé da cama. O material de cozinha, de alumínio amarelado, ocupava uma parte da entrada para a garagem. Uma toalha de musselina amarela, grande demais, um presente, cobria a mesa e pendia dos lados até embaixo. Um vaso com uma samambaia estava sobre a mesa, junto com uma caixa de talheres, também um presente. Um televisor de modelo grande estava em cima de uma mesinha de café e, a alguns metros disso, um sofá, uma cadeira e uma luminária de chão. Ele tinha puxado uma extensão da casa e tudo estava ligado, as coisas funcionavam. A escrivaninha foi arrastada até a porta da garagem. Alguns utensílios estavam sobre a escrivaninha, junto com um relógio de parede e duas gravuras emolduradas. Na entrada para a garagem havia também uma caixa com xícaras, copos e pratos, todos embrulhados um a um em jornal. Naquela manhã, ele tinha esvaziado os armários e, a não ser pelas três caixas na sala, tudo estava do lado de fora. De vez em quando, um carro diminuía a velocidade e as pessoas observavam. Mas ninguém parava. E ele pensou que também não pararia.

"Deve ser uma venda feita no jardim, puxa vida", disse a garota para o rapaz.

Aquela garota e o rapaz estavam mobiliando um apartamento pequeno.

"Vamos ver quanto querem pela cama", disse a garota.

"Eu queria saber quanto estão cobrando pela tevê", disse o rapaz.

Entraram com o carro no jardim e pararam na frente da mesa de cozinha.

Saíram do carro e começaram a examinar os objetos. A garota tocou na toalha de musselina. O rapaz ligou a tomada da batedeira e girou o botão para a posição MOER. Ela pegou um braseiro. Ele ligou o botão do televisor e fez uns ajustes cuidadosos. Sentou-se no sofá para ver. Acendeu um cigarro, olhou em redor e jogou o fósforo na grama. A garota sentou-se na cama. Tirou os sapatos e se deitou. Podia ver Vênus no céu.

"Venha cá, Jack. Experimente só esta cama. Traga um daqueles travesseiros ali", disse ela.

"Que tal?", perguntou ele.

"Experimente só", disse ela.

Ele olhou ao redor. A casa estava às escuras.

"Estou com uma sensação engraçada", disse ele. "É melhor ver se não tem alguém em casa."

Ela balançou o corpo sobre a cama.

"Primeiro, experimente", disse a garota.

Ele se deitou na cama e colocou o travesseiro embaixo da cabeça.

"Que tal?", perguntou a garota.

"É firme", disse ele.

Ela virou-se de lado e pôs o braço em volta do pescoço dele.

"Me beije", disse ela.

"Vamos levantar", disse ele.

"Me beije. Me beije, meu bem", disse ela.

A garota fechou os olhos. Abraçou o rapaz. Ele não pôde deixar de gostar do toque dos dedos atrevidos da garota.

O rapaz falou:

"Vou ver se tem gente em casa", mas continuou sentado.

O televisor ainda estava ligado. Luzes tinham sido acesas nas casas da rua, tanto para um lado como para o outro. Ele ficou sentado na beirada da cama.

"Não seria engraçado se...", disse a garota, deu uma risadinha e não terminou.

Ele riu. Acendeu a luminária de leitura.

Ela espantou um mosquito com a mão.

Ele se levantou e pôs a camisa para dentro da calça.

"Vou ver se tem alguém em casa", disse. "Não acho que tenha alguém em casa. Mas se tiver vou perguntar quanto querem por estas coisas."

"Qualquer valor que pedirem, você oferece dez dólares a menos", disse ela. "Devem estar no maior sufoco."

Ficou sentada na cama, vendo televisão.

"Você podia aumentar o volume", disse a garota, e deu uma risadinha.

"É uma tevê muito boa", disse ele.

"Pergunte quanto eles querem por ela", disse a garota.

Max veio pela calçada com uma sacola de supermercado. Trazia sanduíches, cerveja e uísque. Havia bebido durante a tarde inteira e agora chegara a um ponto em que a bebida parecia começar a deixá-lo sóbrio. Mas havia uns intervalos. Tinha dado um pulo no bar vizinho ao mercado, ouviu uma música no *jukebox* e, sem ele perceber, o dia escureceu antes que se lembrasse das coisas que estavam no meio do seu jardim.

Viu o carro na entrada e a garota na cama. O televisor estava ligado. Aí viu o rapaz na varanda. Começou a atravessar o jardim.

"Oi", disse para a garota. "Achou a cama, não foi? É legal."

"Oi", disse a garota, e levantou-se. "Estava só experimentando." Deu uma palmadinha na cama. "É uma cama muito boa."

"É uma cama boa", disse Max. "O que vou falar agora?"

Sabia que tinha de falar mais alguma coisa. Baixou a sacola de compras e pegou a cerveja e o uísque.

"A gente pensou que não tinha ninguém aqui", disse o rapaz. "Estamos interessados na cama e talvez no televisor. Talvez na escrivaninha também. Quanto quer pela cama?"

"Estava pensando em cinquenta dólares pela cama", respondeu Max.

"Não aceita quarenta?", perguntou a garota.

"Tudo bem, faço por quarenta", respondeu.

Pegou um copo da caixa, tirou o jornal e abriu a tampa da garrafa de uísque.

"E a tevê?", quis saber o rapaz.

"Vinte e cinco."

"Não pode fazer por vinte?", perguntou a garota.

"Vinte está legal. Posso fazer por vinte", respondeu Max.

A garota olhou para o rapaz.

"Escutem, crianças, não querem tomar um drinque?", perguntou Max. "Os copos estão nesta caixa. Vou me sentar. Vou me sentar no sofá."

Sentou-se no sofá, reclinou-se para trás e olhou bem para os dois.

O rapaz achou dois copos e serviu o uísque.

"Quanto você quer?", perguntou para a garota. Tinham só vinte anos de idade, o rapaz e a garota, mais ou menos um mês de diferença.

"Para mim chega", disse ela. "Acho que quero o meu com água."

Puxou uma cadeira e sentou-se diante da mesa de cozinha.

"Tem água naquela bica ali", disse Max. "É só abrir a torneira."

O rapaz pôs água no uísque, no seu e no dela. Deu um pigarro antes de também sentar diante da mesa de cozinha. Depois sorriu. Pássaros voavam ligeiro no alto, atrás de insetos.

Max ficou olhando para a televisão. Terminou o seu drinque. Estendeu a mão para ligar a luminária de pé e deixou o cigarro cair entre as almofadas. A garota se levantou para ajudá-lo a encontrar o cigarro.

"Quer mais alguma coisa, meu bem?", perguntou o rapaz.

Pegou o talão de cheques. Serviu mais uísque para si e para a garota.

"Ah, eu quero a escrivaninha", disse a garota. "Quanto custa a escrivaninha?"

Max abanou a mão ante aquela pergunta absurda.

"Faça uma proposta", respondeu.

Olhou para eles, sentados junto à mesa. À luz da luminária, havia alguma coisa na expressão do rosto dos dois. Por um momento, aquela expressão pareceu conspiratória e depois se tornou *terna* — não havia outra palavra para aquilo. O rapaz tocou a mão da garota.

"Vou desligar a tevê e pôr um disco para tocar", avisou Max. "Esta vitrola também vai. Baratinho. Façam uma proposta."

Serviu mais uísque e abriu uma cerveja.

"Vai tudo de uma vez."

A garota estendeu o copo e Max serviu mais uísque.

"Obrigada", disse ela.

"Isso sobe rapidinho", disse o rapaz. "Estou ficando meio tonto."

Terminou seu drinque, esperou um pouco e serviu mais um. Estava preenchendo um cheque quando Max achou os discos.

"Escolha algum que você goste", disse Max para a garota e ofereceu os discos para ela.

O rapaz continuou preenchendo o cheque.

"Este aqui", disse a garota, e apontou. Não conhecia os nomes que constavam nos discos, mas aquele estava legal. Era uma aventura. Levantou-se da mesa e sentou-se outra vez. Não queria ficar parada.

"Vou fazer um cheque ao portador", disse o rapaz, ainda escrevendo.

"Está ótimo", disse Max. Terminou de beber o uísque e arrematou com um pouco de cerveja. Sentou de novo no sofá e cruzou uma perna sobre a outra.

"Por que vocês dois não dançam, crianças?", disse Max. "Essa é uma boa ideia. Por que não dançam?"

"Não, acho que não", respondeu o rapaz. "Quer dançar, Carla?"

"Vamos lá", disse Max. "A entrada da garagem é minha. Podem dançar à vontade."

Os braços de um em volta do outro, seus corpos apertados

um no outro, o rapaz e a garota ficaram indo e vindo pela entrada da garagem. Estavam dançando.

Quando o disco terminou, a garota pediu para Max dançar. Ela ainda estava sem sapatos.

"Estou bêbado", disse ele.

"Não está bêbado", disse a garota.

"Bem, eu estou bêbado", disse o rapaz.

Max virou o disco e a garota chegou perto dele. Começaram a dançar.

A garota olhava para as pessoas aglomeradas no janelão da casa do outro lado da rua.

"Aquelas pessoas lá. Olhando", disse ela. "Está tudo bem?"

"Tudo bem", respondeu Max. "O terreno é meu. A gente pode dançar. Eles achavam que já tinham visto de tudo por aqui, mas isto ainda não tinham visto", disse.

Num instante ele sentiu o hálito quente da garota no seu pescoço e disse: "Espero que você goste da sua cama".

"Vou gostar", disse a garota.

"Espero que vocês dois gostem", disse Max.

"Jack!", disse a garota. "Acorde!"

O queixo de Jack se ergueu com um tranco e ele ficou olhando sonolento para os dois.

"Jack", disse a garota.

Ela abriu e fechou os olhos. Enfiou o rosto no ombro de Max. Puxou-o mais para perto.

"Jack", murmurou a garota.

Olhou para a cama e não conseguiu entender o que a cama estava fazendo ali no meio do jardim. Olhou para o céu, por cima do ombro de Max. Segurou-se ao corpo de Max. Estava repleta de uma felicidade insuportável.

Mais tarde, a garota disse:

"Era um cara de meia-idade. Todas as coisas dele largadas ali no meio do jardim. Não estou brincando, não. A gente ficou bêbado e dançou. Na entrada para a garagem. Ah, meu Deus. Não ria. Ele pôs uns discos para tocar. Olhe só esta vitrola. Ele deu para a gente. Aqueles discos velhos também. Jack e eu fomos dormir na cama dele. Jack ficou de ressaca e teve de alugar uma caminhonete de manhã. Para levar todas as coisas do sujeito. Depois eu acordei. Ele estava cobrindo a gente com um cobertor, o tal sujeito. Este cobertor aqui. Sente só."

Ela continuou a falar. Contava para todo mundo. Havia mais coisas, ela sabia disso, mas não conseguia exprimir em palavras. Depois de um tempo, parou de falar do assunto.

Visor

Um homem sem mãos apareceu na minha porta para me vender uma fotografia da minha casa. A não ser pelos ganchos cromados, era um homem de aspecto comum, de mais ou menos cinquenta anos.

"Como você perdeu as mãos?", perguntei, depois que ele disse o que queria dizer.

"Isso é uma outra história", respondeu. "Quer esta foto da sua casa ou não?"

"Entre um pouco", falei. "Acabei de fazer um café."

Tinha acabado de fazer também uma gelatina, mas não lhe contei isso.

"Acho que vou usar o seu banheiro", disse o homem sem mãos.

Eu queria ver como ele fazia para segurar uma xícara de café usando aqueles ganchos. Eu sabia como ele usava a câmera. Era uma velha câmera Polaroid, grande e preta. Ficava presa a tiras de couro que passavam por cima dos ombros e em volta das costas, mantendo a câmera segura ao seu peito. Ele ficava na calçada na frente de uma casa, enquadrava a casa no visor da câmera, apertava a alavanca com um dos ganchos e, mais ou menos num minuto, tinha pronta uma fotografia. Eu ficava olhando pela janela.

"Onde você disse que fica o banheiro?"

"Ali adiante, vire à direita."

Naquela altura, curvando-se e retorcendo-se, ele tinha se livrado das tiras de couro. Colocou a câmera no sofá e ajeitou o paletó.

"Pode dar uma olhada nisto aqui, enquanto eu vou ao banheiro."

Peguei a fotografia da mão dele. Havia um pequeno retângulo de gramado, a entrada para o carro, o abrigo do carro, a escadinha da entrada da casa, o janelão, a porta da cozinha. Por que eu ia querer uma foto daquela tragédia? Olhei com mais atenção e vi a silhueta da minha cabeça, *minha cabeça*, por trás da janela da porta da cozinha, a alguns passos da pia. Fiquei olhando para a fotografia durante um tempo e então ouvi o barulho da descarga da privada. Ele veio pelo corredor, de braguilha fechada e sorrindo, um gancho segurava o cinto, o outro enfiava a camisa para dentro da calça.

"O que o senhor acha?", perguntou. "Está legal? Pessoalmente acho que saiu bem, mas afinal eu conheço o meu trabalho e, vamos ser francos, não é difícil fotografar uma casa. A menos que o tempo esteja horrível, mas quando o tempo está horrível eu não trabalho, só em interiores. Trabalho especial, sabe como é." Puxou o gancho da calça.

"Aqui está o seu café", falei.

"Está sozinho, não é?" Olhou para a sala de estar. Balançou a cabeça. "É duro, é duro." Sentou-se junto à câmera, inclinou-se para trás com um suspiro e fechou os olhos.

"Tome o seu café", falei. Sentei numa cadeira de frente para ele. Uma semana antes, três garotos com bonés de beisebol tinham vindo à minha casa. Um deles disse:

"A gente pode pintar o endereço do senhor no meio-fio? Todo mundo na rua está fazendo isso. É só um dólar." Dois garotos esperavam na calçada, um deles com uma lata de tinta branca aos seus pés, o outro segurava um pincel. Os três garotos estavam de mangas arregaçadas.

"Três garotos passaram por aqui querendo pintar o meu endereço no meio-fio. Também cobraram um dólar. Você não sabe nada sobre isso, não é?" Foi um tiro no escuro. Mesmo assim, fiquei olhando bem para ele.

O homem inclinou-se para a frente com um ar importante, a xícara balançava entre os seus ganchos. Colocou a xícara na mesinha com todo o cuidado. Olhou bem para mim. "Isso é uma loucura, sabe? Eu trabalho sozinho. Sempre foi assim e sempre vai ser. O que está querendo dizer?"

"Estava tentando fazer uma ligação", falei. Eu estava com dor de cabeça. Café não é bom para isso, mas gelatina às vezes ajuda. Peguei a foto. "Eu estava na cozinha", falei.

"Eu sei. Vi você da rua."

"Quantas vezes acontece isso? Pegar alguém na foto junto com a casa? Em geral, fico nos fundos."

"Acontece toda hora", respondeu. "É venda garantida. Às vezes as pessoas me veem fotografando a casa, saem e me pedem que apareçam na foto. Às vezes a dona da casa quer que eu tire a foto do maridão lavando o carro. Ou então o filhão está trabalhando com o cortador de grama e ela diz, *fotografa ele, fotografa ele*, e eu vou e fotografo. Ou então a familiazinha está reunida no pátio para um lanchinho bacana e eles perguntam se eu não posso fotografar." Sua perna direita começou a tremer. "Então, quer dizer que eles se mandaram e deixaram você para trás, não foi? Fizeram as malas e foram embora. Isso magoa a gente. De crianças, eu não sei nada. Não quero mais saber. Não gosto de crianças. Não gosto nem dos meus filhos. Trabalho sozinho, como já disse. E a foto?"

"Fico com ela", respondi. Levantei para pegar as xícaras. "Você não mora por aqui. Onde mora?"

"No momento, tenho um quarto no centro. É legal. Pego o ônibus, sabe, e depois que já trabalhei num bairro inteiro, vou para outro lugar. Há maneiras melhores de viver, mas eu vou levando."

"E seus filhos?" Esperei com as xícaras na mão e fiquei olhando, enquanto ele lutava para se levantar do sofá.

"Que se danem! E a mãe deles também! Foram eles que fizeram isto comigo." Levantou os ganchos na frente da minha cara. Virou-se e começou a pôr nos ombros as tiras de couro. "Eu até que gostaria de perdoar e esquecer, sabe, mas não consigo. Ainda dói. Esse é o problema. Não consigo perdoar nem esquecer."

Olhei de novo para os ganchos enquanto manejavam as tiras de couro. Era fantástico ver o que ele era capaz de fazer com aqueles ganchos.

"Obrigado pelo café e por me deixar usar o banheiro. Vejo que você está comendo o pão que o diabo amassou. Tenho pena de você." Levantou e abaixou os ganchos. "O que posso fazer?"

"Tire mais fotos", falei. "Quero que tire fotos de mim e da casa."

"Não vai dar certo", respondeu. "Ela não vai voltar."

"Não quero que volte", falei.

Ele bufou. Olhou para mim.

"Posso fazer um desconto", disse ele. "Três por um dólar? Se eu fizer mais barato que isso, não ganho nada."

Fomos para o lado de fora. Ele ajustou o obturador. Disse para eu ficar parado e tiramos a foto. Demos a volta na casa. Muito sistemáticos, nós dois. Às vezes, eu olhava meio de lado.

Outras vezes, eu olhava de frente para a câmera. Ir para o lado de fora ajudou bastante.

"Está bom", dizia ele. "Esta ficou boa. Esta aqui ficou muito boa mesmo. Deixe eu ver", disse, depois que tínhamos contornado a casa inteira e estávamos de volta à entrada do carro. "São vinte. Quer mais?"

"Mais duas ou três", falei. "Uma do telhado. Vou subir e você pode me fotografar aqui de baixo."

"Nossa", disse ele. Olhou para os dois lados da rua. "Bem, claro, vamos lá... mas tome cuidado."

"Você estava certo", falei. "Eles simplesmente pegaram as coisas e se mandaram. A galera toda de uma vez. Você acertou em cheio."

O homem sem mãos falou:

"Você nem precisava dizer nada. Percebi logo, na hora em que você abriu a porta." Balançou os ganchos para mim. "Você está com a sensação de que, do dia para a noite, ela levou embora até o chão onde você pisa! E de quebra levou até as suas pernas. Olhe só para isto! É isto o que eles deixam para a gente. Quero que se danem", falou. "Vai subir mesmo no telhado ou não vai? Tenho mais o que fazer", disse o sujeito.

Eu trouxe uma cadeira para o lado de fora e coloquei debaixo da beirada do abrigo do carro. Ainda não dava para alcançar. Ele ficou na entrada do carro olhando para mim. Achei um caixote e coloquei em cima da cadeira. Subi na cadeira e depois no caixote. Subi no abrigo do carro, andei até o telhado e fui em frente de gatinhas, sobre as telhas, até um local pequeno e liso perto da chaminé. Fiquei de pé e olhei em volta. Havia uma brisa. Acenei com a mão e ele acenou em resposta com os dois ganchos. Então vi as pedras. Tinha um pequeno ninho de pedras ali em cima da tela, sobre o buraco da chaminé. Os garotos deviam ter jogado as pedras ali em cima, tentando acertar no buraco da chaminé.

Peguei uma das pedras.

"Pronto?", perguntei.

"Sim", respondeu.

Eu me virei e estiquei o braço para trás.

"Agora!", gritei. Joguei aquela pedra o mais longe que consegui, para o sul.

"Não sei", ouvi a voz dele. "Você se mexeu", falou. "Vamos ver num minuto", e num minuto ele disse: "Puxa, ficou legal". Olhou para a foto. Levantou-a. "Quer saber?", disse ele. "Ficou muito legal."

"Mais uma, de novo", gritei. Peguei outra pedra. Sorri. Senti que eu podia me elevar. Voar.

"Agora!", gritei.

Cadê todo mundo?

Já vi muita coisa. Eu estava indo para a casa da minha mãe para passar algumas noites lá, mas assim que cheguei ao topo da escada, olhei, e ela estava no sofá beijando um homem. Foi no verão, a porta estava aberta e o televisor colorido estava ligado.

Minha mãe tem sessenta e cinco anos e é sozinha. Pertence ao clube das solteiras. Mas mesmo assim, sabendo disso tudo, foi duro. Fiquei parado no topo da escada com a mão no corrimão, olhando enquanto o homem puxava minha mãe para prolongar mais ainda aquele beijo. Ela correspondia ao beijo e a tevê estava ligada no outro lado da sala. Era domingo, umas cinco horas da tarde. As pessoas do prédio estavam lá embaixo, em volta da piscina. Desci a escada de volta e fui para o meu carro.

Muita coisa aconteceu depois daquela tarde e, no geral, a situação está melhor. Mas naquela época em que minha mãe saía com homens que havia acabado de conhecer, eu nem trabalhava direito, bebia e andava feito um doido. Meus filhos estavam doidos e minha mulher estava doida e estava tendo "um rolo" com um engenheiro aeroespacial que havia conhecido nos Alcoólicos Anônimos. Ele também era doido. O nome dele era Ross e tinha cinco ou seis filhos. Mancava por causa de um tiro que levou da primeira mulher. Agora não tinha mais mulher; queria a minha mulher. Não sei o que é que todos andávamos pensando naquela época. A segunda mulher veio e foi embora, mas foi a primeira mulher que deu o tiro nele, na coxa, alguns anos antes, foi ela que deixou o sujeito manco para o resto da vida e agora obrigava o Ross e se apresentar toda hora no tribunal, ou a ir para a cadeia, de seis em seis meses mais ou menos, por não pagar direito a sua pensão. Agora espero que ele esteja bem. Mas na época era diferente. Mais de uma vez cheguei a falar em armas naqueles dias. Eu falava para a minha mulher que ia meter uma bala nele, "Vou matar esse cara!". Mas nunca aconteceu nada. As coisas tomaram outro rumo. Nunca encontrei o tal sujeito, se bem que a gente tenha falado pelo telefone algumas vezes. Achei até umas fotos dele, uma vez, quando remexi na bolsa da minha mulher. Também era um sujeito baixo, não muito pequeno, e tinha um bigode, vestia uma camiseta de malha listrada e estava à espera de uma criança que ia descer de um escorregador. Na outra foto, ele estava diante de uma casa — a minha casa? Eu não sabia dizer —, de braços cruzados, todo arrumado, de gravata. Ross, seu filho da mãe, espero que esteja passando bem agora. Espero que as coisas estejam melhores para você também.

Na última vez em que o Ross foi preso, um mês antes daquele domingo, eu soube pela minha filha que a mãe dela tinha pagado a fiança para ele. Minha filha Kate, que tinha quinze anos, achou aquilo tão errado quanto eu. Não que ela tivesse alguma lealdade a mim, no caso — ela não tinha nenhuma lealdade nem a mim nem à mãe, em nenhum aspecto, e estava sempre pronta a passar a perna em mim ou nela. Não, acontece é que havia um sério problema de fluxo de caixa na casa e, se algum dinheiro fosse para o Ross, já haveria menos para aquilo de que ela precisava. Assim, o Ross estava na lista negra de Kate agora. Além do mais, ela não gostava dos filhos dele, dizia Kate, mas uma vez, antes disso, Kate tinha me dito que o Ross, no geral, era legal, era até engraçado e interessante quando estava bebendo. Ele até lia o futuro na mão de Kate.

Ross gastava seu tempo consertando coisas, agora que não podia mais ter um emprego na indústria aeroespacial. Mas vi sua casa de fora; e o lugar mais parecia um depósito de lixo, com tudo quanto é aparelho velho e máquina velha, que nunca mais ia lavar, cozinhar ou tocar outra vez — toda aquela tralha ficava lá jogada na garagem aberta, na entrada de carro e no jardim. Ross também guardava uns carros meio depenados que ele gostava de ficar remendando. Nos primeiros estágios do seu caso com a minha mulher, ele me disse que "colecionava carros antigos". Foram essas as suas palavras. Eu tinha visto alguns desses carros parados na frente da sua casa, quando eu passava por lá na tentativa de ver o que pudesse. Velhos modelos das décadas de 1950 e 1960 com a lataria amassada, os bancos rasgados. Não passavam de umas latas velhas. Eu sabia. Eu tinha o telefone dele. Tínhamos coisas em comum, mais do que dirigir carros velhos e tentar segurar com unhas e dentes a mesma mulher. Porém, por mais que fosse pau para toda obra, ele não conseguia ajeitar direito o carro da minha mulher, nem consertar o nosso televisor quando dava defeito e a gente perdia o filme. Tinha som, mas não tinha imagem. Se a gente quisesse ver o noticiário, era obrigado a ficar sentado perto da tela, à noite, ouvindo só o som do aparelho. Eu bebia e dava uma indireta sobre o sr. Conserta Tudo para os meus filhos. Até hoje não sei se minha mulher acreditava naquele papo ou não, aquela conversa de carros antigos e tudo. Mas ela gostava dele, amava o Ross, até; isso está bem claro hoje.

Os dois se conheceram quando Cynthia andava tentando se manter sóbria e participava daquelas reuniões três vezes por semana. Eu fiquei entrando e saindo dos Alcoólicos Anônimos durante vários meses, mas quando a Cynthia conheceu o Ross eu já andava a mil e bebia, por dia, um litro de qualquer coisa em que conseguisse pôr as mãos. Mas, quando eu ouvia a Cynthia falar sobre mim no telefone com alguém, eu já conhecia o caminho para os Alcoólicos Anônimos e sabia para onde ir, quando queria mesmo ajuda. O Ross tinha frequentado os Alcoólicos Anônimos e depois voltou a beber. A Cynthia sentiu, acho, que talvez houvesse mais esperança para ele do que para mim e tentou ajudá-lo, e aí passou a ir às reuniões para se manter sóbria, depois passou a ir cozinhar para ele ou fazer faxina na casa dele. Os filhos do Ross não davam a menor ajuda ao pai nesse quesito. Ninguém erguia um dedo para melhorar a situação da casa dele, menos a Cynthia, quando estava lá. Mas, quanto menos os filhos metiam a mão na massa, mais ele amava aquelas crianças. Era esquisito. Comigo era o contrário. Eu detestava os filhos durante aquele período. Estava no sofá com um copo de vodca e suco de laranja quando um deles chegava do colégio e batia a porta. Uma tarde, gritei e criei a maior confusão com o meu filho. Cynthia teve de separar a briga quando ameacei fazer picadinho do moleque. Falei que ia matar o garoto. Disse: "Fui eu quem te dei a vida e posso tomar de volta".

Loucura.

Meus filhos, Kate e Mike, adoravam poder tirar alguma vantagem daquela brigalhada. Eles pareciam ganhar força nova com as ameaças e as provocações que infligiam um ao outro e a nós também — a violência e o terror, era uma verdadeira casa de loucos. Agora, pensar nisso tudo, mesmo a essa distância, faz a balança do meu coração pesar contra eles. Lembro-me de que há alguns anos, antes de eu passar a beber o tempo todo, eu estava lendo

uma passagem maravilhosa num romance de um italiano chamado Italo Svevo. O pai do narrador estava morrendo e a família
tinha se reunido em volta da cama, chorava e esperava que o velho
expirasse, quando ele abriu os olhos para observar cada um deles
pela última vez. Quando o olhar do sujeito pousou no narrador, o
velho teve um súbito tremor e alguma coisa veio aos seus olhos; e
com seu último impulso de energia, levantou-se, atirou-se para o
outro lado da cama e deu um tapa na cara do filho, o mais forte de
que foi capaz. Depois, tombou na cama e morreu. Muitas vezes,
naqueles dias, imaginei minha própria cena no leito de morte e
me via fazendo a mesma coisa, eu apenas contava ter força suficiente para dar um tapa em todos os meus filhos, e minhas últimas
palavras para eles seriam aquelas que só um homem à beira da
morte tem a coragem de pronunciar.

Mas eles viam loucura por todo lado e aquilo era útil para os
seus propósitos, eu estava convencido. Eles se nutriam daquilo.
Gostavam de dar as ordens, de tirar proveito da situação, enquanto
a gente brigava para lá e para cá e eles ficavam à vontade para
explorar a nossa culpa. Podiam ter certo incômodo de vez em
quando, mas sabiam conduzir as coisas ao seu jeito. Também
não ficavam embaraçados nem abatidos por nenhuma das atividades que se desenvolviam na casa da gente. Ao contrário. Eu
dava a eles um bom assunto para conversar com os amigos. Ouvi
como regalavam seus colegas com as histórias mais sinistras, soltavam as maiores gargalhadas enquanto cuspiam os detalhes sórdidos do que estava acontecendo comigo e a mãe deles. Exceto
por serem economicamente dependentes de Cynthia, que não
sei como ainda tinha um emprego de professora e recebia um
salário mensal, eram eles que davam as cartas e dirigiam o espetáculo. E era disso mesmo que se tratava, um espetáculo.

Certa vez Mike deixou a mãe trancada do lado de fora de
casa, depois que ela passou a noite na casa do Ross... Não sei

onde eu estava naquela noite, na certa na casa da minha mãe. Às vezes eu dormia lá. Jantava com a minha mãe, ela me dizia como andava preocupada com todos nós; depois, a gente ficava vendo tevê e tentava falar sobre alguma outra coisa, tentava ter uma conversa normal sobre algum outro assunto que não a situação da família. Ela arrumava o sofá para eu dormir, o mesmo sofá que usava para fazer amor, eu achava, mas eu dormia ali assim mesmo e me sentia agradecido. Cynthia veio para casa às sete horas, certo dia de manhã, para trocar de roupa e ir para a escola e viu que o Mike tinha trancado todas as portas e janelas e não deixava a mãe entrar em casa. Ela parou embaixo da janela do quarto dele e implorou que a deixasse entrar — por favor, por favor, tinha de trocar de roupa e ir para a escola, se ela perdesse o emprego, o que ia acontecer? Para onde ele iria? Para onde todos nós iríamos? Mike falou: "Você não mora mais aqui. Por que vou deixar você entrar?". Foi o que disse para ela, atrás da janela, a cara paralisada de tanta raiva. (Cynthia me contou isso mais tarde, numa hora em que estava bêbada e eu estava sóbrio, segurava as mãos dela e deixava que falasse à vontade.) "Você não mora aqui", disse Mike.

"Por favor, por favor, por favor, Mike", implorou Cynthia. "Me deixe entrar."

Mike deixou a mãe entrar e ela xingou o garoto. Sem mais nem menos, com força, Mike deu uma porção de murros nos ombros dela — pá, pá, pá —, depois acertou em cima da cabeça dela e cobriu a mãe de porrada. No fim, ela conseguiu trocar de roupa, ajeitou a cara e foi correndo para a escola.

Tudo isso aconteceu não faz muito tempo, uns três anos, mais ou menos. Naquela época era fogo.

Deixei minha mãe com o tal sujeito no sofá e fiquei andando de carro por um tempo, sem vontade de ir para casa e também sem vontade de ficar sentado num bar, naquele dia.

Às vezes, Cynthia e eu ficávamos conversando sobre uma porção de coisas — "repassando a situação", a gente chamava. Mas lá de vez em quando, em raras ocasiões, a gente conversava um pouco sobre coisas que não tinham nada a ver com a situação. Uma tarde, a gente estava na sala e ela disse: "Quando eu estava grávida do Mike, você me carregou para o banheiro numa hora em que eu estava tão enjoada e grávida que nem conseguia sair da cama. Você me carregou. Ninguém mais vai fazer isso, ninguém mais pode me amar desse jeito, tanto assim. A gente teve isso, não importa o que aconteça. A gente se amou como ninguém mais podia se amar e como ninguém nunca mais vai se amar".

A gente se olhou. Talvez tenhamos tocado as mãos um do outro, não me recordo. Então me lembrei de uma garrafinha de uísque, ou vodca, ou gim, ou tequila, que eu tinha escondido bem embaixo de uma almofada daquele mesmo sofá onde a gente estava sentado (ah, bons tempos!) e comecei a torcer que ela se levantasse e fosse para algum outro canto — para a cozinha, o banheiro, ou que fosse limpar a garagem.

"Quem sabe você não podia fazer um café para a gente?", falei. "Um bule de café até que pegava bem."

"Não quer comer nada? Posso fazer uma sopinha."

"Talvez eu pudesse comer alguma coisa, sim, mas uma xícara de café, eu bem que gostaria de tomar."

Ela foi para a cozinha. Esperei até ouvir o barulho de água corrente. Então meti a mão embaixo da almofada para pegar a garrafa, desatarraxei a tampa e bebi.

Eu nunca contava essas coisas nos Alcoólicos Anônimos. Nunca falava muito nas reuniões. Eu "passava", como eles diziam: quando chegava nossa vez de falar e a gente não falava nada, a não ser "hoje eu passo, obrigado". Mas eu escutava tudo, balançava a cabeça e ria, em sinal de reconhecimento, com as histórias horríveis que ouvia. Em geral eu estava bêbado quando ia àquelas primeiras reuniões. A gente fica apavorado e precisa de alguma coisa além de biscoitinhos e café solúvel para poder aguentar.

Mas aquelas conversas sobre amor ou sobre o nosso passado eram raras. Se conversávamos, era sobre negócios, sobrevivência, o x da questão. Dinheiro. De onde é que vai vir o dinheiro? O telefone estava prestes a ser cortado, a luz e o gás perigavam. O que vai ser da Katy? Ela precisa de roupa. E o seu diploma. O namorado dela anda num desses bandos de motoqueiros. Mike. O que vai acontecer com o Mike? O que vai acontecer com todos nós? "Ah, meu Deus", dizia Cynthia. Mas Deus não queria nem saber. Tinha lavado as mãos.

Eu queria que o Mike entrasse no exército, na marinha ou na guarda costeira. Ele era impossível. Uma figura perigosa. Até o Ross achava que o exército seria uma boa para ele. Cynthia me contou, e ela não gostou nada de ele ter dito aquilo. Mas eu adorei ouvir aquilo e descobrir que o Ross e eu estávamos de acordo sobre o assunto. Ross subiu um ponto no meu conceito. Mas aquilo deixou a Cynthia irritada porque, por mais que o Mike fosse um pé no saco, apesar do seu temperamento violento, ela achava que aquilo era só uma fase que ia passar logo. Não queria nem ouvir falar do Mike no exército. Mas o Ross disse para a Cynthia que o Mike tinha nascido para o exército, onde aprenderia a se comportar direito e a respeitar os outros. Ross lhe disse isso depois que houve uma troca de empurrões e safanões na entrada de carro da casa dele nas primeiras horas da manhã e Mike jogou Ross na calçada.

Ross amava Cynthia, mas ele também tinha uma garota de vinte e dois anos chamada Beverly que estava grávida de um filho dele, porém o Ross jurava que amava a Cynthia, e não a Beverly. Os dois já nem dormiam juntos mais, disse ele para a Cynthia, mas a Beverly estava grávida de um filho dele e o Ross amava todos os seus filhos, mesmo os que ainda não tinham nascido, e ele não podia simplesmente dar um pé na bunda da garota, podia? Ele chorou quando contou tudo isso para a Cynthia. Estava bêbado. (Tinha sempre alguém bêbado naquela época.) Posso imaginar a cena.

Ross se formou no Instituto Politécnico da Califórnia e foi direto trabalhar na operação da Nasa em Mountain View. Trabalhou lá durante dez anos, até tudo desabar em cima dele. Eu nunca me encontrei com ele, como já disse, mas a gente conversou diversas vezes pelo telefone, sobre vários assuntos. Telefonei para ele uma vez em que estava bêbado e Cynthia e eu estávamos discutindo algumas daquelas questões tristes. Um dos filhos do Ross atendeu o telefone e, quando o Ross pegou o fone eu perguntei se, no caso de eu cair fora de casa (eu não tinha a menor intenção de cair fora de casa, é claro; era só para ameaçar), ele pretendia sustentar Cynthia e os nossos filhos. Ele disse que estava trinchando uma carne assada, foi o que o cara disse, e que eles iam sentar à mesa e comer o jantar, ele e os filhos. Podia me telefonar mais tarde? Desliguei. Quando o Ross telefonou, uma hora mais tarde, mais ou menos, eu já tinha esquecido o motivo do primeiro telefonema. Cynthia atendeu o telefone e disse "sim" e depois "sim" outra vez, e eu logo vi que era o Ross e que ele estava perguntando se eu estava bêbado. Agarrei o telefone. "E aí, vai sustentar a família ou não vai?" Ele respondeu que lamentava muito, da sua parte, mas não podia sustentar a minha família. "Então a resposta é não, você não pode sustentar", falei, e olhei para Cynthia, como se isso fosse resolver toda a situação. Ele disse: "Sim, a resposta é não". Mas Cynthia nem piscou o olho. Mais tarde, achei que os dois já tinham conversado sobre aquele assunto até o fim, portanto não havia nenhuma surpresa. Ela já sabia.

O Ross tinha seus trinta e cinco anos mais ou menos quando a vida dele desmoronou. Eu gostava de zombar da cara dele sempre que tinha uma chance. Chamava o Ross de Fuinha, por causa da sua fotografia. "É isso o que o namorado da mãe de vocês parece", eu dizia para os meus filhos, quando estavam por perto e a gente estava conversando. "Uma fuinha." A gente ria. Ou então eu chamava o Ross de sr. Conserta Tudo. Esse era o meu apelido favorito para ele. Que Deus o abençoe e o proteja, Ross. Não tenho nenhuma mágoa de você. Mas naquele tempo em que eu o chamava de Fuinha ou de sr. Conserta Tudo e ameaçava a sua vida, ele era, para os meus filhos, e também para Cynthia, acho, uma espécie de herói derrotado, porque tinha ajudado a pôr o homem na Lua. Toda hora viviam me contando que o Ross havia trabalhado no projeto dos foguetes para a Lua e ele era amigo íntimo de Buzz Aldrin e Neil Armstrong. Ele contou para a Cynthia e ela contou para as crianças, que depois me contaram, que quando os astronautas viessem à cidade o Ross ia apresentar os meus filhos para eles. Mas os astronautas nunca vieram à cidade, ou, se vieram, se esqueceram de entrar em contato com o Ross. Pouco depois da missão na Lua, a roda da fortuna deu a volta e Ross passou a beber mais. Começou a faltar ao trabalho. Nessa altura, começaram as encrencas com a primeira esposa. No fim, passou a levar bebida para o trabalho numa garrafa térmica. Tem umas instalações moderníssimas por lá, eu vi — cafeterias chiques, salas de jantar para executivos e tudo isso, máquinas de café expresso em todas as salas. Mesmo assim, o Ross levava a sua garrafinha térmica para o trabalho e, depois de um tempo, o pessoal começou a saber e a falar. Ele foi posto de lado, ou então pediu demissão — ninguém jamais conseguia me dar uma resposta clara quando eu perguntava. Continuou a beber, é óbvio. A gente faz isso. Depois passou a trabalhar com aparelhos destroçados, consertava televisores e consertava carros. Ele se interessava por astrologia, auras, I Ching — essa história. Não duvido que fosse um cara inteligente à beça, e interessante e espirituoso, como a maioria dos nossos ex-amigos. Eu dizia para a Cynthia que eu tinha certeza de que ela não ia dar a menor bola para ele (eu ainda não conseguia usar a palavra "amor" quando falava daquele relacionamento) se o Ross não fosse, em essência, um homem bom. "Um dos *nossos*", era como eu dizia, tentando ser generoso. O Ross não era um homem mau nem bom. "Ninguém é mau", falei certa vez para a Cynthia, quando estávamos discutindo o meu próprio caso.

Meu pai morreu dormindo, bêbado, faz oito anos. Era noite de sexta-feira e ele tinha cinquenta e quatro anos. Chegou em casa, vindo do trabalho na serraria, tirou uma salsicha do conge-lador para o seu café da manhã do dia seguinte e sentou-se à mesa da cozinha, onde abriu uma garrafa de *bourbon* Four Roses. Andava de ótimo humor naqueles dias, feliz da vida por estar de volta a um emprego depois de ficar três ou quatro anos sem emprego nenhum, com o sangue intoxicado e depois com alguma coisa que o obrigou a fazer tratamentos de choque elé-trico. (Eu estava casado e morava em outra cidade naquela época. Tinha filhos e um emprego. Já tinha uma porção de pro-blemas para resolver, por isso não podia acompanhar os proble-mas dele de perto.) Naquela noite, ele foi para a sala com o seu baldezinho de cubos de gelo e um copo, ficou bebendo e vendo tevê, até minha mãe chegar do trabalho, numa lanchonete.

Trocaram algumas palavras sobre o uísque, como faziam sempre. Ela mesma não bebia muito. Depois de adulto, só vi minha mãe beber no Dia de Ação de Graças, no Natal e no Ano--Novo — gemada ou rum quente com manteiga, mas sempre pouco. Na única vez em que ela acabou bebendo demais, anos antes (eu soube disso pelo meu pai, que ria muito quando con-tava), eles foram a um lugarzinho na periferia de Eureka e ela tomou muitos copos de uísque com suco de limão. Na hora em que entraram no carro para vir embora, ela começou a passar mal e teve de abrir a porta. De algum jeito, a dentadura dela caiu, o carro andou um pouquinho para a frente e o pneu passou por cima da dentadura. Depois disso, ela nunca mais bebeu, menos nos dias de festa, e mesmo assim nunca se excedia.

Meu pai continuou a beber naquela sexta-feira e tentou ignorar minha mãe, que ficou sentada na cozinha, fumando, enquanto tentava escrever uma carta para a irmã, em Little Rock. Por fim, meu pai se levantou e foi para a cama. Minha mãe foi para a cama pouco depois, quando já tinha certeza de que ele estava dormindo. Mais tarde, ela contou que não percebeu nada de anormal, a não ser, talvez, o jeito como ele estava roncando, mais pesado e mais profundo do que de costume, e ela não conseguiu fazer meu pai se virar de lado. Mas ela dormiu. Acordou quando os músculos do esfíncter e da bexiga do meu pai se soltaram. O sol estava nascendo. Os passarinhos estavam cantando. Meu pai estava imóvel, deitado de costas, olhos fechados e boca aberta. Minha mãe olhou para ele e gritou seu nome.

Continuei a andar de carro. Naquela altura, já estava escuro. Passei na frente da minha casa, todas as luzes estavam acesas, mas o carro de Cynthia não estava na vaga. Fui para um bar onde eu às vezes bebia e telefonei para casa. Katy atendeu e disse que a mãe não estava, e perguntou onde eu estava. Ela precisava de cinco dólares. Gritei alguma coisa e desliguei. Depois dei um telefonema a cobrar para uma mulher que morava a mil quilômetros de distância e que fazia meses que eu não via, uma boa mulher que, da última vez que me encontrou, disse que ia rezar por mim.

Ela aceitou a ligação a cobrar. Perguntou de onde eu estava falando. Perguntou como eu estava. "Você está bem?", disse.

Conversamos. Perguntei a respeito do seu marido. Tinha sido meu amigo e agora morava longe dela e dos filhos.

"Ainda está em Richland", disse ela. "Como é que tudo isso

foi acontecer com a gente?", perguntou. "Começamos como pessoas boas." Ficamos conversando mais um tempo, depois ela disse que ainda me amava e ia continuar a rezar por mim.

"Reze por mim", falei. "Sim." Então nos despedimos e desligamos o telefone.

Mais tarde, telefonei para casa de novo, mas dessa vez ninguém atendeu. Disquei o número da minha mãe. Ela pegou o telefone no primeiro toque, a voz cautelosa, como se já estivesse à espera de encrenca.

"Sou eu", falei. "Desculpe por ligar."

"Não, não, meu bem, eu estava acordada", disse ela. "Onde você está? Tem algum problema? Pensei que você vinha hoje. Fiquei esperando você. Está ligando da sua casa?"

"Não estou em casa", respondi. "Não sei onde o pessoal lá de casa se meteu. Acabei de ligar para lá."

"O velho Ken veio aqui hoje", prosseguiu ela. "Aquele velho sacana. Veio hoje à tarde. Fazia um mês que eu não via o Ken, aquele bagulho velho. Não gosto dele. Só quer saber de falar de si mesmo e ficar contando vantagem, contando que vivia em Guam e tinha três namoradas ao mesmo tempo, e que viajava para tal lugar e para tal lugar. Não passa de um velho metido a besta. Conheci o Ken naquele salão de dança de que falei a você, mas não gosto dele."

"Tudo bem se eu for aí?", perguntei.

"Meu bem, por que não vem? Faço alguma coisinha para você comer. Também estou com fome. Desde a tarde que não como nada. O velho Ken trouxe uns pedacinhos de frango frito de tarde. Venha que eu lhe preparo uns ovos mexidos. Quer que eu vá buscar você? Meu anjo, você está bem?"

Fui até lá de carro. Ela me beijou quando atravessei a porta. Virei o rosto. Fiquei chateado por ela sentir o cheiro de vodca. O televisor estava ligado.

"Lave as mãos", disse ela, e me examinou. "Já está pronto."

Mais tarde, fez a cama para mim no sofá. Fui ao banheiro. Mamãe guardava um pijama do papai lá dentro. Tirei o pijama do papai da gaveta, olhei para o pijama e comecei a trocar de roupa. Quando saí, ela estava na cozinha. Ajeitei o travesseiro e deitei. Ela terminou o que estava fazendo, apagou a luz da cozinha e sentou na ponta do sofá.

"Meu querido, eu gostaria de não ter de lhe dizer isso", falou. "Me magoa muito dizer isso para você, porém até os garotos já sabem e foram eles que me contaram. Já falamos sobre isso. Mas a Cynthia anda saindo com outro homem."

"Está tudo bem", respondi. "Eu já sei", falei e olhei para a tevê. "O nome dele é Ross e é um alcoólatra. É igual a mim."

"Meu querido, você vai ter de fazer alguma coisa da sua vida", falou.

"Sei disso", respondi. Continuei olhando para a tevê.

Mamãe se inclinou e me abraçou. Ficou me apertando um minuto. Depois me soltou e enxugou os olhos. "Vou acordar você de manhã", falou.

"Não tenho muito o que fazer amanhã. Talvez eu fique dormindo mais um pouco, depois que você sair." Pensei: Depois que você acordar, depois que você for ao banheiro e se vestir, aí eu vou para a sua cama, vou ficar lá deitado e cochilar, ouvir o seu rádio ligado lá na cozinha, dando as notícias e a previsão do tempo.

"Meu querido, estou tão preocupada com você."

"Não fique preocupada", falei. Balancei a cabeça.

"Agora você precisa descansar", disse ela. "Precisa dormir."

"Vou dormir. Estou morto de sono."

"Fique vendo televisão o tempo que quiser", disse ela.

Fiz que sim com a cabeça.

Ela se inclinou e me deu um beijo. Seus lábios pareciam machucados e inchados. Puxou o cobertor em cima de mim.

Depois foi para o quarto. Deixou a porta aberta e, num minuto, eu já podia ouvir o ronco.

Fiquei ali deitado vendo televisão. Havia imagens e homens uniformizados na tela, um rumor baixinho, depois tanques e um homem com um lança-chamas. Não dava para ouvir, mas eu não queria levantar. Continuei olhando até sentir os olhos fecharem. Porém acordei com um susto, o pijama úmido de suor. Uma luz enevoada enchia a sala. Havia um rugido que vinha na minha direção. A sala se encheu com um clamor. Fiquei ali deitado. Não me mexi.

Coreto

Naquela manhã, ela derrama uísque Teacher's em cima da minha barriga e lambe. De tarde, tenta se jogar pela janela. Não consigo mais aguentar aquilo e falo para ela, com todas as letras. Digo: "Puxa, isso não pode continuar. Isso é maluquice. Tem de parar".

Estamos sentados no sofá numa das suítes do primeiro andar. Havia muitos quartos vagos para escolher, mas a gente precisava de uma suíte, um lugar para se movimentar e poder falar à vontade. Então a gente trancou o escritório do motel naquela manhã e fomos para uma suíte no primeiro andar.

Ela diz: "Duane, isso está me matando".

A gente estava bebendo Teacher's com gelo e água. Tínhamos dormido um pouco entre a manhã e a tarde. Então ela saiu da cama e ameaçou se jogar pela janela de calcinha e sutiã. Tive de segurar à força. Estávamos só no primeiro andar, mas mesmo assim.

"Já estou cheia", diz ela. "Não consigo mais aguentar." Põe as costas da mão na cara e fecha os olhos. Inclina a cabeça para trás e para a frente e faz aquele barulho de um gemido. Quase morro só de ver a garota assim.

"Está cheia de quê?", pergunto, mas é claro que eu sei. "Holly?"

"Não tenho de soletrar tudo para você outra vez", responde. "Perdi o autocontrole. Perdi o meu orgulho. Já fui uma mulher orgulhosa."

É uma mulher bonita de trinta e poucos anos. É alta e tem cabelos pretos compridos e olhos verdes, a única mulher de olhos verdes que já conheci. Nos velhos tempos, eu comentava os olhos verdes dela e Holly me dizia que sabia ter nascido para alguma coisa especial. E perguntava se eu não sabia. Tudo isso me dá a maior aflição.

Escuto o telefone tocando de novo no térreo, lá dentro do escritório. Ficou tocando o dia todo. Mesmo enquanto estava cochilando, mais cedo, eu escutei. Abri os olhos, fiquei olhando para o teto, ouvindo o telefone tocar, e me perguntava o que estava acontecendo com a gente.

"O meu coração está partido", diz ela. "Virou um pedaço de pedra. Não sou mais responsável. Isso é que é o pior, não sou mais responsável. Eu nem tenho vontade de levantar, de manhã. Duane, levei muito tempo para chegar a esta decisão, mas a gente tem de separar nossos caminhos. Acabou, Duane. Está na hora de a gente aceitar os fatos."

"Holly", falei. Estiquei a mão para pegar a sua, mas ela puxou o braço para trás.

Logo que a gente se mudou para cá e começou a trabalhar na gerência do motel, a gente achou que estava a salvo. Moradia e móveis de graça e mais trezentos por mês, não dá para recusar. Holly cuidava da contabilidade, ela era boa com números, e era responsável pela maioria dos aluguéis. Gostava de lidar com as pessoas, e as pessoas gostavam dela também. Eu cuidava do terreno, aparava a grama e cortava as ervas daninhas, limpava a piscina, consertava isso e aquilo. Tudo correu bem no primeiro ano. Eu tinha arranjado outro emprego no turno da noite e a gente estava indo em frente, cheio de planos. Então, certa manhã, sei lá, eu tinha acabado de colocar uns azulejos no banheiro de uma das unidades, quando aquela criadinha mexicana resolveu entrar no jogo. Holly tinha contratado a moça. Não posso nem dizer que eu já havia notado a presença dela, se bem que a gente se falasse quando se cruzava. Ela me chamava de senhor. De uma maneira ou de outra, a gente se falava. Ela não era nada boba, era bonita e tinha um jeito legal. Gostava de sorrir, ficava escutando com muita atenção quando a gente falava alguma coisa e olhava nos olhos da gente quando falava. Depois daquela manhã, passei a prestar atenção quando via a garota. Era uma mulherzinha jeitosa, compacta, com uns dentes bons e brancos. Eu olhava bem para a sua boca quando ela ria. A mexicana começou a me chamar pelo primeiro nome. Um dia de manhã, eu estava numa outra unidade substituindo uma arruela numa das torneiras do banheiro. Ela não sabia que eu estava lá. Entrou e ligou a tevê, como as arrumadeiras costumam fazer enquanto fazem a limpeza. Parei o que eu estava fazendo e saí do banheiro. Ela ficou surpresa de me ver ali. Sorriu e disse o meu nome. Olhamos um para o outro. Avancei e fechei a porta. Pus meus braços em volta dela. Depois nos deitamos na cama.

"Holly, você ainda é uma mulher orgulhosa", digo. "Você ainda é a número um. Vamos, Holly."

Ela balança a cabeça. "Uma coisa morreu dentro de mim", diz. "Levou muito tempo para morrer, mas morreu. Você matou uma coisa, é como se tivesse cortado com um machado. Agora só ficou a terra." Termina a bebida. Então começa a chorar. Eu quero abraçar a Holly, mas ela se levanta e vai para o banheiro.

Encho nossos copos de novo e olho para a janela. Dois carros com placas de outros estados estão estacionados na frente do escritório. Os motoristas, dois homens, estão na porta do escritório, conversando. Um deles termina de falar alguma coisa para o outro, olha em volta para as unidades e passa a mão no queixo. Uma mulher está com o rosto no vidro, a mão faz sombra nos olhos, tenta espiar o interior do motel. Ela tenta abrir a porta. O telefone começa a tocar dentro do escritório.

"Mesmo na hora em que a gente fazia amor, agora há pouco, você estava pensando nela", diz Holly quando volta do banheiro. "Duane, isso dói tanto." Pega a bebida que lhe dou.

"Holly", digo.

"Não, é verdade, sim, Duane." Fica andando pelo quarto, para um lado e para o outro, de calcinha e sutiã, com a bebida na mão. "Você desrespeitou o casamento. Você traiu a nossa confiança. Talvez isso pareça antiquado para você. Eu não me importo. Agora tenho a sensação, sei lá de quê, parece de terra, é o que estou sentindo. Estou confusa. Não tenho mais motivação. Você era a minha motivação."

Dessa vez ela deixa que eu segure a sua mão. Fico de joelhos no tapete e ponho os dedos dela na minha têmpora. Eu amo a Holly, meu Deus, puxa, eu amo a Holly. Mas naquele mesmo instante eu também penso em Juanita, os dedos dela alisando o meu pescoço naquele dia. É terrível. Não sei o que vai acontecer.

Eu digo: "Holly, meu bem, eu amo você". Mas não sei mais o que dizer nem sei o que mais posso oferecer nas circunstâncias. Ela passa os dedos para lá e para cá na minha testa, como se fosse uma cega a quem tivessem pedido que descrevesse o meu rosto.

No estacionamento, alguém toca a buzina, para, toca outra vez. Holly afasta a mão, enxuga os olhos. Diz: "Prepare um drinque para mim. Este aqui está fraco demais. Deixe que toquem as buzinas até cansar, não me importo. Acho que vou me mudar para Nevada".

"Não fale loucuras", digo.

"Não estou falando loucuras", responde. "Só disse que estou pensando em me mudar para Nevada. Não tem nada de maluco nisso. Quem sabe lá eu encontre alguém que me ame. Você pode ficar aqui com a sua arrumadeira mexicana. Acho que vou me mudar para Nevada. Ou isso ou então eu me mato."

"Holly!"

"Que Holly nada!", diz ela. Fica sentada no sofá e puxa os joelhos para cima até o queixo. Está escurecendo, lá fora e aqui dentro. Puxo a cortina e acendo a luz da mesa.

"Eu disse para preparar mais um drinque para mim, seu filho da mãe", diz. "Fodam-se esses tocadores de buzina. Deixe que vão para o Travelodge, no fim da rua. É lá que a sua namoradinha mexicana foi trabalhar agora? No Travelodge? Aposto que toda noite ela ajuda aquele gordão a vestir o pijama. Bem, faça mais um drinque para mim e desta vez veja se bota um uísque pra valer." Contrai os lábios e me dirige um olhar enfurecido.

Beber é uma coisa gozada. Quando paro para pensar, vejo que todas as nossas decisões importantes foram tomadas quando estávamos bebendo. Mesmo quando falávamos que tínhamos de parar de beber, estávamos sentados à mesa da cozinha ou ao ar livre, numa mesa de piquenique, no parque, com uma caixa de latas de cerveja ou uma garrafa de uísque na nossa frente. Quando resolvemos nos mudar para cá e pegar o emprego neste motel, deixar a nossa cidade, os amigos, os parentes, tudo, ficamos a noite inteira bebendo enquanto falávamos do assunto. Mas a gente sabia lidar com a bebida. E naquela manhã, quando a Holly falou que a gente precisava ter uma conversa séria sobre a nossa vida, a primeira coisa que fiz, depois de trancar o escritório e ir para o primeiro andar para a gente conversar, foi correr para a loja de bebidas e pegar uma garrafa de uísque Teacher's.

Sirvo o final da garrafa nos nossos copos e ponho mais um cubo de gelo e um pouco de água.

Holly sai do sofá e se estende atravessada sobre a cama. Diz: "Fez amor com ela nesta cama também?".

"Não."

"Bem, não tem importância", diz ela. "Agora nada mais importa mesmo. Mas eu tenho de me recuperar, isso é certo."

Não respondo. Me sinto arrasado. Dou o copo para ela e sento na poltrona grande. Fico bebendo o meu drinque e pensando: E agora?

"Duane", diz ela.

"Holly?" Meus dedos se contraem em torno do copo. Meu coração passou a bater mais devagar. Fico esperando. Holly era o meu grande amor.

O caso com a Juanita aconteceu cinco dias por semana, entre as dez e as onze horas, durante seis semanas. No início a gente armava para se encontrar numa unidade ou em outra, enquanto ela estava de serviço. Era só eu entrar onde ela estava trabalhando e fechar a porta. Mas depois de um tempo isso começou a parecer meio arriscado e ela acomodou a rotina de modo que a gente passou a se encontrar no 22, uma unidade no fim do motel, com a frente voltada para o leste, na direção das montanhas, e assim quem olhasse da janela do escritório não podia enxergar a porta. A gente era carinhoso um com o outro, mas também éramos rápidos. Éramos rápidos e carinhosos ao mesmo tempo. Mas era legal. Era uma coisa completamente nova e inesperada, dava muito mais prazer. Então, certa manhã, Bobbi, a outra arrumadeira, entrou e nos apanhou em flagrante. Aquelas mulheres trabalhavam juntas, mas não eram amigas. Na mesma hora ela foi ao escritório e contou para a Holly. Por que fez uma coisa dessas, eu não consegui entender na ocasião, e ainda não consigo, na verdade. Juanita ficou apavorada e envergonhada. Pôs a roupa e foi para casa. Vi Bobbi lá fora pouco depois e mandei que fosse para casa também. Acabou que eu mesmo arrumei as unidades naquele dia. Holly ficou no escritório, bebendo, acho. Eu não bebi nada. Mas quando entrei no apartamento antes de ir para o trabalho, Holly estava no quarto com a porta fechada. Fiquei ouvindo. Ouvi a Holly pedir à empresa que fornecia mão de obra que arranjasse outra arrumadeira. Ouvi quando ela desligou o telefone. Depois ela começou com aquele gemido. Fiquei arrasado. Fui para o meu trabalho, mas sabia que ia ter um acerto de contas.

Acho que Holly e eu poderíamos ter aguentado esse tranco. Apesar de ela estar totalmente embriagada quando cheguei do trabalho naquela noite, ter jogado um copo em cima de mim e ter dito coisas horríveis que nenhum de nós nunca vai poder esquecer. Naquela noite, pela primeira vez na vida, dei um tapa nela, e depois implorei o seu perdão por ter dado o tapa e por ter me envolvido com outra mulher. Implorei a Holly que me perdoasse. Houve muita choradeira e muita lavação de roupa suja, e mais bebedeira; ficamos acordados quase a noite inteira. Aí fomos para a cama, exaustos, e fizemos amor. O assunto simplesmente não foi mais mencionado, o caso com Juanita. Houve a crise e depois passamos a agir como se não tivesse acontecido nada. Portanto talvez ela estivesse disposta a me perdoar, ou até a esquecer o caso, e a vida poderia ir em frente. Só não contávamos que eu fosse sentir falta de Juanita, e às vezes eu nem conseguia dormir de noite de tanto que pensava nela. Ficava deitado na cama depois que Holly tinha dormido e pensava nos dentes brancos de Juanita, e depois pensava nos seus peitos. Os mamilos eram escuros e quentes ao tato e havia uns cabelinhos que cresciam logo abaixo dos mamilos. Também tinha cabelo debaixo dos braços.

Eu devia estar maluco. Depois de algumas semanas assim, me dei conta de que eu tinha de ver Juanita outra vez, Deus me ajude. Liguei para ela uma tarde, telefonei do trabalho, e combinamos de eu dar um pulinho lá. Fui à casa dela naquela noite depois do trabalho. Ela estava separada do marido e morava numa casinha com dois filhos. Cheguei lá pouco depois da meia-noite. Eu estava incomodado, mas Juanita sabia disso e logo tratou de me deixar à vontade. Tomamos uma cerveja na mesa da cozinha. Ela se levantou e ficou de pé atrás da minha cadeira, esfregou o meu pescoço e me disse para relaxar, relaxar e me soltar. De roupão, ela sentou aos meus pés, pegou minha mão e começou a limpar a parte de baixo das minhas unhas com uma pequena lixa. Então dei um beijo nela e levantei Juanita, e dali fomos para o quarto. Mais ou menos uma hora depois, me vesti, lhe dei um beijo de despedida e fui para o motel onde morava.

Holly soube. Com duas pessoas tão ligadas, não dá para guardar esse tipo de segredo por muito tempo. E a gente nem quer mesmo guardar o segredo. A gente sabe que um troço desses não pode continuar e tem de arrebentar de algum lado. Pior ainda, a gente sabe que vive num estado de frustração constante. Isso não é vida. Continuei no meu emprego noturno, até um macaco podia fazer aquele serviço, mas no motel as coisas estavam indo ladeira abaixo, e bem depressa. Nós dois simplesmente não tínhamos mais gana de continuar. Parei de limpar a piscina, que começou a se encher de algas e os hóspedes não podiam nadar. Eu não consertava mais as torneiras, não trocava os ladrilhos quebrados e não fazia os retoques de pintura. Mesmo que a gente ainda tivesse alguma vontade, nunca havia tempo suficiente para tudo, ainda mais com o tempo que gastávamos bebendo. Porque isso consome um bocado de tempo e de esforço, se a gente se dedica plenamente à bebida. Foi naquela época que a Holly começou a beber de um jeito mais sério e por conta própria. Quando eu chegava do trabalho, quer tivesse ou não ficado com a Juanita, Holly ou estava dormindo e roncando, e o quarto cheirando a uísque, ou então estava acordada na mesa da cozinha fumando até o filtro do cigarro, um copo de alguma coisa na sua frente, os olhos vermelhos e fixos enquanto eu entrava pela porta. Ela também não registrava mais os hóspedes, não cobrava muito caro e até, na maioria dos casos, nem cobrava o valor devido. Às vezes ela aceitava hospedar três pessoas num mesmo quarto onde só tinha uma cama de casal, ou então punha uma pessoa só numa das suítes que tinham cama tamanho *king-size* e um sofá e cobrava o mesmo que um quarto simples, essas coisas. Os hóspedes reclamavam e às vezes tinha bate-boca. As pessoas faziam as malas e iam para outro lugar, depois de pedirem o dinheiro de volta. Chegou uma carta ameaçadora do pessoal que administrava o motel. Depois chegou outra carta, registrada. Houve telefonemas. Ia vir alguém da cidade para tomar pé da situação. Mas a gente tinha parado de se preocupar, isso é um fato. Sabíamos que as coisas tinham de mudar, que nossos dias no motel estavam contados, um vento novo estava soprando — nossa vida se havia enrolado e estava pronta para levar um empurrão. Holly é uma mulher esperta e acho que ela sabia de tudo isso bem antes de mim, sabia que a casa tinha desmoronado.

Aí, naquele sábado de manhã, a gente acordou na maior ressaca, depois de passar a noite inteira remoendo a nossa situação, o que não nos levou a parte alguma. Abrimos os olhos e nos viramos na cama para olhar um para o outro. Nós dois entendemos aquilo ao mesmo tempo, que tínhamos chegado ao fim da linha. A gente se levantou e trocou de roupa, tomamos o café da manhã como sempre e foi aí que ela disse que a gente tinha de conversar, conversar agora, sem interrupção, nada de telefonemas no meio, nada de hóspedes. Nesse momento fui de carro até a loja de bebidas. Quando voltei, fechamos o motel e fomos para o primeiro andar, com gelo, copos e a garrafa de Teacher's. Ajeitamos os travesseiros, deitamos na cama, bebemos e não discutimos nada. Ficamos vendo a tevê em cores, à toa, esquecemos da vida, deixamos o telefone tocar à vontade lá na recepção, no térreo. Havia uma sensação gozada, de que qualquer coisa podia acontecer, agora que havíamos descoberto que tudo estava perdido. Sabíamos, sem que fosse preciso dizer, que alguma coisa tinha terminado, mas o que estava prestes a começar e o que é que ia tomar o lugar daquilo, nem eu nem ela ainda conseguíamos imaginar o que poderia ser. Pegamos no sono e algum tempo depois, naquele dia, Holly se levantou de cima do meu braço. Abri meus olhos com o seu movimento. Ela sentou na cama. Depois soltou um grito e me deu as costas, virando-se na direção da janela.

"E quando nós éramos só duas crianças, antes de casar?", diz Holly. "E quando a gente saía de carro toda noite e passava todos os minutos juntos, a gente conversava, fazia planos incríveis e tinha tantas esperanças? Lembra?" Estava sentada no meio da cama, segurando os joelhos e o copo de bebida.

"Lembro sim, Holly."

"Você não foi o meu primeiro namorado, o meu primeiro namorado se chamava Wyatt e o pessoal na minha casa não gostava muito dele, mas você foi o primeiro amante. Imagine só. Eu não achava que estava perdendo tanta coisa assim. Mas agora, quem sabe o que eu estive perdendo durante todos esses anos? Mas eu era feliz. Sim, eu era. Você era tudo para mim, igual ao que dizem nas músicas. Só que agora não sei o que andou errado comigo durante todos esses anos em que fiquei amando você e só você. Meu Deus, eu tive tantas oportunidades. Acontece que não aproveitei, essa é a questão", diz ela. "Não aproveitei. Eu não conseguia desrespeitar o casamento. Era uma coisa além, além da compreensão."

"Holly, por favor", digo. "Já chega, meu bem. Não vamos nos torturar. O que é que temos de fazer agora?"

"Escute", diz Holly. "Lembra aquela vez em que saímos de carro e fomos àquela fazenda velha nos arredores de Yakima, depois de Terrace Heights? A gente estava só dando uma volta, era uma manhã de sábado, feito hoje. Chegamos àquele pomar e depois pegamos uma estradinha de terra e estava tudo quente e poeirento. A gente continuou avançando e chegou àquela fazenda velha. Paramos o carro, fomos até a porta, batemos e perguntamos se podíamos tomar um copo de água fresca. Você consegue imaginar a gente fazendo uma coisa dessas hoje em dia, ir a uma casa desconhecida e pedir um copo de água?"

"A gente ia levar um tiro."

"Aqueles velhos já devem ter morrido, agora", diz ela. "Enterrados um ao lado do outro lá no cemitério de Terrace Heights. Mas naquele dia o velho fazendeiro e a esposa não nos deram só um copo de água, nos convidaram para entrar e comer um pedaço de bolo. A gente conversou e comeu o bolo na cozinha e depois eles perguntaram se podiam nos mostrar a casa. Foram tão gentis. Não esqueci. Eu sou muito sensível a tanta delicadeza como aquela. Mostraram a casa toda para a gente. Eram tão gentis um com o outro. Ainda lembro como era a parte de dentro da casa. De vez em quando eu sonhava com isso, a parte interna daquela casa, os quartos, mas nunca contei para você esses sonhos. Uma pessoa tem de ter os seus segredos, certo? Mas eles nos mostraram a parte interna da casa, aqueles quartos grandes e a mobília. Depois nos levaram para os fundos. Andamos por lá e eles nos mostraram... como é que chamaram? O coreto. Eu nunca tinha visto antes. Ficava num campo, debaixo de umas árvores. Tinha um pequeno telhado pontudo. Mas a pintura havia se apagado e o mato crescia na escadinha da porta. A mulher contou que, anos antes, ainda antes de a gente nascer, músicos iam lá para tocar aos domingos.

Ela, o marido e os amigos e vizinhos ficavam sentados em volta, com suas roupas de domingo, escutavam música e tomavam limonada. Foi então que eu tive uma visão, não sei como chamar isso. Mas olhei para aquela mulher e o marido dela e pensei, um dia a gente vai ser velho que nem eles dois. Velhos, mas dignos, sabe como é, do jeito que eles eram. Ainda amando um ao outro, cada vez mais, tomando conta um do outro, e os netos vinham visitar. Todas essas coisas. Lembro que naquele dia você vestia uma bermuda feita de calça jeans cortada na altura do joelho, lembro que fiquei ali olhando para o coreto e pensando naqueles músicos, quando calhou de eu baixar os olhos e ver as suas pernas nuas. Pensei comigo, vou amar essas pernas mesmo quando estiver assim velha, magra, e o cabelo na minha cabeça tiver ficado todo branco. Vou amar essas pernas até nessa época, pensei, elas ainda vão ser as *minhas* pernas. Sabe o que estou dizendo? Hein, Duane? Aí eles andaram com a gente até o carro e apertaram as nossas mãos. Disseram que éramos jovens simpáticos. Convidaram a gente para voltar, mas é claro que nunca voltamos. Agora já estão mortos, têm de estar mortos. Mas nós estamos aqui. Agora eu sei uma coisa que naquela época não sabia. E então eu não sei? É uma coisa tão boa, não é? Uma pessoa não pode ver o futuro. E agora aqui estamos nós, nesta cidade horrorosa, um casal que bebe demais, cuida de um motel com uma piscina imunda e velha na frente. E você está apaixonado por outra mulher. Duane, eu fui mais ligada a você do que a qualquer outra pessoa na face da terra. Eu me sinto crucificada."

Não consegui falar nada durante um minuto. Depois falei: "Holly, todas essas coisas, um dia a gente vai olhar para elas, quando formos velhos, e a gente vai ficar velho junto, você vai ver só, e a gente vai falar assim: Lembra aquele motel com a piscina imunda? E aí vamos rir das coisas malucas que a gente fazia. Você vai ver. Vai dar tudo certo. Holly?".

Mas Holly fica sentada na cama com o copo vazio na mão, só olhando para mim. Depois balança a cabeça. Ela sabe.

Chego perto da janela e olho por trás da cortina. Alguém está falando alguma coisa lá embaixo, segura a maçaneta e sacode a porta do escritório. Fico esperando. Aperto os dedos em torno do copo. Rezo que venha algum sinal de Holly. Rezo sem fechar os olhos. Ouço um carro ser ligado. Depois outro. Os carros acendem os faróis voltados contra o prédio e, um depois do outro, se movimentam e vão embora no meio do trânsito.

"Duane", diz Holly.

Nisso, como na maioria das coisas, ela estava com a razão.

Quer ver uma coisa?

Eu estava na cama quando ouvi o trinco do portão abrir. Prestei atenção. Não escutei mais nada. Mas ouvi aquilo. Tentei acordar o Cliff, mas ele estava apagado. Então levantei e fui até a janela. Uma lua grande pairava acima das montanhas que rodeavam a cidade. Era uma lua branca coberta por cicatrizes, era muito fácil imaginar uma cara ali — o olho, as bolsas de pele embaixo das pálpebras, até os lábios. Havia luz suficiente para eu enxergar tudo no quintal, as espreguiçadeiras, o chorão, os cordões para secar roupa entendidos entre as varas, as minhas petúnias e a cerca que fechava o quintal, com o portão aberto.

Mas não tinha ninguém se mexendo lá. Não havia sombras escuras. Tudo estava iluminado pelo luar claro e as menores coisas chamavam minha atenção. Os pregadores de roupa em fileiras ordenadas no varal, por exemplo. E as duas espreguiçadeiras vazias. Pus as mãos no vidro frio, barrando a luz da lua, e olhei mais um pouco. Tentei escutar alguma coisa. Depois voltei para a cama. Mas não consegui dormir. Fiquei me revirando para um lado e para o outro. Pensei no portão aberto como se fosse um convite. A respiração do Cliff estava barulhenta. Sua boca, muito aberta e os braços, cruzados sobre o peito pálido e nu. Ocupava o seu lado da cama e boa parte do meu lado também. Empurrei o Cliff, empurrei muito. Mas ele só fez resmungar. Fiquei na cama mais um tempo, até que resolvi que não adiantava mesmo. Levantei e achei os meus chinelos. Fui à cozinha, onde preparei uma xícara de chá e sentei com ela na mesa. Fumei um dos cigarros sem filtro do Cliff. Era tarde. Eu não queria ver que horas eram. Eu teria de levantar para ir ao trabalho dali a poucas horas. O Cliff teria de levantar também, mas tinha ido para a cama horas antes e acordaria numa boa, quando o despertador tocasse. Talvez ele ficasse com dor de cabeça. Mas mandaria para o bucho um bocado de café e passaria um tempão no banheiro. Quatro aspirinas e ele ia ficar numa boa. Tomei o chá e fumei outro cigarro. Depois de um tempo, resolvi que eu ia sair e trancar o portão. Por isso peguei o meu roupão. Depois fui para a porta dos fundos. Olhei e vi as estrelas, mas era a lua que chamava minha atenção e iluminava tudo — casas e árvores, postes e fios de eletricidade, toda a vizinhança. Dei uma espiada pelo quintal antes de sair do alpendre. Uma pequena brisa soprou e com isso eu fechei e apertei mais o meu roupão. Comecei a andar rumo ao portão aberto.

Veio um barulho da cerca que separava a nossa casa da casa de Sam Lawton. Olhei depressa. Sam estava inclinado com os braços sobre a cerca, olhando para mim. Ergueu o punho até a boca e soltou uma tosse seca.

"Boa noite, Nancy", disse.

Falei: "Sam, você me assustou. O que está fazendo acordado, Sam? Ouviu alguma coisa? Eu ouvi o trinco do meu portão abrir".

"Estou aqui fora já faz um tempo, mas não ouvi nada", disse. "Também não vi nada. Vai ver que foi o vento. É isso mesmo.

Mas, se estava trancado, não era para ter aberto." Sam estava mascando alguma coisa. Olhou para o portão aberto e depois olhou para mim de novo e deu de ombros. Seu cabelo estava cor de prata sob o luar e meio eriçado na cabeça. Estava tão claro ali fora que eu podia ver até o seu nariz comprido, até as rugas fundas no seu rosto.

Falei: "O que está fazendo acordado, Sam?", e me aproximei da cerca.

"Caçando", respondeu. "Estou caçando. Quer ver uma coisa? Venha até aqui, Nancy, vou lhe mostrar uma coisa."

"Vou dar a volta", falei e comecei a andar pela lateral da nossa casa, rumo ao portão da frente. Saí e caminhei pela calçada. Eu tinha uma sensação esquisita, andando na rua de roupão e camisola por baixo. Pensei que aquilo era uma coisa para se recordar, andar assim na rua, de camisola. Pude ver o Sam do lado da sua casa, de roupão, com a calça do pijama tocando os seus sapatos marrons e brancos. Segurava uma lanterna grande numa mão e uma lata de alguma coisa na outra. Ele me guiava com a luz da sua lanterna. Abri o portão.

Sam e Cliff tinham sido amigos. Então, uma noite, os dois estavam bebendo. Tiveram uma discussão. Logo depois Sam levantou uma cerca separando as duas casas. Depois, Cliff resolveu levantar sua cerca também. Isso aconteceu não muito tempo depois de Sam ter perdido Millie, ter casado de novo e se tornado pai outra vez. Tudo num intervalo de pouco mais de um ano. Millie, a primeira esposa do Sam, foi uma boa amiga minha até morrer. Tinha só quarenta e quatro anos quando teve um ataque do coração. Parece que aconteceu na hora em que tinha acabado de virar o carro na entrada da garagem da casa. Ela tombou em cima do volante, o carro continuou andando e bateu no fundo da garagem. Quando Sam veio correndo de casa, achou a mulher morta. Às vezes, de noite, ouvíamos um som de choro vindo de lá, que devia ser ele gemendo. Olhávamos um para o outro quando ouvíamos aquilo e não conseguíamos falar nada. Eu tremia. Cliff preparava outro drinque para beber.

Sam e Millie tinham uma filha que havia saído de casa aos dezesseis anos e ido para San Francisco para ser hippie. De vez em quando, ao longo dos anos, ela mandava cartas. Mas nunca voltou para casa. Sam tentou, porém não conseguiu localizar a filha de jeito nenhum quando Millie morreu. Ele chorava e dizia que tinha perdido a filha primeiro e depois a mãe. Millie foi enterrada, o Sam chorou muito, e depois de um tempo começou a sair com Laurie não sei o quê, uma mulher mais jovem, professora primária que ganhava um dinheiro extra preparando declarações de imposto de renda. Foi um namoro curto. Os dois eram solitários e carentes. Então casaram e tiveram um filho. Mas o lado triste é o seguinte. O bebê era albino. Eu vi a criança alguns dias depois de terem trazido o bebê do hospital para casa. Era albino mesmo, nem se discute, até a ponta dos pobres dedinhos. Os olhos tinham uma cor rosada, em vez de branca, em volta da íris, e o cabelo em cima da cabeça era branco que nem o de um velho. Sua cabeça também parecia grande demais. Mas também não fiquei olhando tantos bebês assim para saber, portanto pode ter sido imaginação minha. Na primeira vez em que vi a criança, Laurie estava atrás do berço, de braços cruzados, a pele nas costas das mãos toda escalavrada, os lábios se retorciam de nervosismo. Eu sabia que ela temia que eu olhasse dentro do berço e sufocasse um grito de espanto ou alguma coisa assim. Mas eu já estava preparada. Cliff já havia me dado a dica. Em todo caso, costumo ser boa em disfarçar meus sentimentos verdadeiros. Aí estiquei as mãos e toquei os dois lados da carinha branca da criança e tentei sorrir. Falei o nome dele. Disse: "Sammy". Mas achei que ia chorar quando falei o nome. Eu estava preparada, mas ainda demorei bastante para conseguir fitar os olhos de

Laurie. Ela ficou lá esperando, enquanto eu agradecia em silêncio por aquele ser o filho dela, e não meu. Não, eu não queria um filho como aquele por nada neste mundo. Dei graças a Deus por Cliff e eu termos resolvido, desde muito tempo, não ter filhos. Mas segundo Cliff, que não é lá um entendido nessas coisas, a personalidade do Sam mudou depois que o bebê nasceu. Ficou impaciente e de pavio curto, revoltado com o mundo, dizia Cliff. Então o Cliff e o Sam tiveram uma discussão e o Sam ergueu a sua cerca. Fazia muito tempo que a gente não conversava, eu e ele.

"Olhe só isso", disse o Sam, puxando sua calça de pijama e ficando de cócoras com o roupão pendente por cima dos joelhos. Apontou a lanterna para a terra.

Olhei e vi umas lesmas grossas e brancas enroladas num pedaço de terra lisa.

"Eu só dei para elas uma dose disto aqui", disse e levantou uma lata de uma coisa que parecia Ajax. Mas era uma lata maior e mais pesada que a de Ajax e tinha uma caveira e ossos cruzados no rótulo. "As lesmas estão tomando conta de tudo", falou, mexendo alguma coisa dentro da boca. Virou a cabeça para o lado e cuspiu o que podia ser tabaco. "Tenho de fazer isso quase todas as noites só para poder manter a situação como está." Virou a lanterna para um pote de vidro que estava quase cheio daquelas coisas. "Ponho uma isca para elas de noite e depois, sempre que tenho oportunidade, venho aqui para fora com este troço e caço os bichos. As sacanas estão por todo lado. O seu quintal também está cheio delas, aposto que está. Se tem no meu, no seu também tem. É um crime o que elas podem fazer com um quintal. E as suas flores então. Dê uma olhada lá", disse. Levantou-se. Pegou o meu braço e me levou para perto de umas roseiras. Mostrou uns furinhos nas folhas. "Lesmas", disse. "Por todo lado que a gente olha aqui de noite tem lesmas. Eu ponho as iscas e depois venho aqui para fora e tento pegar as que não comeram o banquetezinho que preparei para elas", disse. "Que invenção terrível, a lesma. Mas eu coloco as lesmas dentro daquele vidro ali e, quando o vidro está cheio e elas ficam bonitas e no ponto, meto todas elas embaixo das roseiras. São um bom fertilizante." Passou a luz da lanterna pelas roseiras. Depois de um minuto disse: "Que vida, não?", e balançou a cabeça.

Passou um avião lá no alto. Levantei os olhos e vi suas luzes piscantes e, por trás das luzes, claro como tudo o mais no céu da noite, o rastro branco e comprido da descarga das turbinas. Imaginei as pessoas dentro do avião, sentadas e presas num cinto às suas poltronas, algumas envolvidas em suas leituras, outras apenas olhando pela janela.

Virei para o Sam e disse: "Como vão a Laurie e o pequeno Sam?".

"Vão bem. Sabe", disse, e deu de ombros. Ficou mascando sei lá o que tinha dentro da boca. "Laurie é uma boa mulher. A melhor que existe. É uma boa mulher", disse de novo. "Nem sei o que eu faria se não tivesse a Laurie. Acho que, se não fosse por ela, eu ia querer ficar com a Millie, lá onde ela está. Onde quer que seja. Acho que não é em lugar nenhum, até onde sei. É o que acho desse assunto. Lugar nenhum", falou. "A morte é lugar nenhum, Nancy. Pode escrever o que estou dizendo." Cuspiu outra vez. "Sammy está doente. Você sabe que o garoto vive pegando esses resfriados. É difícil para ele se livrar dos resfriados. Ela vai levar o garoto ao médico de novo amanhã. E como vão vocês? Como vai o Clifford?"

Falei: "Vai bem. Na mesma. O mesmo velho Cliff de sempre". Eu não sabia mais o que dizer. Olhei para a roseira outra vez. "Agora está dormindo", falei.

"Às vezes, quando estou aqui fora caçando essas lesmas sacanas, olho por cima da cerca, na direção da casa de vocês", disse ele. "Uma vez...", parou e riu baixinho. "Me desculpe, Nancy, mas é que agora isso me pareceu bem gozado. Acontece que uma vez olhei por cima da cerca e vi o Cliff lá no seu quintal, mijando naquelas petúnias. Comecei a falar alguma coisa, quis fazer algum tipo de brincadeira, sei lá. Mas não falei nada. Pelo jeito dele, o Cliff parecia que tinha bebido um bocado e então eu não sabia como ia reagir se eu fizesse alguma brincadeira. O Cliff não me viu. Então fiquei quieto. Acho uma pena que o Cliff e eu tenhamos tido aquela briga", disse.

Fiz que sim com a cabeça, bem devagar. "Acho que ele também pensa assim, Sam." Depois de um minuto, falei: "Você e ele eram amigos". Mas a imagem de Cliff de braguilha aberta e mijando nas petúnias ficou na minha cabeça. Fechei os olhos e tentei me livrar daquilo.

"É verdade. Nós éramos bons amigos", disse Sam. Depois prosseguiu: "De noite, depois que a Laurie e o garoto vão dormir, eu venho aqui fora. É alguma coisa para eu fazer, afinal. Vocês estão dormindo. Todo mundo está dormindo. Eu não consigo mais dormir direito. E o que estou fazendo é uma coisa que vale a pena, tenho certeza disso. Olhe lá agora", disse, e respirou bem fundo. "Tem uma lá. Está vendo? Bem ali onde está a luz da minha lanterna." Focalizou o facho de luz na terra embaixo da roseira. Aí eu vi a lesma se mexer. "Olhe só isso", disse o Sam.

Cruzei os braços embaixo dos seios e me curvei sobre o ponto para onde ele estava apontando a lanterna. A lesma parou e virou a cabeça cega de um lado para o outro. Então o Sam pôs a lata em cima dela e borrifou, borrifou. "Bichos nojentos, desgraçados", disse ele. "Meu Deus, como eu odeio essas lesmas." A lesma começou a se contorcer e a rodar para um lado e para o outro. Depois se enroscou e depois ficou reta. Enroscou-se outra vez e ficou imóvel. Sam pegou uma pazinha de brinquedo. Tirou a lesma do chão com essa pá. Segurou o vidro bem afastado do seu corpo, desatarraxou a tampa e jogou a lesma dentro do vidro. Colocou a tampa de novo no lugar e pôs o vidro no chão.

"Parei de beber", disse o Sam. "Não parei exatamente, eu só diminuí muito. Tive de fazer isso. Cheguei a um ponto em que já não tinha mais noção de nada. A gente ainda tem bebida em casa, mas eu não tenho mais muito a ver com isso.

Fiz que sim com a cabeça. Ele olhou para mim e continuou olhando. Tive a sensação de que estava esperando que eu dissesse alguma coisa. Mas não falei nada. O que havia para dizer? Nada. "Vou voltar para casa", falei.

"Claro", disse. "Bem, vou continuar mais um tempo com isto que estou fazendo aqui e depois vou entrar também."

Falei: "Boa noite, Sam".

"Boa noite, Nancy", respondeu. "Escute." Parou de mascar e empurrou com a língua aquele troço que tinha atrás do lábio inferior, sei lá o que era. "Mande um abraço para o velho Cliff."

Falei: "Pode deixar. Vou dizer a ele que você mandou um abraço, Sam".

Fez que sim com a cabeça. Passou a mão pelo cabelo prateado como se fosse baixar o cabelo, para variar. "Boa noite, Nancy."

Voltei para a frente da casa e segui pela calçada. Parei por um minuto com a mão no nosso portão e olhei em volta, para a vizinhança muito parada. Não sei por quê, mas de repente me senti muito longe de todo mundo que eu tinha conhecido e amado quando era garota. Senti uma saudade das pessoas. Por um momento, fiquei lá parada e desejei poder voltar para aquela época. Então, quando pensei de novo, entendi com clareza que não podia fazer aquilo. Não, mas então me veio à cabeça que a minha vida não se parecia nem remotamente com a vida que eu achava que ia ter quando era jovem e vivia cheia de expectativas.

Agora eu não conseguia lembrar o que eu queria fazer com a minha vida naquele tempo, mas como todo mundo eu também tinha planos. Cliff era alguém que também tinha planos e foi assim que nos conhecemos e foi por isso que ficamos juntos.

Entrei em casa e apaguei todas as luzes. No quarto, tirei o roupão, dobrei, coloquei ao alcance da mão, de modo que quando o despertador tocasse eu pudesse pegá-lo. Sem ver que horas eram, verifiquei de novo se o pino do despertador estava levantado. Depois fui para a cama, puxei a coberta por cima de mim e fechei os olhos. Cliff começou a roncar. Cutuquei, mas não adiantou nada. Ele continuou a roncar. Fiquei ouvindo os seus roncos. Então lembrei que tinha esquecido de fechar o trinco do portão. Acabou que fiquei ali de olhos abertos e continuei deitada, deixando passear os olhos por todas as coisas dentro do quarto. Depois de um tempo, me virei de lado e pus o braço por cima da cintura do Cliff. Sacudi um pouco seu corpo. Ele parou de roncar por um momento. Depois puxou um pigarro. Engoliu. Alguma coisa agarrou e chacoalhou dentro do seu peito. Deu um suspiro profundo e depois começou a roncar outra vez. Falei: "Cliff", e sacudi com força. "Cliff, escute aqui." Ele gemeu. Um tremor correu dentro dele. Por um momento, pareceu parar de respirar, pareceu chegar ao fundo de alguma coisa. Por conta própria, meus dedos afundaram na carne mole do seu quadril. Prendi minha respiração, esperando que ele recomeçasse. Houve um intervalo e depois, de novo, a respiração dele, profunda e regular. Levei minha mão ao seu peito. Ela ficou ali, os dedos abertos, depois começou a dar umas batidinhas, como se pensasse o que ia fazer depois. "Cliff?", falei de novo. "Cliff." Pus a mão na sua garganta. Senti a pulsação. Depois apalpei seu queixo afundado e senti o hálito quente nas costas da minha mão. Olhei sua cara bem de perto e comecei a seguir os seus traços com a ponta dos dedos. Toquei nas pálpebras pesadas e fechadas. Afaguei as rugas na sua testa.

Falei: "Cliff, me escute, meu bem". Eu sempre começava tudo o que dizia falando que o amava. Eu dizia que sempre o tinha amado e sempre o amaria. Eram coisas que tinham de ser ditas antes das outras. Então, comecei a falar. Não importava que ele estivesse em outro lugar e não pudesse ouvir nada do que eu estava falando. Além disso, no meio de uma frase, me ocorreu que ele já sabia tudo aquilo que eu estava dizendo, talvez soubesse até melhor do que eu, e desde muito tempo. Quando pensei nisso, parei de falar por um momento e olhei para ele de um jeito diferente. No entanto eu queria terminar o que havia começado. Continuei a contar para ele, sem rancor e sem nenhum tipo de raiva, tudo aquilo que estava na minha cabeça. Acabei botando tudo para fora, as piores coisas, tudinho, que eu sentia que não estávamos indo para lugar nenhum e que era hora de admitir isso, mesmo que já não adiantasse nada.

Uma porção de palavras, vocês podem imaginar. Mas me senti melhor depois que falei. E assim enxuguei as lágrimas da minha cara e me deitei de costas. A respiração do Cliff parecia normal, embora estivesse tão alta que eu nem conseguia ouvir a minha própria respiração. Pensei por um momento no mundo lá fora da minha casa, e depois não tive mais nenhum pensamento, a não ser que talvez eu conseguisse dormir.

O lance

É outubro, o dia está chuvoso. Da janela do meu quarto de hotel posso olhar e ver boa parte dessa cinzenta cidade do Meio-Oeste; exatamente agora, as luzes estão começando a acender aqui e ali em alguns prédios e a fumaça vai subindo das chaminés altas na orla da cidade numa lenta escalada rumo ao céu que escurece. A não ser por uma sucursal do campus da universidade situada aqui — um primo pobre, na verdade —, não há muita coisa que recomende o lugar.

Quero contar uma história que meu pai me contou no ano passado, quando dei uma parada rápida lá em Sacramento. Trata de uns acontecimentos sórdidos em que ele andou metido, mais ou menos uns dois anos antes disso, antes de ele e a minha mãe se divorciarem. Podem até perguntar se isso é importante o suficiente para justificar que eu conte — se vale o meu tempo e minha energia, o seu tempo e a sua energia —, e então por que foi que não contei nada antes? Não tenho resposta para isso. Em primeiro lugar, não sei se é mesmo tão importante assim — pelo menos para outras pessoas que não o meu pai e as outras pessoas envolvidas. Em segundo lugar, e talvez isso tenha mais sentido, o que é que eu tenho a ver com essa história? Essa pergunta é mais difícil de responder. Reconheço que tenho a impressão de que agi mal naquele dia com relação ao meu pai, que talvez eu o tenha frustrado numa hora em que poderia ter ajudado. Mesmo assim alguma coisa me diz que ele estava perdido, fora do alcance de qualquer coisa que eu pudesse fazer por ele, e que a única coisa que se passou entre nós naquelas poucas horas foi que ele me levou — me *forçou*, talvez o termo melhor fosse esse — a olhar para meu próprio abismo; e nada nasce de nada, como diz Pearl Bailey, como todos nós sabemos por experiência.

Sou um vendedor de livros, representante de uma editora de livros didáticos muito conhecida do Meio-Oeste. Minha base de operações é Chicago, minha área de atividade é Illinois, partes de Iowa e Wisconsin. Eu estava participando da convenção da Associação dos Editores de Livros do Oeste lá em Los Angeles, quando me ocorreu de repente, de uma hora para outra, que eu podia fazer uma visita ao meu pai, no meu caminho de volta para Chicago. Fiquei em dúvida porque, desde o seu divórcio, havia uma grande parte de mim que não queria nem saber de ver a cara dele de novo, mas antes que eu pudesse pensar melhor achei o seu endereço na minha carteira e tratei logo de mandar um telegrama. Na manhã seguinte, despachei minhas coisas para Chicago e tomei um avião para Sacramento. O céu estava ligeiramente encoberto; era uma fria e úmida manhã de setembro.

Levei um minuto para reconhecer o meu pai. Ele estava parado alguns passos atrás do portão quando o vi, de cabelo branco, óculos, calça de algodão marrom de tecido sintético, uma jaqueta de náilon cinzenta por cima de uma camisa branca aberta no pescoço. Olhava para mim e me dei conta de que ele devia ter me avistado desde o momento em que saí do avião.

"Pai, como é que vai?"

"Les."

Apertamos as mãos rapidamente e começamos a andar na direção do terminal.

"Como é que vão Mary e as crianças?"

Olhei bem para ele antes de responder. Claro, ele não sabia que estávamos morando separados já fazia seis meses. "Vão todos bem", respondi.

Ele abriu um saco branco de confeitaria. "Comprei umas coisinhas para elas, talvez você pudesse levar na sua viagem. Não é grande coisa. Uns biscoitinhos de amêndoa para a Mary, um brinquedinho de armar para o Ed e uma boneca Barbie. A Jean vai gostar, não vai?"

"Claro que vai."

"Não esqueça de levar, quando for embora."

Fiz que sim com a cabeça. Saímos do caminho para abrir passagem a um grupo de freiras, ruborizadas e muito falantes, que seguia na direção da área de embarque. Ele tinha envelhecido. "Bem, vamos beber alguma coisa ou tomar uma xícara de café?"

"O que você quiser. Não tenho carro", se desculpou. "Na verdade, não preciso de carro por aqui. Vim de táxi."

"A gente não precisa ir a lugar nenhum. Vamos até o bar para tomar um drinque. É cedo, mas até que eu tomaria um drinque."

Achamos o bar e fiz sinal para ele entrar num compartimento com uma mesa, enquanto eu ia até o balcão. Minha boca estava seca e pedi um copo de suco de laranja, enquanto esperava. Olhei para trás e observei meu pai; suas mãos estavam cruzadas em cima da mesa e ele olhava para a janela de vidro escurecido que dava para o campo de pouso. Um avião grande estava recebendo os passageiros e um outro aterrissava mais ao longe. Uma mulher à beira dos quarenta anos, de cabelos vermelhos, vestindo um conjunto de malha branca, estava sentada entre dois homens mais jovens e bem-vestidos, alguns bancos adiante. Um dos homens estava perto da orelha da mulher e lhe dizia alguma coisa.

"Aqui estamos, pai. Saúde." Ele fez que sim com a cabeça e nós dois tomamos um bom gole e depois acendemos cigarros. "Bem, como vai a vida?"

Ele deu de ombros e abriu as mãos. "Vai indo."

Inclinei-me para trás na cadeira e soltei uma longa baforada. Ele tinha um ar de infelicidade à sua volta que eu não conseguia deixar de achar um pouco irritante.

"Acho que o aeroporto de Chicago daria uns três ou quatro deste aqui", disse ele.

"Mais que isso."

"Eu bem que achei que era grande."

"Quando foi que você começou a usar óculos?"

"Faz pouco tempo. Alguns meses."

Depois de um ou dois minutos, falei: "Acho que está na hora de tomar mais um".

O barman olhou para nós e eu fiz um gesto afirmativo para ele. Dessa vez, uma garota simpática e esguia, num vestido vermelho e preto, veio anotar o nosso pedido. Agora, todos os bancos do bar estavam ocupados e havia alguns homens em ternos de trabalho sentados nas mesas, nos compartimentos isolados. Uma rede de pesca pendia do teto com uma porção de balõezinhos japoneses coloridos espalhados lá dentro. Petula Clark estava cantando "Downtown" no toca-discos automático. Lembrei-me de novo de que meu pai estava morando sozinho, trabalhando de noite como torneiro mecânico numa oficina, e tudo aquilo pareceu inacreditável. De repente, a mulher no balcão riu mais alto e inclinou-se para trás no seu banco, segurando-se nas mangas dos homens sentados um à sua esquerda e o outro à sua direita. A garota voltou trazendo os drinques, e dessa vez meu pai e eu tocamos os copos num brinde.

"Eu preferia ter morrido", disse ele, devagar. Seus braços repousaram pesadamente dos dois lados do seu copo. "Você é um homem instruído, Les. Talvez consiga entender."

Fiz que sim com a cabeça, de leve, sem fitar nos seus olhos, e esperei que ele continuasse. Começou a falar num zumbido baixo e monótono que na mesma hora me deixou perturbado. Inclinei o cinzeiro apoiado na borda para ler o que estava escrito no fundo: CLUBE HARRAH E LAGO TAHOE. Bons lugares para se divertir.

"Ela era vendedora de produtos Stanley. Uma mulher pequena, pés e mãos pequenos e cabelo preto feito carvão. Não era a mulher mais linda do mundo, mas tinha um jeito bonito. Estava com trinta anos de idade e tinha filhas, mas... mas era uma mulher decente, não importa o que tenha acontecido.

"Sua mãe vivia comprando coisas com ela, uma vassoura ou um esfregão, algum tipo de recheio de torta, você sabe como é a sua mãe. Era um sábado, eu estava em casa sozinho e sua mãe tinha ido não sei aonde. Não sei onde ela estava. Não estava no trabalho. Eu estava na sala, lendo o jornal e tomando uma xícara de café, só relaxando. Bateram na porta e era aquela mulher pequena, Sally Wain. Disse que tinha algumas coisas para a minha esposa, a senhora Palmer. 'Eu sou o senhor Palmer', falei. 'A senhora Palmer não está no momento.' Pedi a ela que entrasse um pouco, sabe como é, disse que eu pagaria pelos produtos. Ela ficou sem saber se devia entrar ou não, ficou ali parada por um momento, segurando sua sacolinha de papel e o recibo. 'Me dê aqui, eu fico com isso', falei. 'Por que não entra e senta um pouco até eu ver se acho o dinheiro?'

"'Está tudo bem', respondeu. 'Pode ficar devendo. Posso passar mais tarde. Tenho uma porção de visitas para fazer: está tudo bem.' Ela sorriu para me deixar ciente de que estava mesmo tudo bem.

"'Não, não', falei. 'Fiquei com os produtos, prefiro pagar de uma vez. É menos uma viagem para você fazer e não quero ficar com mais uma dívida. Entre', falei de novo, e abri a porta de tela. 'Não é educado deixar você plantada aí do lado de fora.' Eram entre onze horas e meio-dia."

Meu pai tossiu e pegou um dos meus cigarros no maço sobre a mesa. A mulher no balcão riu de novo, olhei para ela e depois olhei de novo para o meu pai.

"Ela entrou e depois falei: 'Só um momento, por favor', e entrei no quarto para procurar a minha carteira. Olhei no gaveteiro todo, mas não consegui achar. Achei algum dinheiro trocado e fósforos, e o meu pente, mas não consegui achar a minha carteira. Sua mãe tinha feito faxina naquela manhã. Voltei para a sala e disse: 'Bem, vou ver se acho em algum outro lugar'.

"'Por favor, não se incomode', disse ela.

"'Não é nada', respondi. 'Preciso mesmo achar a minha carteira. Fique à vontade.' Na porta da cozinha, parei e disse: 'Escute, você soube daquele grande assalto lá no Leste?'. Apontei para o jornal. 'Eu estava lendo agora mesmo.'

"'Vi na televisão na noite passada', disse ela. 'Mostraram umas imagens e entrevistaram os policiais.'

"'Eles conseguiram escapar', falei.

"'Foram muito espertos, não acha?', disse ela.

"'Acho que todo mundo, uma hora ou outra, sonha em cometer o crime perfeito, não acha?'

"'Mas não é muita gente que consegue', disse ela. Pegou o jornal. Tinha uma foto de um carro-forte na primeira página e as manchetes falavam alguma coisa de um roubo de um milhão de dólares, algo por aí. Lembra-se disso, Les? Quando aqueles caras vestiram roupas de policiais?

"Eu não sabia mais o que dizer, só ficamos ali olhando um para o outro. Virei e saí para a varanda, procurei as minhas calças no cesto de roupa suja, onde achei que sua mãe tinha jogado minhas roupas. Encontrei a carteira no bolso de trás, voltei para a outra sala e perguntei quanto eu devia.

"'Agora podemos fazer negócios', falei.

"Eram três ou quatro dólares e paguei para ela. Depois, não sei por quê, perguntei o que ela faria com o dinheiro, se tivesse toda a grana que os tais caras tinham roubado.

"Ela riu bem alto e mostrou os dentes.

"Não sei o que deu em mim naquela hora, Les. Cinquenta e cinco anos de idade. Filhos já crescidos. Já era para eu ter mais juízo. Aquela mulher mal tinha metade da minha idade, com filhos ainda na escola primária. Fazia aquele trabalho de vender produtos Stanley no horário em que eles estavam na escola, só para ocupar o seu tempo. Claro, com aquilo ela ganhava um pouco de dinheiro extra, mas o que interessava mesmo era se manter ocupada. Ela não precisava trabalhar. Eles tinham o suficiente para viver. O marido dela, o Larry, era motorista da transportadora Consolidated. Ganhava bem. Caminhoneiro, sabe como é. Ganhava o bastante para a família viver sem que a mulher precisasse trabalhar. Não era um caso de necessidade."

Meu pai parou e enxugou o rosto.

"Quero tentar fazer você entender."

"Não precisa contar mais nada", falei. "Não estou pedindo nada a você. Todo mundo pode cometer um erro. Eu entendo."

Ele balançou a cabeça. "Tenho de contar isso para alguém, Les. Não contei para ninguém, mas quero contar para você e quero que você entenda.

"Sally tinha dois filhos, Stan e Freddy. Estavam na escola, uma série de diferença um do outro. Nunca os encontrei, graças a Deus, mas depois ela me mostrou umas fotos deles. Riu quando falei aquilo sobre o dinheiro, ela disse que na certa ia parar de vender produtos Stanley e que eles iam mudar-se para San Diego e comprar uma casa lá. Tinha parentes em San Diego e, se eles tivessem todo aquele dinheiro, disse ela, iam mudar-se para lá e abrir uma loja de artigos esportivos. Era isso o que eles sempre falavam que gostariam de fazer, abrir uma loja de artigos esportivos, se algum dia tivessem condições."

Acendi outro cigarro, lancei um olhar para o meu relógio de pulso, cruzei as pernas para um lado e depois para o outro, debaixo da mesa. O barman olhou para nós e eu levantei o meu copo. Ele foi até a garota que estava anotando um pedido numa outra mesa.

"Agora ela estava sentada no sofá, mais relaxada, só passando os olhos pelo jornal, quando ergueu os olhos e perguntou se eu tinha um cigarro. Disse que havia deixado os cigarros dela na outra bolsa e que não tinha fumado nada desde que saíra de casa. Disse que detestava comprar cigarros naquelas máquinas quando tinha um pacote inteiro em casa. Dei um cigarro para ela e segurei um fósforo para ela acender, mas meus dedos estavam tremendo."

Meu pai parou de novo e ficou olhando para a mesa durante um minuto. A mulher no balcão estava com os braços em volta dos braços dos dois homens, um de cada lado, e os três cantavam junto com a música que vinha do toca-discos automático: "Aquele vento de verão veio soprando pelo mar". Corri os dedos para cima e para baixo no meu copo e fiquei esperando, tristemente, que ele prosseguisse.

"Depois disso, as coisas estão meio vagas na minha cabeça. Lembro que perguntei se ela queria café. Disse que eu tinha acabado de fazer um bule fresquinho, mas ela respondeu que precisava ir embora, se bem que talvez ainda tivesse tempo para uma xícara. Não falamos nenhuma vez sobre sua mãe durante todo aquele tempo, nem eu nem ela, sobre o fato de que sua mãe podia chegar a qualquer momento. Fui à cozinha e esperei o café ficar quente e nessa altura eu estava com os nervos à flor da pele e as xícaras tilintavam quando eu trouxe o café para a sala... Vou lhe dizer uma coisa, Les, juro por Deus, eu nunca enganei sua mãe com outra mulher durante todos os anos em que estivemos casados. Nenhuma vez. Talvez tenha havido ocasiões em que achei que gostaria de fazer isso, ou ocasiões em que eu tenha tido uma oportunidade... Você não conhece sua mãe como eu conheço. Às vezes ela era, podia ser..."

"Já chega", falei. "Não precisa falar mais nada sobre esse assunto."

"Não estou querendo dizer nada com isso. Eu amava sua mãe. Você não sabe. Eu só queria que você tentasse entender... Eu trouxe o café e a Sally já tinha tirado o casaco, nessa altura. Sentei na outra ponta do sofá e passamos a falar de coisas mais pessoais. Ela disse que tinha dois filhos na escola Roosevelt e o Larry era motorista de caminhão e às vezes ficava uma ou duas semanas fora de casa. Subia até Seattle ou descia até Los Angeles, ou então ia para Phoenix, Arizona. Estava sempre fora. Dali a pouco começamos a nos sentir muito bem conversando, sabe, era bom estar ali sentado conversando. Ela contou que a mãe e o pai tinham morrido e que ela havia sido criada por uma tia lá em Redding. Conheceu o Larry quando os dois estavam no ensino médio e eles se casaram logo, mas ela estava orgulhosa do fato de ter frequentado o colégio até o fim e ter se formado. Mas pouco depois ela deu uma risadinha por causa de alguma coisa que eu disse que talvez pudesse ser entendida de duas maneiras, e continuou rindo, e depois perguntou se eu tinha ouvido a piada do vendedor de sapatos viajante que fez uma visita a uma viúva. Rimos os dois um pouco depois que ela contou a piada e então lhe contei uma outra um pouco pior e ela soltou uma boa risada com aquela anedota e a seguir fumou outro cigarro. Uma coisa foi levando a outra e dali a pouco eu já estava ao lado dela.

"Tenho vergonha de contar isso para você, minha própria carne e meu próprio sangue, mas eu a beijei naquela hora. Acho que estava sem jeito e atrapalhado, mas pus a cabeça dela para trás sobre o sofá e beijei, e senti a língua dela nos meus lábios. Não sei, não sei mesmo como dizer isso, Les, mas eu estuprei a mulher. Não quero dizer que estuprei contra a vontade dela, não é nada disso, mas mesmo assim eu estuprei, fiquei apalpando e apertando por baixo da roupa que nem um garoto de quinze anos. Ela não me incentivou, se você entende o que quero dizer, mas também não fez nada para me impedir... Não sei, um homem pode muito bem ir levando a sua vida direito, obediente a todas as regras, e aí, um dia, sem mais nem menos...

"Mas tudo acabou num minuto ou dois. Ela se levantou e ajeitou as roupas, olhou meio sem graça. Eu não tinha a menor ideia do que fazer e aí fui para a cozinha e preparei mais café para nós dois. Quando voltei, ela já estava de casaco e pronta para sair. Pus o café na mesa, me aproximei e abracei a mulher com força.

"Ela disse: 'Você deve achar que sou uma prostituta ou alguma coisa assim'. Falou algo desse tipo e olhou para os sapatos. Abracei a mulher com força outra vez e disse: 'Você sabe que isso não é verdade'.

"Bom, ela foi embora. A gente não disse até logo nem a gente se vê outro dia. Ela só deu as costas, escapuliu pela porta e vi quando entrou no carro na ponta do quarteirão e foi embora.

"Eu estava todo excitado e confuso. Ajeitei as coisas no sofá e revirei as almofadas, dobrei os jornais e até lavei as duas xícaras que a gente tinha usado, e ainda lavei a cafeteira. O tempo todo eu pensava em como é que eu ia encarar sua mãe. Eu sabia que tinha de dar uma volta, ter uma chance de pensar. Fui até o Kelly's e fiquei lá a tarde inteira tomando cerveja.

"Foi assim que começou. Depois disso, não aconteceu mais nada durante duas ou três semanas. Sua mãe e eu fomos levando a vida do mesmo jeito que antes e, depois dos dois ou três primeiros dias, parei de pensar na outra. Quer dizer, eu lembrava tudo, é claro, como é que podia esquecer? Só que parei de pensar no assunto. Aí, num sábado, eu estava aparando a grama com o cortador no jardim quando vi a mulher parar no outro lado da rua. Ela saiu do carro com um escovão e dois ou três pequenos sacos de papel na mão, fazendo uma entrega. Dessa vez sua mãe estava em casa, onde podia ver tudo se por acaso desse uma olhada pela janela, mas eu sabia que tinha de aproveitar a chance para falar alguma coisa para a Sally. Fiquei atento e, quando ela saiu da casa do outro lado da rua, andei na direção dela com a cara mais natural do mundo, levando uma chave de fenda e um alicate na mão, como se eu tivesse que tratar de algum negócio normal com ela. Quando avancei para a lateral do carro, ela já estava lá dentro e teve de baixar o vidro e virar a cabeça para cima. Falei: 'Oi, Sally. Como vão as coisas?'.

"'Tudo certo', respondeu.

"'Eu gostaria de ver você de novo', falei.

"Ela se limitou a ficar olhando para mim. Não estava furiosa nem nada disso, só me olhou bem firme e direto e ficou com as mãos no volante.

"'Eu gostaria de ver você', falei de novo, e minha boca ficou pesada. 'Sally.'

"Ela contraiu os lábios entre os dentes e aí abriu o jogo e disse: 'Quer vir esta noite? O Larry saiu da cidade, foi para Salem, no Oregon. A gente podia tomar uma cerveja'.

"Fiz que sim com a cabeça e me afastei um passo do carro. 'Depois das nove', ela acrescentou. 'Vou deixar a luz acesa.'

"Fiz que sim com a cabeça outra vez e ela ligou o carro e engrenou a primeira, arranhando a embreagem. Voltei para o meu lado da rua e as minhas pernas estavam meio bambas."

Do outro lado, perto do balcão, um homem moreno e magro, de camisa vermelha, começou a tocar acordeão. Era uma música latina e ele tocava com sentimento, balançava o grande instrumento para a frente e para trás, nos braços, às vezes levantava a perna e abria o fole por cima da coxa. A mulher estava sentada de costas para o balcão e ouvia com um drinque na mão. Ouvia o acordeonista, observava o homem tocar e começou a se mexer para a frente e para trás no seu banco, no ritmo da música.

"Tem música ao vivo", falei para ver se distraía meu pai, que apenas lançou um olhar naquela direção e depois terminou o seu drinque.

De repente, a mulher desceu suavemente do banco, deu alguns passos na direção do centro do piso e começou a dançar. Sacudia a cabeça para um lado e para o outro e estalava os dedos das duas mãos enquanto os calcanhares batiam no chão. Todo mundo em volta ficou olhando para ela. O barman parou de misturar os drinques. As pessoas do lado de fora começaram a olhar e dali a pouco uma pequena multidão tinha se formado na porta para ver, e ela continuava a dançar. Acho que no início as pessoas ficaram fascinadas, mas também um pouco horrorizadas e constrangidas com ela. Pelo menos eu fiquei assim. A certa altura, o seu cabelo vermelho e comprido se soltou e tombou aberto pelas suas costas, mas ela se limitou a soltar um grito e bateu com os calcanhares no chão cada vez mais depressa. Levantou os braços acima da cabeça e começou a estalar os dedos e se mexer num pequeno círculo no meio do piso. Agora, estava rodeada por homens, mas acima da cabeça deles eu conseguia ver as mãos dela e os dedos brancos estalando. Então, com uma última batida seca dos calcanhares no chão e um grito final, a dança acabou. A música parou, a mulher jogou a cabeça para a frente, o cabelo escorrido na frente do rosto, e caiu apoiada num joelho. O acordeonista puxou os aplausos e os homens mais próximos dela recuaram a fim de lhe abrir passagem. Ela continuou ali durante um minuto, a cabeça curvada, respirando bem fundo, antes de se levantar. Parecia atordoada. Lambia o cabelo que havia grudado nos lábios e olhava para os rostos à sua volta. Os homens continuavam a aplaudir. Ela sorriu e agradeceu devagar com a cabeça, de um jeito formal, enquanto se virava devagar, até ter abrangido todo mundo com o olhar. Em seguida, voltou para o banco no balcão e pegou seu drinque.

"Viu só isso?", perguntei.

"Vi, sim."

Meu pai não poderia parecer menos interessado. Por um momento, ele me pareceu totalmente desprezível e tive de olhar para o outro lado. Eu sabia que estava sendo tolo, que dali a uma hora eu teria ido embora, mas aquilo era tudo o que podia fazer para impedir que eu lhe dissesse o que pensava do seu caso sórdido e o que aquilo havia causado à minha mãe.

O toca-discos automático começou a tocar uma música já pela metade. A mulher ainda estava sentada junto ao balcão, agora apenas apoiada no cotovelo, e se olhava no espelho. Havia três drinques na sua frente e um dos homens, o mesmo que antes falava com ela, tinha se afastado na direção da ponta do balcão. O outro homem tinha a mão espalmada sobre a parte inferior das costas da mulher. Respirei bem fundo, colei um sorriso nos lábios e me virei para o meu pai.

"Então foi assim que as coisas ficaram por um tempo", recomeçou ele. "Larry tinha uma agenda bem cheia e eu acabei indo lá toda noite que podia. Dizia para a sua mãe que ia à casa dos Elk, ou então dizia que tinha que terminar um serviço na oficina. Qualquer coisa, qualquer coisa para ficar fora durante algumas horas.

"Na primeira vez, naquela mesma noite, estacionei o carro a três ou quatro quarteirões, subi a rua a pé e passei direto pela frente da casa. Eu caminhava com as mãos dentro do paletó, num passo acelerado, e passei direto pela frente da casa dela, tentando controlar meus nervos. Ela deixou a luz da varanda acesa, como tinha dito, e todas as persianas fechadas. Andei até o fim do quarteirão e depois voltei, mais devagar, e avancei pela calçada na direção da porta da casa dela. Eu sabia que, se o Larry viesse atender a porta, seria o fim de tudo. Eu diria que estava procurando uma rua e queria saber onde ficava e depois iria embora. Nunca mais ia voltar. Meu coração batia com força nos meus ouvidos. Pouco antes de eu tocar a campainha, tirei a aliança de casamento do meu dedo e meti no bolso. Acho, acho que exatamente ali, naquele instante, na varanda, antes de ela abrir a porta, foi a única vez em que pensei, quero dizer, que pensei a sério mesmo, no que eu estava fazendo à sua mãe, e que aquilo que eu estava fazendo era errado.

"Mas eu fiz, e devia estar doido! Eu devia estar doido durante todo aquele tempo, Les, e não sabia disso, mas estava ali bem na minha frente. Por quê? Por que fiz aquilo? Um velho sacana feito eu, com filhos já adultos. Por que ela fez aquilo? A vagabunda filha da mãe!" Contraiu a mandíbula e ficou cismando durante um momento. "Não, não estou falando a verdade. Eu estava louco por ela, reconheço... Eu ia lá sempre que tinha uma chance. Quando eu sabia que o Larry tinha viajado, eu escapulia da oficina de tarde e dava um pulo na casa dela. Os filhos viviam na escola. Dou graças a Deus por isso, nunca topei com nenhum deles. Agora, as coisas seriam muito mais difíceis se eu tivesse... Mas naquela primeira vez, aquela foi a mais difícil de todas.

"Nós estávamos muito nervosos. Ficamos sentados durante muito tempo na cozinha, tomando cerveja, e ela começou a contar um monte de coisas sobre a vida dela, pensamentos secretos, era assim que ela chamava. Comecei a relaxar e a me sentir mais à vontade também e acabei falando algumas coisas. Sobre você, por exemplo; o seu trabalho, as suas economias, os seus estudos, e como depois você voltou para Chicago para fazer a vida lá. Ela contou que passou em Chicago de trem quando era menina. Contei para ela o que eu tinha feito da minha vida, não era grande coisa, até ali, falei. E aí falei de algumas coisas que eu ainda pretendia fazer, coisas que eu ainda planejava fazer. Ela me deixava desse jeito, quando estava perto dela, como se a minha vida já não tivesse ficado para trás. Eu disse para ela que não era tão velho que ainda não pudesse fazer meus planos. 'As pessoas precisam de planos para viver', disse ela. 'Você tem de ter os seus planos. Quando eu ficar velha demais para fazer planos e não tiver nada pela frente, podem vir me buscar e me jogar fora de uma vez.' Foi o que ela disse, e mais alguma coisa, e comecei a achar que eu a amava. Ficamos ali sentados conversando sobre tudo o que existe na face da terra, nem sei por quanto tempo, antes que pusesse os braços em volta dela."

Meu pai tirou os óculos e fechou os olhos por um minuto. "Nunca falei sobre isso com ninguém. Sei que provavelmente estou ficando alto, e não quero beber mais nada, mas eu tinha de contar isso para alguém. Não consigo mais guardar isso só para mim. Agora, sabe, se estou enchendo o seu saco com tudo isso, é só você me dizer, mas você podia me fazer o favor de me escutar um pouco mais."

Não respondi. Olhei para a pista do aeroporto, depois olhei para o meu relógio de pulso.

"Escute! A que horas sai o seu avião? Pode pegar um outro, mais tarde? Deixe que eu pague mais um drinque para a gente, Les. Peça mais dois para nós. Vou ser mais rápido, vou terminar num minuto. Você não sabe como eu preciso tirar do peito pelo menos uma parte disso. Escute.

"Sally tinha um retrato dele no quarto, junto da cama... Quero contar tudo para você, Les... Primeiro, aquilo me incomodou, ver o retrato dele bem ali, enquanto a gente ia para a cama, era a última coisa que eu olhava antes de ela apagar a luz. Mas isso foi só nas primeiras vezes. Depois de um tempo, me acostumei a ter o retrato ali do lado. Quer dizer, gostei daquilo, o Larry ali sorrindo para a gente, simpático e sossegado, enquanto a gente ia para a cama dele. Eu quase que esperava ver o retrato ali e teria até sentido sua falta se não estivesse lá. Cheguei a ponto de preferir fazer aquilo de tarde, porque tinha bastante luz e eu podia virar e ver a cara do Larry a qualquer momento que eu quisesse."

Balançou a cabeça e ela pareceu meio bamba. "É até difícil de acreditar, não é? Nem dá para reconhecer o seu pai, não é?... Bem, tudo acabou mal. Você sabe disso. Sua mãe me deixou, como tinha todo o direito de fazer. Você sabe disso tudo. Ela disse, disse que não podia mais suportar nem olhar para mim. Mas nem isso é tão importante."

"O que você quer dizer?", falei. "Não é tão importante?"

"Vou explicar para você, Les. Vou contar para você qual é a coisa mais importante nessa história toda. Veja, existem coisas, coisas muito mais importantes do que isso. Mais importantes do que o fato de sua mãe me deixar. No final das contas, isso não é nada... A gente estava na cama, certa noite. Deviam ser mais ou menos onze horas, porque eu sempre fazia questão de chegar em casa antes da meia-noite. Os filhos estavam dormindo. A gente estava ali deitado, conversando, Sally e eu, o meu braço em volta da sua cintura. Eu estava meio que cochilando, eu acho, enquanto ouvia a voz dela. Era gostoso ficar cochilando e meio que ouvindo. Ao mesmo tempo, eu estava acordado e lembro que pensei que dali a pouco eu teria de levantar e ir para casa, quando de repente um carro subiu na entrada para carro, alguém saiu e bateu a porta.

"'Meu Deus', ela gritou. 'É o Larry!' Pulei da cama e ainda estava no corredor tentando pegar minhas roupas quando ouvi o marido subir na varanda e abrir a porta. Eu devo ter ficado maluco na hora. Lembro que pensei que se eu corresse pela porta dos fundos ele ia me segurar pelo pescoço contra a cerca grande do quintal e quem sabe ia me matar. Sally estava fazendo um barulho engraçado. Como se estivesse sem ar. Vestia roupão, mas estava aberto, e ela estava na cozinha balançando a cabeça para trás e para a frente. Tudo isso acontecia ao mesmo tempo. Lá estava eu, seminu, com todas as roupas na mão, e o Larry estava abrindo a porta da frente. Pulei. Pulei direto pela vidraça da janela da frente mesmo, pulei em cheio no vidro. Fui cair em cima de uns arbustos, me levantei de um pulo, enquanto os cacos de vidro ainda caíam do meu corpo, e saí correndo pela rua afora."

Seu filho da mãe louco de pedra. Aquilo era grotesco. A história toda era uma doidice. Seria ridículo, tudo aquilo, se não fosse a minha mãe. Olhei para o meu pai bem firme por um minuto, mas ele não encarou os meus olhos.

"E aí, você fugiu mesmo? Ele não foi atrás de você nem nada?"

Não respondeu, ficou apenas olhando para o copo vazio na sua frente e eu olhei de novo para o meu relógio de pulso. Me espreguicei. Tinha uma dorzinha teimosa atrás dos olhos.

"Acho que é melhor eu ir logo para lá." Passei a mão no queixo e ajeitei o colarinho. "Acho que isso é tudo, não é? Você e a mamãe se separaram e você se mudou aqui para Sacramento. Ela continua morando em Redding. Isso é tudo, não é?"

"Não, não é bem assim. Quer dizer, isso é verdade, sim, sim, mas..." Ergueu a voz. "Você não sabe nada, não é? Você não sabe mesmo nada. Tem trinta e dois anos, mas, mas não sabe nada, a não ser vender livros." Olhou bem fixo para mim. Por trás dos óculos, os olhos pareciam vermelhos, miúdos e muito distantes. Eu fiquei ali parado, sentado na frente dele, e não senti nada, nem de um jeito nem de outro. Já estava quase na hora de ir embora. "Não, não, isso não é tudo... desculpe. Vou contar para você o que mais aconteceu. Se, se ele tivesse só batido nela ou alguma coisa assim, ou se tivesse vindo atrás de mim, tivesse vindo me procurar na minha casa. Qualquer coisa. Eu bem que merecia, ele podia me esculachar à vontade... mas ele não fez isso. Não fez nada disso. Acho que ele simplesmente ficou arrasado e se desmantelou. Ele... desabou. Jogou-se no sofá e ficou chorando. Ela ficou na cozinha e chorou também, ajoelhou-se e rezou para Deus em voz alta e disse que estava muito arrependida, mas depois de um tempo ela ouviu a porta fechar e voltou para a sala e o marido tinha ido embora. Não pegou o carro, deixou o carro na entrada da garagem. Foi a pé. Andou até o centro, alugou um quarto lá no Jefferson, na rua Três. Conseguiu comprar uma faca de serrinha em alguma drogaria vinte e quatro horas, subiu no seu quarto e começou a furar e furar a barriga, até se matar... Alguém tentou entrar lá uns dois dias depois e ele ainda estava vivo, e tinha uns trinta ou quarenta furos pequenos de faca na barriga, e sangue pelo quarto inteiro, mas ainda estava vivo. Tinha estraçalhado os intestinos, disse o médico. Morreu no hospital, um ou dois dias depois. Os médicos disseram que não havia nada que pudessem fazer por ele. Morreu e mais nada, nunca abriu a boca nem perguntou por ninguém. Só morreu, com as entranhas feitas em pedaços.

"Tenho a sensação, Les, de que eu morri ali. Uma parte de mim morreu. Sua mãe teve razão em me deixar. Ela devia ter me deixado. Mas o Larry Wain não precisava ter morrido! Eu não quero morrer, Les, não é isso. Acho que se a gente for ao fundo da questão, eu ainda prefiro que seja ele que esteja debaixo da terra, e não eu. Se fosse preciso fazer uma escolha... Não sei nada do que essas coisas significam, a vida e a morte, e todas essas coisas. Acho que a gente só tem uma vida e pronto. Mas, mas é difícil demais andar por aí com essa pessoa na minha consciência.

Toda hora volta na minha cabeça, quer dizer, não consigo tirar da cabeça que ele morreu por causa de uma coisa que eu fiz."

Começou a falar outra coisa, mas balançou a cabeça. Depois se inclinou para a frente, ligeiramente sobre a mesa, os lábios ainda separados, e tentou achar os meus olhos. Ele queria alguma coisa. Estava tentando me envolver naquilo de algum modo, está certo, mas era mais do que isso, ele queria mais alguma coisa. Uma resposta, talvez, quando não existem respostas. Talvez um simples gesto da minha parte, um toque no braço, quem sabe. Talvez isso fosse o bastante.

Afrouxei o colarinho e enxuguei a testa com o punho. Soltei um pigarro, ainda incapaz de encarar os seus olhos. Senti que um medo irracional e perturbador começou a me percorrer e a dor atrás dos meus olhos ficou mais forte. Meu pai continuou a me fitar, até que comecei a me revirar e nós dois nos demos conta de que eu não tinha nada para lhe oferecer, nada para oferecer a ninguém, aliás. Eu era só uma superfície lisa, sem nada por dentro, a não ser o vazio. Fiquei chocado. Pisquei os olhos uma ou duas vezes. Meus dedos tremeram enquanto eu acendia um cigarro, mas tomei cuidado para que ele não notasse.

"Talvez você ache que isso não é a coisa certa para dizer, mas eu acho que desde o início já devia haver alguma coisa errada com o homem. Fazer uma coisa dessas só porque a mulher andou dando umas trepadinhas, puxa, um homem tem de ser meio louco desde o início para chegar a fazer um troço assim... Mas você não entende."

"Sei que é terrível ter isso na consciência, mas você não pode ficar se culpando para sempre."

"Para sempre." Olhou em volta. "Quanto tempo dá isso?"

Ficamos ali sentados por alguns minutos mais, sem falar nada. Tínhamos terminado os nossos drinques já fazia tempo e a garota não havia voltado.

"Quer tomar mais um?", perguntei. "Estou pagando."

"Tem tempo para mais um?", perguntou, olhando bem para mim. E depois: "Não. Não, acho melhor a gente não tomar outro drinque. Você tem de pegar o avião".

Levantamos da mesa. Ajudei-o a vestir o paletó e saímos do compartimento, minha mão apoiava o seu cotovelo. O barman olhou para nós e disse: "Obrigado, pessoal".

Acenei com a mão. O meu braço estava meio duro.

"Vamos tomar um pouco de ar puro", falei. Descemos a escada para o lado de fora e meus olhos piscaram na luz forte da tarde. O sol tinha acabado de ir para trás de umas nuvens e nós ficamos do lado de fora, junto à porta, e não falamos nada. As pessoas não paravam de passar por nós, depressa. Todos pareciam afobados, menos um homem de jeans que levava uma bolsa de couro e passou por nós com o nariz sangrando. O lenço que o homem segurava no rosto parecia duro de sangue e ele olhou para nós quando passou. Um taxista negro perguntou se podia nos levar a algum lugar.

"Vou pôr você num táxi, pai, e pedir que o levem para a sua casa. Qual é o seu endereço?"

"Não, não", disse ele e deu um passo trôpego para trás, afastando-se do meio-fio. "Vou ver o seu avião decolar."

"Está bem. Acho melhor a gente se despedir aqui, ao ar livre. Não gosto mesmo de despedidas. Você sabe como é que é isso", acrescentei.

Apertamos as mãos. "Não se preocupe com nada, isso é o mais importante agora. Nenhum de nós, nenhum de nós é perfeito. Levante a cabeça outra vez e não se preocupe."

Não sei se ele me escutou. Em todo caso, não me respondeu. O taxista abriu a porta de trás do táxi, depois se virou para mim e disse: "Para onde?".

"Ele está bem. Pode explicar a você."

O taxista deu de ombros, fechou a porta e deu a volta no carro para a porta da frente, do outro lado.

"Fique calmo agora e escreva, está certo, pai?" Ele fez que sim com a cabeça. "Cuide-se", concluí. Ele virou e olhou para mim através da janela enquanto o táxi partia, e essa foi a última vez que o vi. No meio da viagem para Chicago, lembrei que deixara no bar o saco com os presentes dele.

Meu pai não escreveu, eu nunca mais tive notícias dele desde então. Eu gostaria de escrever e saber como ele está andando, mas acho que perdi o seu endereço. Porém, diga-me, afinal de contas, o que é que ele podia esperar de alguém feito eu?

Uma coisinha boa

Sábado à tarde ela foi de carro até a padariazinha no centro comercial. Depois de passar os olhos pelo livreto com fotos de bolos estampadas nas páginas, pediu o de chocolate, o seu predileto. O bolo que escolheu era decorado com uma nave espacial e uma plataforma de decolagem, debaixo de uma chuva de estrelas brancas numa extremidade do bolo e um planeta feito de uma geada vermelha, na outra ponta. O nome dele, SCOTTY, seria erguido em letras verdes embaixo do planeta. O padeiro, um homem mais velho e de pescoço grosso, escutava sem falar nada enquanto ela explicava que Scotty ia fazer oito anos na segunda--feira seguinte. O padeiro usava um avental branco que mais parecia um guarda-pó. As alças passavam por baixo dos braços, davam a volta pelas costas e depois voltavam de novo para a frente, onde ficavam amarradas embaixo da cintura larga. Ele esfregava as mãos na parte da frente do avental e escutava a explicação. Mantinha os olhos abaixados para as fotos e deixava a mulher falar. Deixava que ela falasse o quanto quisesse. Havia acabado de chegar ao trabalho e ia ficar lá a noite inteira, assando, e não tinha a menor pressa.

Ela resolveu escolher o bolo espacial e depois deu ao padeiro o nome dela, Ann Weiss, e o seu telefone. O bolo ia ficar pronto na segunda-feira de manhã, bem fresquinho, tirado do forno, com tempo de sobra para a festa de Scotty naquela tarde. O padeiro não era um sujeito alegre. Não houve nenhum comentário bem-humorado entre os dois, só a troca de palavras indispensáveis, a informação necessária. O padeiro deixou a mulher sem graça e ela não gostou disso. Enquanto ele ficou debruçado sobre o balcão, com o lápis na mão, a mulher observava as suas feições e se perguntava se ele já teria feito alguma outra coisa na vida além de ser um padeiro. Ela era mãe, tinha trinta e três anos, e lhe parecia que todo mundo, sobretudo alguém da idade do padeiro — um homem velho o bastante para ser seu pai — devia ter tido filhos que haviam passado por aquela fase especial de bolos e de festas de aniversário. Todo mundo passa por isso, pensava. Mas o homem foi frio com ela, não chegou a ser rude, só frio. Ela desistiu de criar um clima simpático. Olhou para o fundo da padaria e conseguiu enxergar uma mesa comprida de madeira com formas de alumínio empilhadas na ponta e, ao lado da mesa, um recipiente de metal cheio de prateleiras vazias. Havia um forno imenso. Um rádio tocava música *country*.

O padeiro terminou de anotar as informações do pedido num cartão especial e fechou o livreto com fotos de bolos. Olhou para ela e disse: "Segunda de manhã". Ela agradeceu e foi de carro para casa.

Na segunda-feira à tarde, Scotty estava voltando da escola para casa com um amigo. Passavam um para o outro um saquinho de batatas fritas e Scotty tentava descobrir o que o amigo ia lhe dar de presente de aniversário naquela tarde. Sem perceber, ele tropeçou e pisou fora do meio-fio numa esquina e na mesma hora foi atropelado por um automóvel. Caiu de lado com a cabeça na sarjeta e as pernas estendidas para a rua. Ficou de olhos fechados, mas suas pernas começaram a se mexer para um lado e para o outro, como se ele estivesse tentando subir em alguma coisa. O amigo deixou cair as batatas fritas e começou a chorar. O carro avançou ainda uns trinta metros mais ou menos e parou no meio da rua. Um homem no banco do motorista olhou para trás por cima do ombro. Esperou que o garoto ficasse de pé, meio trôpego. O garoto bambeou um pouco. Parecia zonzo, mas nada de grave. O motorista ligou o carro e foi embora.

Scotty não chorou, mas também não tinha nada para contar sobre o caso. Não respondeu quando o amigo perguntou qual era a sensação de ser atropelado por um carro. Ele andou direto para a porta de casa, onde o amigo o deixou, e correu para dentro. Mas depois que Scotty entrou e contou para a mãe o que tinha acontecido, ela sentada ao lado dele no sofá, segurando as mãos de Scotty e dizendo "Scotty, meu querido, tem certeza de que está bem, meu anjo?", e achando que, pelo sim, pelo não, ia chamar o médico, de repente ele deitou no sofá, fechou os olhos e ficou todo mole. Quando a mãe viu que não conseguia acordá-lo, correu para o telefone e ligou para o marido, no trabalho. Howard disse para ela manter a calma, manter a calma, chamou uma ambulância para o Scotty e saiu do trabalho para o hospital.

Claro, a festa de aniversário foi cancelada. O garoto estava no hospital com uma leve concussão e em estado de choque. Teve vômitos e um pouco de líquido tinha ido para os pulmões, e tiveram de fazer uma punção do líquido naquela mesma tarde. Agora, ele parecia apenas num estado de sono profundo e mais nada — mas não em estado de coma, enfatizou o dr. Francis: ele não está em coma, disse, quando percebeu o alarme nos olhos dos pais. Às onze horas da noite naquela segunda-feira, quando o garoto parecia estar descansando bem confortavelmente depois de uma série de radiografias e de exames de laboratório, e parecia que agora era só uma questão de ele acordar e voltar ao normal, Howard saiu do hospital. Ele e Ann estavam no hospital desde aquela tarde e ele ia para casa para tomar banho e trocar de roupa. "Volto daqui a uma hora", disse. Ann fez que sim com a cabeça. "Está bem", respondeu. "Vou ficar aqui." Ele deu um beijo na testa da esposa e os dois tocaram as mãos. Ann ficou sentada numa cadeira ao lado da cama, olhando para Scotty. Continuava esperando que o filho acordasse e melhorasse. Aí começou a relaxar.

Howard foi de carro do hospital para casa. Seguiu pelas ruas escuras e molhadas mais depressa do que deveria, depois se deu conta disso e diminuiu a velocidade. Até aquele momento, sua vida tinha corrido tranquila, para a sua satisfação — faculdade, casamento, mais um ano de faculdade para uma pós-graduação em administração, uma participação como sócio minoritário numa firma de investimentos. Tornou-se pai. Ficou feliz e, até ali, tinha tido sorte — sabia disso. Seus pais ainda estavam vivos, seus irmãos e sua irmã tinham a vida bem-arrumada, seus amigos da faculdade haviam se espalhado para ocupar seus lugares no mundo. Até então ele havia se mantido a salvo de toda dor verdadeira, daquelas forças que ele sabia que existiam e que podiam aleijar ou arrasar um homem, se a sorte virasse e as coisas de repente começassem a andar mal. Howard dirigiu o carro para a entrada da garagem da sua casa e parou. A perna esquerda tinha começado a tremer. Ele ficou um tempo sentado dentro do carro e tentou enfrentar a situação de modo racional. Scotty fora atropelado por um carro e estava no hospital, mas ia ficar bem. Fechou os olhos e passou a mão pelo rosto. Num instante saiu do carro e foi até a porta da frente. O cachorro, Slug, estava latindo dentro de casa. O telefone tocava sem parar enquanto ele destrancava a porta e tateava a parede em busca do interruptor de luz. Não devia ter saído do hospital, não devia, ele se maldizia por aquilo. Pegou o fone e disse: "Acabei de entrar agora mesmo! Alô!".

"Tem um bolo aqui e ninguém veio pegar", disse a voz do homem no outro lado da linha.

"O quê? O que é que você está dizendo?", perguntou Howard.

"O bolo", disse a voz. "Um bolo de dezesseis dólares."

Howard manteve o fone colado na orelha, tentando entender. "Não sei de bolo nenhum", falou. "Meu Deus, do que você está falando?"

"Não me venha com esse papo", respondeu a voz.

Howard desligou o telefone. Foi até a cozinha e serviu uma dose de uísque. Telefonou para o hospital, mas o estado de Scotty continuava o mesmo; o garoto ainda dormia e não tinha havido nenhuma mudança por lá. Enquanto a água enchia a banheira, ele pôs espuma no rosto e fez a barba. Esticou-se dentro da banheira e estava ali, de olhos fechados, quando o telefone começou a tocar outra vez. Levantou-se depressa, agarrou uma toalha e correu pela casa, repetindo "Imbecil, imbecil", por ter saído do hospital. Mas quando atendeu o telefone e gritou "Alô!", não veio nenhum som do outro lado. Em seguida, a pessoa desligou.

Ele voltou para o hospital um pouco depois da meia-noite. Ann ainda estava sentada na cadeira ao lado da cama. Ergueu os olhos para Howard e depois olhou de novo para Scotty. Os olhos do garoto continuavam fechados, sua cabeça ainda estava envolta em ataduras. Sua respiração era serena e regular. Numa armação metálica por cima da cama, pendia um frasco de glicose com um tubo que ia do frasco até o braço direito do menino.

"Como é que ele vai?", perguntou Howard. "O que é tudo isso?", acenou para a glicose e para o tubo.

"Ordens do doutor Francis", respondeu ela. "Scotty precisa de nutrição. O doutor Francis disse que ele precisa manter suas energias. Por que ele não acorda, Howard?", disse ela. "Não entendo, se afinal ele está bem."

Howard pôs a mão atrás da cabeça da esposa e passou os dedos pelo seu cabelo. "Ele vai melhorar, meu bem. Vai acordar daqui a pouco. O doutor Francis sabe das coisas."

Dali a pouco, ele disse: "Talvez fosse melhor você ir para casa e descansar um pouco. Vou ficar aqui. Mas não dê atenção a um chato que está ligando para lá toda hora. Desligue logo na cara dele".

"Quem é que está telefonando?", ela perguntou.

"Não sei quem é, alguém que não tem nada melhor para fazer do que telefonar para os outros. Agora, vá para casa."

Ela balançou a cabeça. "Não", disse. "Eu estou bem."

"Sério", insistiu Howard. "Vá um pouco para casa, se quiser, e depois volte e fique no meu lugar, de manhã. Vou ficar bem, aqui. O que o doutor Francis disse? Ele falou que o Scotty ia ficar bem logo. A gente não tem motivo para se preocupar. Agora ele está dormindo, só isso, mais nada."

Uma enfermeira abriu a porta. Cumprimentou-os com a cabeça, enquanto avançava para a beirada da cama. Tirou o braço esquerdo de debaixo da coberta e colocou os dedos no pulso, encontrou a pulsação e depois consultou o relógio. Dali a pouco, pôs o braço debaixo da coberta e veio para o pé da cama, onde escreveu alguma coisa numa prancheta presa à cama.

"Como é que ele está?", perguntou Ann. A mão de Howard era um peso no seu ombro. Ann sentia a pressão dos dedos do marido.

"Seu estado é estável", disse a enfermeira. Em seguida falou: "O doutor virá daqui a pouco. Já voltou para o hospital. Está visitando os pacientes agora".

"Eu estava dizendo que talvez ela devesse ir para casa agora e descansar um pouco", disse Howard. "Depois que o doutor passar", acrescentou.

"Ela podia fazer isso, sim", respondeu a enfermeira. "Acho

que os dois devem se sentir à vontade para fazer isso, se quiserem." A enfermeira era uma mulher grande, escandinava, de cabelo louro e peitos pesados, que enchiam toda a parte da frente do seu uniforme. Havia um indício de sotaque na sua fala.

"Vamos ver o que é que o doutor vai dizer", falou Ann. "Quero conversar com o médico. Não acho que ele devia ficar dormindo tanto assim. Não acho que seja um bom sinal." Levou a mão aos olhos e inclinou a cabeça um pouco para a frente. A pressão dos dedos de Howard aumentou no seu ombro e depois a mão dele passou para o pescoço, onde os dedos passaram a massagear os músculos.

"O doutor Francis vai vir em poucos minutos", disse a enfermeira. Em seguida saiu do quarto.

Howard olhou para o filho por alguns momentos, o peito pequeno subia e baixava serenamente embaixo da coberta. Pela primeira vez desde os terríveis minutos após o telefonema de Ann para o escritório, ele sentiu um medo autêntico subir pelas pernas e pelos braços. Começou a balançar a cabeça, na tentativa de rechaçar o medo. Scotty estava bem, só que em vez de dormir em casa, na sua cama, estava numa cama de hospital, com ataduras em volta da cabeça e um tubo metido no braço. Mas era disso que ele precisava naquele momento, dessa ajuda.

O dr. Francis entrou, apertou a mão de Howard, embora tivessem se falado poucas horas antes. Ann levantou da cadeira. "Doutor?"

"Ann", disse ele e fez que sim com a cabeça. "Vamos ver primeiro como é que ele vai", disse o médico. Foi para o lado da cama e tomou o pulso do menino. Levantou uma pálpebra e depois a outra. Howard e Ann estavam ao lado do médico e observavam. Ann emitiu um pequeno som quando a pálpebra de Scotty foi erguida e deixou à mostra um espaço em branco, sem pupila. Depois o médico puxou a coberta e auscultou o coração e os pulmões do menino com o estetoscópio. Pressionou o abdômen aqui e ali com a ponta dos dedos. Quando terminou o exame, foi até o pé da cama e observou a ficha. Verificou a hora no relógio de pulso, anotou alguma coisa na ficha e depois olhou para Ann e Howard, que estavam esperando.

"Doutor, como é que ele está?", perguntou Howard. "Qual é exatamente o problema com ele?"

"Por que ele não acorda?", disse Ann.

O médico era um homem bonito, de ombros largos e rosto queimado de sol. Vestia um terno com colete, gravata listrada e abotoaduras de marfim. Tinha o cabelo grisalho bem penteado e dava a impressão de ter acabado de chegar de um concerto.

"Ele está bem", disse o médico. "Não é nada de mais, mas ele podia estar melhor, acho. Mas ele está bem. Mesmo assim, eu gostaria que ele acordasse. Era bom que acordasse logo." O médico olhou para o garoto de novo. "Vamos saber melhor daqui a algumas horas, depois que chegarem os resultados de mais alguns exames. Mas ele está bem, acreditem em mim, a não ser por essa fratura no crânio, no alto da testa. Isso de fato ele tem."

"Ah, não", disse Ann.

"E uma pequena concussão, como eu disse antes. Claro, vocês sabem que ele está em estado de choque", disse o médico. "Às vezes isso acontece, em casos de choque."

"Mas ele está fora de um perigo mais sério?", perguntou Howard. "Antes o senhor disse que ele não estava em coma. O senhor não chamaria isso de coma, doutor?" Howard ficou esperando e olhou bem para o médico.

"Não, eu não chamo isso de coma", respondeu o médico e olhou de relance para o garoto outra vez. "Está só num sono profundo. É um sono restaurador, uma medida que o corpo toma por conta própria. Ele não corre nenhum perigo mais sério, posso afirmar isso com segurança, de fato. Mas vamos saber melhor quando ele acordar e os outros exames ficarem prontos. Não se preocupem", disse o médico.

"É um estado de coma", disse Ann. "É uma espécie de coma."

"Ainda não é um coma, exatamente", disse o médico. "Eu não chamaria isso de um coma. Pelo menos não por enquanto. Ele sofreu um choque. Em casos de choque, esse tipo de reação é muito comum; é uma reação temporária a um trauma físico. O coma... bem, o coma é uma inconsciência profunda e prolongada que pode demorar dias, ou até semanas. Scotty não está nesse campo, até onde podemos saber, pelo menos. Só tenho certeza de que o seu estado vai começar a melhorar de manhã. Pelo menos estou apostando nisso. Vamos saber melhor depois que ele acordar, o que não deve demorar muito a acontecer, agora. Claro, vocês podem fazer o que quiserem, podem ficar aqui ou ir um pouco para casa, mas em todo caso sintam-se à vontade para sair por um tempo, se quiserem. Isso não é nada fácil, sei muito bem." O médico lançou um olhar para o menino outra vez, observou e depois se virou para Ann e disse: "Tente não se preocupar. Acredite em mim, estamos fazendo tudo o que pode ser feito. Agora é só uma questão de um pouco mais de tempo". Acenou com a cabeça, apertou a mão de Howard outra vez e saiu do quarto.

Ann colocou a mão na testa de Scotty e deixou-a ali por um tempo. "Pelo menos não tem febre", disse. Depois, falou: "Meu Deus, mas ele parece tão frio. Howard? Ele devia estar frio desse jeito? Sinta só a testa dele".

Howard pôs a mão na testa do garoto. Sua própria respiração ficou mais lenta. "Acho que é normal que esteja assim agora", respondeu. "Ele está em estado de choque, lembra? Foi o que o médico disse. O médico acabou de sair. Teria dito alguma coisa se o Scotty não estivesse bem."

Ann ficou ali por mais um tempo, mordendo o lábio. Em seguida, foi até a cadeira e sentou-se.

Howard sentou na cadeira ao seu lado. Olharam um para o outro. Ele quis dizer mais alguma coisa e tranquilizá-la, mas teve medo. Pegou a mão de Ann e colocou-a no seu colo, e isso fez Howard sentir-se melhor, ter a mão dela na sua mão. Segurou a mão da esposa e apertou-a, depois a soltou. Ficaram sentados desse jeito por um tempo, observando o garoto e sem falar nada. De vez em quando Howard apertava a mão da esposa. Por fim, Ann retirou a mão e esfregou as têmporas.

"Fiquei rezando", disse ela.

Howard fez que sim com a cabeça.

Ann disse: "Quase achei que tinha esquecido como era, mas lembrei. Bastou eu fechar os olhos e dizer, Por favor, Deus, nos ajude... ajude o Scotty; e depois o resto foi fácil. As palavras estavam bem à mão. Quem também podia rezar era você", disse ela.

"Já rezei", respondeu ele. "Rezei hoje à tarde... ontem à tarde, depois que você telefonou, enquanto eu estava vindo de carro para o hospital. Fiquei rezando", disse.

"Isso é bom", disse Ann. Quase ao mesmo tempo, sentiu que os dois estavam juntos naquele apuro. Então se deu conta de que, até ali, aquilo só estava acontecendo com ela e Scotty. Ann não havia permitido que Howard participasse, embora ele estivesse ali, aflito, desde o começo. Ann podia ver que o marido estava cansado. A maneira como a cabeça dele parecia pesada e tombava na direção do peito. Ann sentiu uma genuína ternura por ele. Sentiu-se feliz por ser sua esposa.

A mesma enfermeira entrou mais tarde, tomou o pulso do garoto outra vez e verificou o fluxo do frasco que pendia acima da cama.

Dali a uma hora, entrou outro médico. Disse que seu nome era Parsons, da radiologia. Tinha um bigode cerrado. Calçava mocassins e vestia um guarda-pó branco por cima de uma camisa à moda do Oeste e calça jeans.

"Vamos levá-lo para baixo para tirar mais algumas chapas", disse. "Precisamos de mais chapas e queremos também uma tomografia do crânio."

"O que aconteceu?", perguntou Ann. "Uma tomografia?" Estava entre o novo médico e a cama. "Pensei que já tinham tirado todos os raios X."

"Lamento, mas temos de fazer mais alguns", disse o médico. "Não é nada para se preocupar. Só que precisamos de mais chapas e queremos também fazer uma tomografia do cérebro."

"Meu Deus", disse Ann.

"É um procedimento absolutamente normal em casos assim", disse o novo médico. "Só precisamos descobrir por que ele ainda não acordou. É um procedimento médico normal, e não é nada para ficar alarmado. Vamos levá-lo para baixo por alguns minutos", disse o médico.

Pouco depois, dois ajudantes entraram no quarto com uma maca. Eram homens de cabelo preto e pele morena, de uniforme branco, e disseram algumas palavras entre si numa língua estrangeira, enquanto soltavam o tubo do braço do garoto e o passaram da cama para a maca. Em seguida, empurraram a maca sobre rodinhas para fora do quarto. Howard e Ann tomaram o mesmo elevador. Ann ficou ao lado da maca e olhava para o menino, que estava deitado e muito quieto. Ela fechou os olhos quando o elevador começou a descer. Os ajudantes ficaram cada um de um lado da maca, sem falar nada, embora de vez em quando um deles fizesse algum comentário para o outro, na língua deles, e o outro fazia que sim com a cabeça, bem devagar, em resposta.

Mais tarde, naquela manhã, na hora em que o sol começava a iluminar com mais força as janelas da sala de espera do setor de raios X, trouxeram o garoto para fora e o levaram de volta para o quarto. Howard e Ann subiram no elevador outra vez junto com o filho e, outra vez, tomaram seus lugares ao lado da cama.

Esperaram o dia inteiro, mas o garoto não acordava. De vez em quando, um dos dois saía do quarto para descer até a cafeteria e tomar um café ou um suco de frutas e então, como se lembrasse de repente e sentisse uma pontada de culpa, se levantava de um salto da mesa e voltava depressa para o quarto. O dr. Francis retornou naquela tarde, examinou o menino outra vez e saiu, depois de lhes dizer que o garoto estava melhorando e que agora podia acordar a qualquer momento. Enfermeiras, outras que não as da noite anterior, entravam de vez em quando. Então uma jovem do laboratório bateu na porta e entrou no quarto. Vestia calça esporte branca e blusa branca e trazia uma pequena bandeja com objetos que colocou numa prateleira ao lado da cama. Sem dirigir nenhuma palavra aos dois, tirou sangue do braço do menino. Howard fechou os olhos quando a mulher encontrou o ponto certo no braço do garoto e enfiou a agulha.

"Não estou entendendo isso", disse Ann para a mulher.

"Ordens do médico", disse a jovem. "Faço o que me mandam fazer. Mandam tirar um pouco de sangue de alguém, eu vou e tiro. Qual é o problema com ele, afinal?", perguntou. "Ele é uma gracinha."

"Foi atropelado por um carro", respondeu Howard. "O motorista fugiu."

A jovem balançou a cabeça e olhou de novo para o garoto. Em seguida, pegou a bandeja e saiu do quarto.

"Por que é que ele não acorda?", disse Ann. "Howard? Quero algumas respostas dessa gente."

Howard não falou nada. Sentou-se de novo na cadeira e cruzou as pernas. Esfregou o rosto com as mãos. Olhou para o filho e depois se recostou na cadeira, fechou os olhos e adormeceu.

Ann caminhou até a janela e olhou para o grande estacionamento. Era noite e carros entravam e saíam do estacionamento com os faróis acesos. Ela ficou junto à janela com as mãos no parapeito e, no fundo, sabia que agora ela e o marido estavam entrando numa nova situação, mais difícil. Sentiu medo e seus dentes começaram a bater, até que fez força com a mandíbula. Viu um carro grande parar na frente do hospital e uma pessoa, uma mulher de casaco longo, entrou no carro. Por um minuto, Ann desejou que aquela mulher fosse ela, e alguém, qualquer um, a levasse embora dali, no carro, para qualquer lugar, um lugar onde encontrasse o Scotty à sua espera, quando saísse do carro, pronto para dizer *mamãe* e deixar que ela o tomasse nos braços.

Dali a pouco, Howard acordou. Olhou de novo para o menino e então levantou da cadeira, espreguiçou e caminhou até a janela para ficar junto da esposa. Os dois ficaram olhando para o estacionamento e não falaram nada. Pareciam perceber o interior um do outro, agora, como se a preocupação os tivesse deixado transparentes, de um modo perfeitamente natural.

A porta abriu e o dr. Francis entrou. Vestia um terno e uma gravata diferentes dessa vez, mas seu cabelo estava do mesmo jeito e parecia que tinha acabado de fazer a barba. Andou direto para junto da cama e examinou o menino mais uma vez. "Ele já devia ter acordado a esta altura. Não existe nenhum bom motivo para isso", disse. "Mas posso lhes dizer que estamos todos convencidos de que ele não corre nenhum perigo, só que nos sentiríamos muito melhor se ele acordasse. Não existe nenhum motivo, absolutamente nenhum motivo, para que ele não acorde muito em breve, agora. Ah, ele vai sentir uma tremenda dor de cabeça quando acordar, podem contar com isso. Mas todos os seus sinais estão em ordem. Não podiam estar mais normais."

"Então ele está em coma?", disse Ann.

O doutor passou a mão na bochecha lisa. "Por enquanto, vamos chamar assim, até ele acordar. Mas vocês devem estar esgotados. É muito duro ficar esperando tanto tempo. Sintam-se à vontade para sair um pouco", disse ele. "Faria bem a vocês. Vou pôr uma enfermeira aqui enquanto vocês estiverem fora, se quiserem sair. Podem ir e tratem de comer alguma coisa."

"Não vou conseguir comer", disse Ann. "Não tenho fome."

"Faça como quiser, é claro", disse o médico. "De todo modo, quero lhes dizer que todos os sinais dele estão bem, os exames são bons, não há nada de negativo, e assim que acordar ele vai ter uma recuperação rápida."

"Obrigado, doutor", disse Howard. Apertou a mão do médico de novo, o médico deu uma palmadinha no seu ombro e saiu.

"Acho que um de nós devia ir para casa e ver como estão as coisas", disse Howard. "O Slug precisa comer, por exemplo."

"Ligue para algum vizinho", disse Ann. "Ligue para os Morgan. Qualquer um pode dar comida para um cachorro, se a gente pedir."

"Está certo", respondeu Howard. Depois de um tempo, falou: "Querida, por que você não faz isso? Por que não vai para casa, vê como estão as coisas por lá e depois volta? Vai fazer bem a você. Vou ficar aqui com ele. Sério", disse Howard. "A gente tem de preservar as nossas forças, numa situação dessas. A gente pode querer ficar aqui ainda por um bom tempo, mesmo depois que ele acordar."

"Por que não vai você?", perguntou Ann. "Dê comida ao Slug. Coma você também."

"Já fui em casa uma vez", respondeu. "Fiquei durante exatamente uma hora e quinze minutos. Agora você deve ir para casa durante uma hora, mais ou menos, se recupere um pouco e depois volte. Vou ficar aqui."

Ann tentou pensar no assunto, mas estava cansada demais. Fechou os olhos e tentou pensar naquilo de novo. Depois de um tempo, falou: "Talvez eu vá para casa por alguns minutos. Quem sabe, se eu não ficar aqui olhando para ele o tempo todo, ele vai acordar e tudo ficará bem outra vez. Entende? Quem sabe ele vai acordar se eu não estiver aqui. Vou para casa tomar um banho e trocar de roupa. Vou dar comida para o Slug. Depois volto".

"Vou ficar aqui", disse ele. "Vá para casa, querida, e depois volte. Vou ficar aqui de olho em tudo." Tinha os olhos vermelhos e pequenos, como se tivesse bebido muito, e as roupas estavam amarrotadas. A barba tinha crescido um pouco outra vez. Ann tocou no rosto do marido e depois afastou a mão. Ela entendeu que ele queria ficar sozinho por um tempo, não ter de falar nem dividir sua preocupação por um tempo. Ann pegou sua bolsa na mesinha e Howard ajudou a esposa a vestir o casaco.

"Não vou demorar", disse ela.

"Fique lá e descanse por um tempo, quando chegar em casa", disse Howard. "Coma alguma coisa. Depois que sair do banho, fique descansando um pouco. Vai fazer um bem enorme a você, vai ver só. Depois volte para cá", disse. "Vamos tentar não ficar preocupados demais. Você ouviu o que o doutor Francis falou."

Ela ficou ali com seu casaco, por um momento, tentando lembrar as palavras exatas do médico, procurando alguma nuance, algum vestígio de algo oculto nas palavras dele, que não fosse aquilo que ele disse. Tentou lembrar se a expressão do médico havia mudado, por pouco que fosse, quando ele se curvou para examinar Scotty. Ann lembrou como as feições do médico se tranquilizaram quando ele levantou as pálpebras do menino e depois auscultou sua respiração.

Ann foi até a porta, virou-se e olhou para o quarto. Olhou para o garoto, depois olhou para o pai. Howard fez que sim com a cabeça. Ela saiu do quarto e fechou a porta.

Passou pelo posto de enfermagem e foi até o fundo do corredor, em busca do elevador. No fim do corredor, virou para a direita, onde achou uma salinha de espera com uma família de negros sentada em cadeiras de vime. Havia um homem de meia-idade, de calça e camisa cáqui, boné de beisebol virado para trás na cabeça. Uma mulher grande com roupas caseiras e chinelos estava toda largada numa das cadeiras. Uma garota adolescente, de jeans, o cabelo armado com um monte de trancinhas, estava numa das cadeiras, estirada com as pernas para a frente, e fumava um cigarro, com os tornozelos cruzados. A família voltou os olhos para Ann quando ela entrou na saleta. A mesinha estava cheia de embalagens de hambúrgueres e copinhos de isopor.

"Nelson", disse a mulher grande, ao se ajeitar na cadeira. "É sobre o Nelson?" Os olhos dela se arregalaram. "Conte agora para mim, senhora", pediu a mulher. "É sobre o Nelson?" Ela estava tentando se levantar da cadeira, mas o homem havia fechado a mão em cima do braço dela.

"Calma, calma", disse ele. "Evelyn."

"Desculpe", respondeu Ann. "Estou procurando o elevador. Meu filho está no hospital e agora não consigo achar o elevador."

"O elevador fica nessa direção, lá na frente, vire à esquerda", disse o homem, e apontou o dedo para um outro corredor.

A garota tragou fundo o seu cigarro e olhou bem para Ann. Os olhos dela haviam se estreitado até ficaram apenas duas fendas, os seus lábios largos se separaram devagar e ela deixou sair a fumaça. A mulher negra deixou a cabeça tombar sobre o ombro e virou a cara para Ann, sem mais nenhum interesse.

"Meu filho foi atropelado por um carro", Ann explicou para o homem. Ela parecia precisar explicar aquilo para si mesma. "Teve uma concussão e uma pequena fratura no crânio, mas vai ficar bom. Está em estado de choque, mas pode ser uma espécie de coma também. É isso o que deixa a gente preocupado, a parte do coma. Agora eu vou sair um pouco, mas meu marido está no quarto com ele. Quem sabe acorda, quando eu estiver fora."

"Isso é muito ruim", disse o homem e ajeitou-se na cadeira. Balançou a cabeça. Olhou para a mesa e depois voltou a olhar para Ann. Ela continuava parada no mesmo lugar. O homem falou: "O nosso Nelson, ele está na mesa de operações. Alguém cortou ele. Tentou matar ele. Teve uma briga lá onde ele estava. Naquela festa. Dizem que estava só parado, olhando. Não mexeu com ninguém. Mas hoje em dia isso não quer dizer mais nada. Agora ele está na mesa de operações. A gente fica só torcendo e rezando por ele, é só o que a gente pode fazer agora". Olhou bem firme para ela e depois puxou a viseira do boné.

Ann olhou de novo para a garota, que ainda estava olhando para ela, e também olhou para mulher mais velha, que continuava de cabeça baixa sobre o ombro, mas agora de olhos fechados. Ann viu que os lábios se moviam em silêncio, formando palavras. Sentiu uma ânsia de perguntar que palavras eram aquelas. Queria conversar mais com aquelas pessoas que estavam no mesmo tipo de espera que ela. Ann tinha medo e eles tinham medo. Tinham isso em comum. Ann bem que gostaria de dizer algo mais sobre o acidente, contar mais coisas sobre o Scotty, que aquilo havia acontecido no dia do aniversário dele, segunda-feira, que ele ainda estava inconsciente. Porém não sabia como começar e assim apenas ficou olhando para eles sem falar mais nada.

Avançou pelo corredor que o homem havia indicado e achou o elevador. Ficou um momento diante das portas fechadas, ainda se perguntando se estava mesmo fazendo o que era certo. Em seguida, estendeu o dedo e apertou o botão.

Conduziu o carro para a entrada da garagem da sua casa e desligou o motor. Slug veio correndo dos fundos da casa. Na sua agitação, começou a latir para o carro, depois correu em círculos no gramado. Ann fechou os olhos e descansou a cabeça no volante por um minuto. Escutou os estalidos que o motor fazia enquanto começava a esfriar. Então saiu do carro. Pegou o cachorrinho, o cachorrinho de Scotty, e foi para a porta da frente, que estava destrancada. Acendeu as luzes e pôs uma chaleira de água no fogo para fazer chá. Abriu um saco de comida para cachorro e deu comida para o Slug, na varanda dos fundos. Ele comeu em pequenas mordidas famintas, enquanto entrava e saía toda hora para ver se Ann ia ficar em casa. Quando ela estava sentada no sofá tomando o seu chá, o telefone tocou.

"Sim?", falou assim que atendeu. "Alô!"

"Senhora Weiss", falou uma voz de homem. Eram cinco horas da manhã e ela achou que ouvia um barulho de máquinas ou de algum equipamento no fundo.

"Sim, sim, o que foi?", perguntou com cuidado no fone. "Aqui fala a senhora Weiss. É ela mesma. O que foi, por favor?" Ficou escutando os barulhos ao fundo, sem saber o que era. "Pelo amor de Deus, é sobre o Scotty?"

"Scotty", respondeu a voz do homem. "É sobre o Scotty, sim. Tem a ver com o Scotty, esse é que é o problema. Você se esqueceu do Scotty?", perguntou o homem. E depois desligou.

Ela discou o telefone do hospital e pediu para falar com o terceiro andar. Pediu informações sobre o filho à enfermeira que atendeu o telefone. Depois pediu para falar com o marido. Disse que era uma emergência.

Ann ficou esperando, torcendo o fio do telefone nos dedos. Fechou os olhos e sentiu um enjoo no estômago. Ela devia ter comido. Slug veio da varanda dos fundos e deitou no chão, perto dos pés dela. Abanou o rabo. Ann puxava de leve as orelhas do cão, enquanto ele lambia os seus dedos. Howard atendeu o telefone.

"Alguém acabou de ligar", disse ela. Torcia o fio do telefone e depois, de um golpe, ele destorcia e voltava ao normal. "Ele falou, disse que era sobre o Scotty", gritou.

"O Scotty está bem", Howard lhe disse. "Quer dizer, continua dormindo. Não houve nenhuma mudança. A enfermeira veio duas vezes, desde que você saiu. Vem alguém de meia em meia hora, mais ou menos. Uma enfermeira ou um médico, um dos dois. Ele está bem, Ann."

"Alguém telefonou, disse que era sobre o Scotty", repetiu.

"Querida, descanse um pouco, você precisa descansar. Depois volte para cá. Deve ser a mesma pessoa que telefonou quando eu estava aí. Esqueça isso. Volte para cá depois que tiver descansado. E aí nós vamos tomar o café da manhã ou comer alguma coisa."

"Café da manhã", disse ela. "Eu não vou conseguir comer nada."

"Você entende o que estou dizendo", disse Howard. "Um suco, um bolinho, qualquer coisa, sei lá. Não sei de nada, Ann. Meu Deus. Também não sinto fome. Ann, é ruim falar aqui. Estou diante do balcão das enfermeiras. O doutor Francis voltará às oito horas da manhã. Ele vai ter alguma coisa para nos dizer então, alguma coisa mais concreta. Foi o que uma das enfermeiras falou. Ela não sabe mais nada além disso. Ann? Querida, talvez a gente fique sabendo mais alguma coisa então, lá pelas oito horas. Volte para cá antes das oito. Enquanto isso, vou ficar aqui e o Scotty está bem. Ele está do mesmo jeito", acrescentou.

"Eu estava tomando uma xícara de chá", disse ela, "quando o telefone tocou. Disseram que era sobre o Scotty. Havia um barulho no fundo. Também tinha um barulho no fundo no telefonema que você atendeu, Howard?"

"Francamente, não lembro", respondeu. "Devia ser algum bêbado ou alguém assim, só Deus sabe quem pode ser, eu não entendo. Vai ver que é o motorista do carro, vai ver ele é um psicopata e de algum jeito descobriu onde o Scotty mora. Mas eu estou aqui com ele. Fique aí e descanse um pouco, como a gente planejou. Tome um banho e volte para cá às sete horas mais ou menos e aí nós dois vamos conversar com o médico, quando ele chegar. Vai dar tudo certo, meu bem. Eu estou aqui e tem médicos e enfermeiras por aqui toda hora. Só dizem que o estado dele é estável."

"Estou morta de medo", disse Ann.

Ela abriu a água, tirou a roupa e entrou na banheira. Lavou-se e enxugou-se depressa, nem deu tempo de lavar o cabelo. Vestiu roupas de baixo limpas, calça de lã e suéter. Foi para a sala, onde o Slug levantou os olhos para ela e deixou o rabo bater uma vez contra o chão. Lá fora estava só começando a clarear quando ela saiu na direção do carro. Enquanto dirigia de volta para o hospital pelas ruas úmidas e desertas, Ann pensou de novo na tarde chuvosa de domingo de quase dois anos antes, quando Scotty se perdeu e os dois ficaram com medo de que o filho tivesse se afogado.

O céu tinha escurecido naquela tarde e a chuva havia começado a cair, e mesmo assim Scotty não chegava em casa. Telefonaram para os amigos dele, que estavam a salvo em suas casas. Ela e Howard saíram para procurar o filho no seu forte de tábuas e pedras, onde costumava brincar, no fundo de um terreno perto da rodovia, mas ele não estava lá. Então Howard correu numa direção e Ann correu na outra, na margem da rodovia, até que ela chegou ao que antigamente tinha sido um pequeno córrego, uma vala de esgoto, mas naquela hora as margens estavam cheias, com uma torrente escura. Um dos amigos de Scotty estivera ali com ele, quando a chuva começou. Estavam fazendo barquinhos com pedaços de madeira e latinhas de cerveja jogadas dos carros que passavam. Colocavam as latinhas de cerveja em cima de pedaços de madeira e soltavam na correnteza. O riacho terminava no lado de cá da rodovia, num bueiro onde a água espumava e podia arrastar qualquer coisa para baixo, para dentro da tubulação. O amigo tinha deixado o Scotty ali na margem, quando as primeiras gotas de chuva começaram a cair. Scotty disse que ia ficar e construir um barco maior. Ann ficou ali na margem e olhou para dentro da água, enquanto a torrente se derramava para dentro da boca do bueiro e sumia embaixo da rodovia. Para ela, estava bem claro o que devia ter acontecido — o garoto tinha caído e agora estava preso em algum ponto dentro do bueiro. Aquela ideia era monstruosa, tão injusta e esmagadora que Ann não conseguia retê-la no seu pensamento. Mas sentia que era verdade, que ele estava lá dentro, no bueiro, e Ann também sabia que era uma coisa que ela teria de suportar, teria de viver com aquilo dali em diante, por toda a vida, uma vida sem o Scotty. Mas como agir em face daquilo, o fato de que a perda era mais do que ela podia compreender? O horror de ver os homens da equipe de resgate e seus equipamentos trabalhando na boca do bueiro durante a noite inteira, era isso o que ela não sabia se poderia suportar, aquela espera enquanto os homens trabalhavam sob luzes fortes. De algum modo, Ann teria de ser capaz de passar daquilo para a infinita vastidão vazia que ela sabia que se estendia dali para a frente. Ann ficou envergonhada por saber daquilo, mas achou que poderia viver assim. Mais tarde, muito mais tarde, talvez conseguisse se conformar com aquele vazio, depois que a presença de Scotty tivesse sido suprimida de suas vidas — aí talvez ela aprendesse a lidar com aquela perda e com a terrível ausência — teria de fazer isso e pronto —, mas agora Ann não sabia como conseguiria superar a parte da espera, rumo à outra parte.

Ann caiu de joelhos. Olhou fixo para a corrente de água e disse que, se Ele trouxesse o Scotty de volta, se o menino pudesse, de algum jeito milagroso — Ann falou em voz alta, "milagroso" —, escapar da água e do bueiro, ela sabia que não era possível, mas se pudesse, se Ele pudesse trazer o Scotty de volta para eles, se pudesse de algum modo *não* deixar o menino ficar entalado dentro do bueiro, Ann prometeu que ela e Howard iam mudar de vida, iam mudar tudo, voltar para a cidadezinha de onde tinham vindo, longe daquele subúrbio que podia tomar o filho único da gente de um modo tão cruel. Ann ainda estava de joelhos quando ouviu Howard chamar seu nome, chamar seu nome do outro lado do terreno, no meio da chuva. Ann levantou os olhos e viu os dois andando na sua direção, os dois, Howard e Scotty.

"Estava se escondendo", disse Howard, rindo e chorando ao mesmo tempo. "Fiquei tão contente ao ver o Scotty que nem pude começar a lhe dar um castigo. Ele fez um abrigo. Se meteu num lugar debaixo do viaduto, naqueles arbustos. Fez uma espécie de ninho para ele ficar", explicou. Os dois ainda estavam andando na sua direção quando Ann ficou de pé. Ela cerrou os punhos. "'O forte está com goteira', é o que disse o nosso maluquinho. Ele estava bem sequinho quando achei o bandido, lá dentro do seu esconderijo", disse Howard, as lágrimas à flor dos olhos. Então Ann pulou sobre Scotty, bateu na sua cabeça e no seu rosto com uma fúria selvagem.

"Seu diabinho, seu diabinho danado", gritava enquanto batia no filho.

"Ann, pare com isso", disse Howard, agarrando os braços dela. "Ele está bem, isso é o mais importante. Ele está bem."

Ann tinha levantado o garoto do chão enquanto ainda estava gritando e o segurou com força. Segurou-o com muita força. Suas roupas encharcadas, seus sapatos rangentes de água, assim os três começaram a andar de volta para casa. Ann carregou o menino por um tempo, os braços de Scotty em volta do pescoço da mãe, o peito dele palpitante contra os seus seios. Howard andava ao lado deles e dizia: "Meu Deus, que medo. Santo Deus, que pavor". Ann sabia que Howard tinha ficado apavorado e agora se sentia aliviado, mas ele nem podia imaginar o que ela sentira, não podia saber. A rapidez com que Ann havia penetrado na morte e ido além da morte a deixou desconfiada de si mesma, desconfiada de que ela não amava o bastante. Se amasse, não teria pensado no pior tão rapidamente. Ann balançou a cabeça para a frente e para trás, naquela loucura. Ficou cansada e teve de parar e pôr Scotty no chão. Caminharam juntos o resto do trajeto, Scotty no meio, segurando as mãos, os três de volta para casa.

Mas não se mudaram da cidade e nunca mais conversaram sobre o que aconteceu naquela tarde. De vez em quando, Ann pensava na sua promessa, nas preces que havia feito, e por um tempo se sentiu vagamente inquieta, mas continuaram a viver como antes — uma vida confortável e atarefada, não uma vida ruim e desonesta, uma vida, de fato, com muitas satisfações e pequenos prazeres. Nada mais se falou a respeito daquela tarde e, depois de um tempo, Ann parou de pensar no assunto. Agora eles continuavam morando na mesma cidade, haviam se passado dois anos e Scotty estava de novo em perigo, um perigo terrível, e Ann começava a ver aquele fato, aquele incidente, e a circunstância de o menino não acordar como um castigo. Pois ela não tinha dado a sua palavra de que se mudariam daquela cidade e voltariam para onde poderiam levar uma vida mais simples e mais sossegada, esquecer o aumento de salário e a casa que ainda era tão nova que nem haviam levantado a cerca ou plantado o gramado? Ann imaginou os três sentados todas as tardes numa sala grande, em outra cidade, ouvindo Howard ler.

Dirigiu o carro até o estacionamento do hospital e achou uma vaga perto da porta da frente. Agora não tinha mais a menor vontade de rezar. Sentia-se feito uma mentirosa apanhada em flagrante, culpada e falsa, como se ela fosse de algum modo responsável pelo que tinha acontecido agora. Sentia que de algum modo obscuro era responsável. Deixou os pensamentos se deslocarem para a família de negros e recordou o nome "Nelson" e a mesa coberta de embalagens de hambúrgueres e a adolescente que olhava para ela enquanto tragava o seu cigarro. "Não tenha filhos", disse para a imagem da garota, na hora em que entrava pela porta da frente do hospital. "Pelo amor de Deus, não tenha filhos."

Ann pegou o elevador e subiu ao terceiro andar com duas enfermeiras que estavam iniciando o seu turno de serviço. Era manhã de quarta-feira, alguns minutos antes das sete. Houve um chamado para um certo dr. Madison quando as portas do elevador abriram no terceiro andar. Ela saiu atrás das enfermeiras, que tomaram a outra direção e continuaram a conversa que ela havia interrompido ao entrar no elevador. Ann seguiu pelo corredor rumo à saleta onde a família de negros estivera esperando. Já tinham ido embora, mas as cadeiras estavam espalhadas de um modo que dava a impressão de que as pessoas haviam acabado de levantar e saíram às pressas. Ann achou que as cadeiras ainda deviam estar quentes. A mesa estava atulhada com as mesmas embalagens e copinhos, o cinzeiro cheio de guimbas de cigarro.

Ela parou no posto de enfermagem na ponta do corredor, logo depois da sala de espera. Uma enfermeira estava atrás do balcão, escovando o cabelo e bocejando.

"Havia um negro na sala de cirurgia na noite passada", disse Ann. "Nelson alguma coisa, era o nome dele. A família estava na sala de espera. Eu queria saber como ele está."

Uma enfermeira sentada numa escrivaninha atrás do balcão levantou os olhos que estavam voltados para uma ficha na sua frente. O telefone apitou e ela pegou o fone, mas continuou com os olhos voltados para Ann.

"Ele faleceu", disse a enfermeira no balcão. A enfermeira ficou segurando a escova na mão e continuou olhando para ela. "A senhora é amiga da família ou alguma coisa assim?"

"Conheci a família na noite passada", disse Ann. "Meu filho está no hospital. Parece que está em estado de choque. Não sabemos direito qual é o problema. Eu só fiquei pensando no senhor Nelson, foi só isso. Obrigada."

Seguiu em frente pelo corredor. Portas de elevador da mesma cor que a parede do corredor abriram e um homem careca, muito magro, de calça branca e sapatos brancos de lona empurrou um pesado carrinho para fora do elevador. Ann não tinha notado aquelas portas na noite anterior. O homem empurrou o carrinho pelo corredor, parou na frente do quarto mais perto do elevador e consultou uma prancheta. Em seguida, abaixou-se e pegou uma bandeja que estava no carrinho, bateu bem de leve na porta e entrou no quarto. Ann sentiu um cheiro desagradável de comida quente quando passou pelo carrinho. Passou depressa pelo posto de enfermagem seguinte sem olhar para nenhuma das enfermeiras e abriu a porta do quarto de Scotty.

Howard estava junto à janela com as mãos cruzadas nas costas. Virou-se quando a esposa entrou.

"Como é que ele vai?", perguntou Ann. Seguiu direto para junto da cama. Largou a bolsa no chão ao lado da mesinha de cabeceira. Teve a impressão de que havia saído muito tempo antes. Tocou no cobertor em volta do pescoço de Scotty. "Howard?"

"O doutor Francis esteve aqui agora há pouco", respondeu Howard. Ann olhou com atenção para o marido e achou que seus ombros estavam um pouco curvados.

"Achei que ele só viria às oito horas da manhã", disse ela, depressa.

"Veio um outro médico junto com ele. Um neurologista."

"Um neurologista", disse Ann.

Howard fez que sim com a cabeça. Seus ombros estavam curvados, Ann via isso muito bem agora. "O que foi que eles disseram, Howard? Pelo amor de Deus, o que eles disseram? O que é?"

"Disseram, bem, vão levar o Scotty para baixo e fazer mais alguns exames, Ann. Acham que vão ter de operar, querida. Querida, eles vão operar. Não conseguem entender por que ele não acorda. É mais do que choque ou concussão, agora eles já sabem disso. Está dentro do crânio, a fratura, tem alguma coisa, alguma coisa a ver com isso, eles acham. Então vão operar. Tentei telefonar para você, mas acho que já tinha saído de casa."

"Ah, meu Deus", disse Ann. "Ah, por favor, Howard, por favor", disse ela, segurando os braços do marido.

"Olhe!", falou Howard, então. "Scotty! Olhe, Ann!" Virou a esposa para a cama.

O garoto tinha aberto os olhos, depois fechou. Abriu os olhos outra vez, agora. Os olhos miraram para a frente por um momento, depois se moveram devagar até pousarem em Howard e Ann, depois foram de novo para o outro lado.

"Scotty", disse a mãe, aproximando-se da cama.

"Ei, Scott", disse o pai. "Ei, filho."

Inclinaram-se sobre a cama. Howard pegou a mão esquerda de Scotty nas suas mãos e começou a dar palmadinhas e a apertar. Ann curvou-se sobre o menino, beijou sua testa várias vezes. Pôs as mãos dos dois lados do seu rosto. "Scotty, meu anjo, é a mamãe e o papai", disse. "Scotty?"

O garoto olhou para eles de novo, mas sem dar sinal de reconhecer nem de entender. Então seus olhos fecharam com força, sua boca abriu e ele soltou um gemido longo, até não ter mais ar nos pulmões. Então o rosto pareceu relaxar. Os lábios se separaram enquanto seu último fôlego era soprado através da garganta e exalado suavemente entre os dentes cerrados.

Os médicos chamaram aquilo de oclusão oculta e disseram que acontecia um caso em um milhão. Caso tivesse sido detectado mais cedo e a cirurgia fosse feita imediatamente, quem sabe ele se salvasse, porém o mais provável é que não. Em todo caso, o que os médicos iriam procurar? Nada havia aparecido nos exames nem nas radiografias. O dr. Francis ficou abalado. "Não tenho nem palavras para lhes dizer como me sinto mal. Lamento muito mesmo, nem posso dizer como", disse, enquanto levava os pais para a sala dos médicos. Havia um médico sentado numa cadeira com as pernas enganchadas no encosto de outra cadeira, vendo um programa matinal na tevê. Vestia um uniforme verde usado em salas de parto, calça verde folgada e camisa verde, e um gorro verde que cobria seu cabelo. Olhou para Howard e Ann, depois olhou para o dr. Francis. Ficou de pé, desligou o televisor e saiu da sala. O dr. Francis conduziu Ann até o sofá, sentou-se ao lado dela e começou a falar numa voz baixa e consoladora. A certa altura, o médico se inclinou e abraçou-a. Ann sentiu o peito do médico subindo e baixando ritmadamente junto ao seu ombro. Ann continuou de olhos abertos e deixou que o médico a abraçasse. Howard foi ao banheiro, mas deixou a porta aberta. Depois de um violento ataque de choro, ele abriu a torneira e lavou o rosto. Em seguida, saiu e sentou-se diante de uma mesinha onde estava um telefone. Olhou para o telefone como se estivesse resolvendo o que ia fazer primeiro. Deu alguns telefonemas. Depois de um tempo, o dr. Francis usou o telefone.

"Há mais alguma coisa que eu possa fazer por vocês no momento?", perguntou.

Howard balançou a cabeça. Ann olhou fixo para o dr. Francis, como se não conseguisse entender suas palavras.

O médico os levou até a porta da frente do hospital. Pessoas entravam e saíam. Eram onze horas da manhã. Ann estava ciente de que movia os pés de forma vagarosa, quase relutante. Parecia-lhe que o dr. Francis estava mandando os dois embora, quando ela de algum modo tinha a sensação de que devia ficar, quando aquilo parecia ser o correto na situação, ficar ali. Ann olhou para o estacionamento lá fora e depois, na calçada, olhou de novo para trás, para a porta do hospital. Começou a balançar a cabeça. "Não, não", disse. "Isso não está acontecendo. Não posso deixar o Scotty lá, não." Ouviu a própria voz e pensou como era injusto que as únicas palavras que saíam da sua boca eram palavras do tipo das que falavam nos programas de televisão, quando as pessoas ficam chocadas por mortes violentas e repentinas. Ann queria que suas palavras fossem próprias. "Não", disse, e por alguma razão a memória da cabeça da mulher negra pendurada sobre o ombro veio ao seu pensamento. "Não", falou de novo.

"Volto a falar com vocês mais tarde, ainda hoje", explicou o médico para Howard. "Há mais algumas coisas que precisam ser feitas, coisas que precisam ser esclarecidas para nós. Algumas coisas precisam ser explicadas."

"Uma autópsia", disse Howard.

O dr. Francis fez que sim com a cabeça.

"Eu entendo", disse Howard. "Ah, meu Deus. Não, eu não entendo, doutor. Não posso, não consigo. Não consigo, de jeito nenhum."

O dr. Francis pôs o braço nos ombros de Howard.

"Eu lamento. Deus sabe como eu lamento." Em seguida, retirou o braço e estendeu a mão. Howard olhou para a mão e depois a apertou. O dr. Francis passou os braços em torno de Ann mais uma vez. O médico parecia cheio de uma bondade que ela não compreendia. Deixou sua cabeça repousar no ombro do médico, mas seus olhos ficaram abertos. Continuava olhando para o hospital. Na hora em que saíam de carro do estacionamento, Ann olhou para trás de novo, para o hospital.

Em casa, ela ficou sentada no sofá com as mãos nos bolsos do casaco. Howard fechou a porta que dava para o quarto de Scotty. Pôs a cafeteira no fogo e achou uma caixa vazia. Tinha pensado em recolher algumas coisas de Scotty. Mas em vez disso sentou no sofá ao lado da esposa, empurrou a caixa para o lado e inclinou-se para a frente com os braços entre os joelhos. Começou a chorar. Ela puxou a cabeça de Howard para o seu colo e ficou dando palmadinhas no ombro do marido. "Ele se foi", disse Ann. Continuou dando palmadinhas no ombro do marido. Por cima dos soluços de Howard, ela podia ouvir a cafeteira assobiando, lá na cozinha. "Pronto, pronto", disse ela, com ternura. "Howard, ele se foi. Ele se foi e agora nós vamos ter de nos acostumar com isso. A ficar sozinhos."

Dali a pouco, Howard levantou e começou a se movimentar pela sala, sem rumo, com a caixa na mão, sem colocar nada dentro dela, mas pegando algumas coisas no chão, ao lado da extremidade do sofá. Ann continuou sentada com as mãos nos bolsos. Howard pôs a caixa no chão e trouxe o café para a sala. Mais tarde, Ann deu telefonemas para os parentes. Depois de cada telefonema ser feito e de o parente atender o telefone, Ann atropelava umas poucas palavras e chorava um minuto. Em seguida, explicava com calma, com voz medida, o que havia acontecido e lhes dizia o que iam fazer. Howard levou a caixa para a garagem, onde viu a bicicleta de Scotty. Largou a caixa e sentou-se no chão, ao lado da bicicleta. Pegou a bicicleta desajeitadamente, de modo que ela ficou inclinada contra o seu peito. Segurou a bicicleta, o pedal de borracha apertou seu peito e fez girar um pouco a roda rente a uma perna da sua calça.

Ann desligou o telefone depois de falar com a irmã. Estava procurando um outro número de telefone quando o telefone tocou. Atendeu logo no primeiro toque.

"Alô", disse ela, e de novo ouviu um barulho no fundo, um zumbido. "Alô! Alô!", repetiu. "Pelo amor de Deus", disse. "Quem é? O que você quer? Fale alguma coisa."

"O seu Scotty, ele já está pronto para você", disse uma voz de homem. "Você se esqueceu dele?"

"Seu desgraçado!", gritou no fone. "Como pode fazer uma coisa dessas, seu filho da mãe desgraçado!"

"Scotty", disse o homem. "Você se esqueceu do Scotty?" O homem desligou na cara dela.

Howard ouviu o grito e voltou para deparar com a esposa chorando, com a cabeça sobre os braços, em cima da mesa. Pegou o fone e escutou o ruído de discar.

Muito mais tarde, pouco antes da meia-noite, depois que eles tinham resolvido muitas coisas, o telefone tocou outra vez.

"Você atende", disse ela. "Howard, é ele, eu sei." Estavam sentados à mesa da cozinha, com o café na sua frente. Howard tinha um pequeno copo de uísque ao lado da sua xícara. Atendeu o telefone no terceiro toque da campainha.

"Alô", disse. "Quem é? Alô! Alô!" A linha ficou muda. "Desligou", disse Howard. "Seja lá quem for."

"Era ele", insistiu Ann. "Aquele sacana. Eu gostaria de matar esse sujeito", disse. "Eu gostaria de dar um tiro nele e ver seu corpo estrebuchar."

"Ann, meu Deus", disse Howard.

"Você escutou alguma coisa?", perguntou. "No fundo? Um barulho de máquinas, uma coisa zumbindo?"

"Não, nada, na verdade. Nada desse tipo", respondeu ele. "Nem tive tempo para isso. Acho que tinha música de rádio. Sim, tinha um rádio ligado, é só o que consegui ouvir. Não tenho a menor ideia do que está acontecendo", disse.

Ann balançou a cabeça. "Se eu pudesse, se eu pudesse pôr minhas mãos nele." Então ela lembrou. Ela sabia quem era. Scotty, o bolo, o número do telefone. Empurrou a cadeira para trás, para longe da mesa, e levantou-se. "Vamos de carro até o centro comercial", disse Ann. "Vamos, Howard."

"O que está dizendo?"

"O centro comercial. Agora eu já sei quem está telefonando. Sei quem é. É o padeiro, o padeiro filho da mãe, Howard. Pedi a ele que fizesse um bolo para o aniversário do Scotty. É ele que está telefonando, é ele que tem o telefone da gente e fica ligando para cá. Para nos ameaçar por causa do bolo. O padeiro desgraçado."

Foram de carro até o centro comercial. O céu estava limpo e as estrelas brilhavam. Fazia frio e eles ligaram o aquecimento do carro. Estacionaram na frente da padaria. Todas as lojas estavam fechadas, mas ainda havia carros na extremidade do estacionamento, na frente dos dois cinemas vizinhos. As janelas da padaria estavam na penumbra, mas quando eles olharam pelo vidro viram uma luz na sala dos fundos e, de vez em quando, um homem grande, de avental, entrava e saía da faixa de luz branca e forte. Através do vidro, Ann pôde ver as caixas do mostruário e algumas mesinhas com cadeiras. Tentou abrir a porta. Bateu os dedos no vidro. Mas, se o padeiro ouviu o chamado, não deu o menor sinal. Nem olhou naquela direção.

Seguiram de carro para os fundos da padaria e estacionaram ali. Saíram do carro. Havia uma janela iluminada, alta demais para que pudessem olhar lá dentro. Uma tabuleta perto da porta dos fundos dizia "Padaria Caseira, Pedidos Especiais". Ann podia ouvir baixinho o som de um rádio ligado lá dentro e alguma coisa — a porta do forno? — rangia toda vez que era aberta. Ann bateu na porta e esperou. Em seguida, bateu outra vez, mais alto. O rádio foi desligado e agora se ouviu um som áspero, o som bem nítido de alguma coisa, uma gaveta, sendo aberta e depois fechada.

A porta foi destrancada e aberta. O padeiro ficou sob a luz e olhou para os dois, do lado de fora. "Não estou atendendo", disse. "O que vocês querem a uma hora dessas? É meia-noite. Estão bêbados ou o quê?"

Ann avançou para a luz que vinha da porta aberta e o padeiro piscou as pálpebras pesadas quando a reconheceu. "É a senhora", disse ele.

"Sou eu", disse Ann. "A mãe do Scotty. Este é o pai do Scotty. Nós gostaríamos de entrar."

O padeiro respondeu: "Agora estou ocupado. Tenho um trabalho para fazer".

Ela já tinha entrado pela porta, nessa altura. Howard avançou logo atrás. O padeiro recuou. "Aqui tem um cheiro de padaria. Não tem um cheiro de padaria, Howard?"

"O que vocês querem?", perguntou o padeiro. "Talvez queiram o seu bolo, não é? Então é isso, resolveram vir pegar o seu bolo. Encomendaram um bolo, não foi?"

"Você é muito esperto para um padeiro", disse Ann. "Howard, é este o homem que fica telefonando para a gente. Este é o padeiro." Ela cerrou os punhos. Olhou para o padeiro com raiva. Havia uma chama queimando dentro dela, uma raiva que fazia Ann sentir-se maior do que era, maior até do que qualquer um daqueles dois homens.

"Esperem um minuto", disse o padeiro. "Querem levar o seu bolo de três dias atrás? É isso? Eu não quero discutir com a senhora. Lá está ele, bem ali, já meio mofado. Vendo para vocês pela metade do preço que combinei. Não, vocês não querem? Podem levar. Para mim não serve para nada, agora não serve para mais ninguém. Custou tempo e dinheiro fazer esse bolo. Se quiserem levar, tudo bem, se não quiserem, tudo bem do mesmo jeito. Esqueçam o assunto e vão embora. Tenho de voltar para o meu trabalho." Olhou para os dois e enrolou a língua atrás dos dentes.

"Mais bolos", disse Ann. Sabia que tinha o controle daquilo que crescia dentro dela. Estava calma.

"Madame, eu trabalho dezesseis horas por dia neste lugar para ganhar a vida", disse o padeiro. Esfregou as mãos no avental. "Trabalho dia e noite aqui, tentando fechar as contas todo mês." No rosto de Ann, passou uma expressão que fez o padeiro recuar e dizer: "Tudo bem, agora". Estendeu o braço para o balcão e pegou um rolo de massas com a mão direita e começou a bater de leve com ele na palma da mão esquerda. "Vocês querem o bolo ou não querem? Tenho de voltar para o meu trabalho. Os padeiros trabalham de noite", disse de novo. Tinha os olhos miúdos, de aspecto malvado, pensou Ann, quase sumidos no meio da pele coberta de fios de barba das bochechas. O pescoço junto à gola da sua camiseta era grosso de gordura.

"A gente sabe que os padeiros trabalham de noite", disse Ann. "Eles ficam telefonando de noite também. Seu sacana."

O padeiro continuou a bater de leve o rolo de massa na mão. Olhou de relance para Howard. "Cuidado, cuidado", disse para eles.

"Meu filho morreu", disse Ann numa conclusão fria, sem ênfase. "Foi atropelado por um carro na tarde de segunda-feira. Ficamos com ele, esperando, até morrer. Mas, é claro, ninguém podia esperar que você soubesse disso, não é? Os padeiros não sabem de tudo. Eles podem saber de tudo, senhor Padeiro? Mas ele está morto. Morto, seu sacana." Da mesma forma repentina como havia jorrado de dentro dela, a raiva minguou, deu lugar a outra coisa, uma atordoada sensação de náusea. Ann se recostou na mesa de madeira que estava polvilhada de farinha, pôs as mãos sobre o rosto e começou a chorar, os ombros sacudiam para a frente e para trás. "Não é justo", continuou. "Não é justo, não é justo."

Howard pôs a mão na parte de baixo das suas costas e olhou para o padeiro. "Que vergonha", disse Howard. "Que vergonha."

O padeiro colocou o rolo de massa de volta no balcão. Desamarrou o avental e jogou-o em cima do balcão. Ficou um instante olhando para os dois com um ar embotado, aflito. Em seguida, puxou uma cadeira de debaixo de uma mesa de jogar cartas, onde estavam papéis e receitas, uma máquina de calcular e um catálogo de telefone.

"Por favor, sente-se", disse ele. "Vou trazer uma cadeira para o senhor", disse para Howard. "Sente-se, por favor." O padeiro foi para a frente da padaria e voltou com duas cadeiras pequenas de ferro batido. "Por favor, sentem-se."

Ann enxugou os olhos e olhou para o padeiro. "Eu queria matar você", disse. "Queria ver você morto."

O padeiro abriu um espaço na mesa para eles. Arrastou a máquina de calcular para o lado, junto com as pilhas de receitas e papéis de carta. Empurrou o catálogo telefônico para o chão, onde pousou com um baque. Howard e Ann sentaram e puxaram as cadeiras para perto da mesa. O padeiro também sentou.

"Não censuro vocês", disse o padeiro, colocando os cotovelos na mesa e balançando a cabeça devagar. "Primeiro, deixem que lhes diga como eu lamento. Só Deus sabe como eu lamento. Escutem. Sou só um padeiro. Não pretendo ser nada além disso. Talvez num outro tempo, anos atrás, eu tenha sido um tipo de ser humano diferente. Esqueci, não tenho mais certeza. Mas já não sou mais, se é que fui algum dia. Agora, sou só um padeiro. Isso não desculpa a minha ofensa, eu sei. Mas lamento profundamente. Lamento pelo seu filho e lamento meu papel nisso tudo. Meu Deus, meu Deus", disse o padeiro. Espalmou as mãos sobre a mesa e virou-as para cima, revelando a palma das mãos. "Não tenho filhos, portanto só posso imaginar o que vocês devem estar sentindo. Tudo o que posso dizer a vocês agora é que eu lamento muito. Me desculpem, se puderem", disse o padeiro. "Não sou um homem maldoso, acho que não sou. Não sou maldoso, como a senhora disse no telefone. Vocês devem compreender que a questão é que eu não sei mais como agir, ao que parece. Por favor", insistiu, "aceitem o meu pedido e me perdoem, se puderem achar perdão no seu coração."

Estava quente dentro da padaria e Howard levantou-se da mesa e tirou o casaco. Ajudou Ann a tirar o casaco. O padeiro olhou para eles durante um minuto e depois fez que sim com a cabeça e levantou-se da mesa. Foi até o forno e desligou alguns botões. Achou xícaras e serviu café de uma cafeteira elétrica. Colocou uma caixinha de papelão com creme de leite e uma tigela de açúcar sobre a mesa.

"Vocês na certa precisam comer alguma coisa", disse o padeiro. "Gostaria que comessem alguns dos meus pãezinhos. Vocês têm de comer e ir em frente. Comer é uma coisinha boa numa hora feito esta", disse ele.

Serviu seus pãezinhos quentes, de canela, que tinham acabado de sair do forno, com a crosta de açúcar ainda derretida. Pôs manteiga sobre a mesa e facas para passar a manteiga. Em seguida, o padeiro sentou-se à mesa com eles. Esperou. Esperou até que cada um pegasse um pãozinho do prato e começasse a comer.

"É bom comer alguma coisa", disse ele, olhando. "Tem mais lá dentro. Comam. Comam tudo o que quiserem. Eu tenho aqui quantos pãezinhos vocês quiserem."

Comeram os pãezinhos e beberam café. Ann, de repente, sentiu fome e os pãezinhos estavam quentes e doces. Ela comeu três, o que agradou bastante ao padeiro. Então ele começou a falar. Os dois ouviram com atenção. Embora estivessem cansados e aflitos, escutaram o que o padeiro tinha a dizer. Fizeram que sim com a cabeça, quando o padeiro começou a falar da solidão e da sensação de dúvida e de limitação que tinha chegado com a meia-idade. Contou como era viver sem ter tido filhos, durante todos aqueles anos. Repetir os dias com os fornos interminavelmente cheios e interminavelmente vazios. A comida para festas, as comemorações para as quais tinha trabalhado. Os dedos cobertos até em cima de cobertura de glacê. Os noivos e as noivas com os braços agarrados um ao outro, centenas deles, não, milhares a essa altura. Aniversários. Só as velas de todos aqueles bolos, se a gente parar para pensar, dá para ver todas acesas ao mesmo tempo. Ele tinha um ofício necessário. Era padeiro. Estava contente de não ser florista. Era melhor alimentar as pessoas. Não lhes dar uma coisa que ficava só um tempo com elas e depois era jogada fora. Aquilo tinha um cheiro melhor do que flores.

"Veja, sinta o cheiro disto", falou o padeiro e abriu um pão preto. "É um pão pesado, mas substancioso." Eles experimentaram o cheiro, em seguida o padeiro pediu que provassem o pão. Tinha um gosto de melado e de grão não refinado. Escutaram o padeiro. Comeram o que puderam. Engoliram o pão preto. Estava quase tão claro como o dia embaixo da luz fluorescente. Ficaram falando até o início da manhã, a faixa de luz pálida e alta nas janelas, e eles nem pensavam em sair dali.

Diga às mulheres que a gente já vai

Bill Jamison sempre foi muito ligado a Jerry Roberts. Os dois cresceram na zona sul, perto do velho parque de diversões, fizeram a escola fundamental e o ensino médio juntos e depois cursaram a Universidade Eisenhower, onde assistiram às mesmas aulas e tiveram os mesmos professores sempre que possível, vestiam as camisas, os suéteres e as calças de boca estreita um do outro, e paqueravam e marcavam de sair com a mesma garota — uma coisa que logo virou rotina.

No verão, iam trabalhar no mesmo lugar — encaixotando pêssegos, colhendo cerejas, amarrando fardos de lúpulo, qualquer coisa que pudessem fazer e rendesse um dinheiro que os sustentasse até o outono, qualquer coisa em que não tivessem de se preocupar com o bafo do patrão no cangote a cada cinco minutos. Jerry não gostava que lhe dissessem o que tinha de fazer. Bill não se importava; gostava de Jerry ser do tipo que cuidava das coisas sozinho. No verão anterior ao último ano na faculdade, os dois contribuíram cada um com uma parte e compraram um carro Plymouth 54 por trezentos e vinte e cinco dólares. Jerry ficava com o carro uma semana e depois Bill fazia o mesmo. Estavam acostumados a dividir as coisas e aquilo deu certo durante um tempo.

Mas Jerry se casou antes do final do semestre, ficou com o carro e largou a faculdade para ir trabalhar num emprego fixo no Robby's Market. Foi a única vez em que houve um abalo no seu relacionamento. Bill gostava de Carol Henderson — tinha conhecido a garota uns dois anos antes, quase ao mesmo tempo que Jerry —, mas depois que Jerry e ela se casaram, as coisas nunca mais foram as mesmas entre os dois amigos. Bill ficava muito tempo na casa deles, sobretudo no início — dava a sensação de ser mais velho, ter amigos casados —, ia lá para almoçar e jantar, ou ia de noite, mais tarde, para ouvir discos de Elvis Presley e Bill Haley e Seus Cometas, e havia uns dois discos de Fats Domino de que ele gostava, mas Bill sempre ficava sem graça quando Carol e Jerry começavam a se beijar e quase se agarravam na frente dele. Às vezes Bill tinha de pedir desculpas e fazer uma caminhada até o posto de gasolina Dezorn para comprar uma Coca-Cola, porque só tinha uma cama no apartamento, uma cama dobrável, embutida na parede, que aberta ocupava o meio da sala. Em outras ocasiões Carol e Jerry simplesmente se retiravam cambaleantes para o banheiro, com as pernas enroscadas, e Bill se mandava para a cozinha e fingia estar atarefado procurando alguma coisa nos armários e na geladeira, tentando não ouvir nada.

Então Bill parou de ir lá tantas vezes; e em junho se formou, arranjou um emprego na indústria de leite Darigold Milk e entrou para a Guarda Nacional. Um ano depois, tinha o seu próprio negócio de leite e estava de namoro firme com Linda Wilson — uma garota legal, decente. Ele e Linda iam mais ou menos uma vez por semana à casa dos Robert, tomavam cerveja e ouviam discos. Carol e Linda se davam bem. Bill ficou satisfeito quando Carol disse, confidencialmente, que achava que Linda era "uma pessoa fora de série". Jerry também gostava de Linda. "É uma tremenda gata", disse para Bill.

Quando Bill e Linda se casaram, Jerry foi o padrinho, é claro; e na recepção, mais tarde, no Hotel Donnelly, foi mais ou menos como nos velhos tempos, Jerry e Bill fazendo bagunça juntos, cantando de braços dados e jogando longe taças do ponche reforçado no álcool. Mas uma vez, no meio da alegria, Bill olhou para Jerry e achou que ele parecia muito mais velho, muito mais velho do que alguém que tinha só vinte e dois anos. O cabelo começava a rarear, como o do pai, e estava ficando com a cintura mais larga. Carol e Jerry tinham dois filhos e ela estava grávida de novo. Jerry ainda trabalhava no Robby's Market, embora agora fosse gerente auxiliar. Jerry se embriagou na festa do casamento e flertou com as duas damas de honra, depois tentou começar uma briga com um dos porteiros. Carol teve de levá-lo de carro para casa antes que ele arrumasse uma confusão de verdade.

Os dois se viam de duas em duas semanas, às vezes num intervalo menor, conforme o tempo que fazia. Se fizesse um tempo bom, como agora, eles podiam se ver no domingo, na casa de Jerry, fazer cachorros-quentes ou hambúrgueres na churrasqueira ao ar livre e soltar todas as crianças numa piscina de armar que Jerry comprou por quase nada de uma das controladoras de venda da loja.

Jerry tinha uma casa confortável. Morava no campo, num morro que dava para o rio Naches. Havia mais uma meia dúzia de casas espalhadas por perto, mesmo assim ele vivia bem isolado, em comparação com uma casa na cidade. Gostava que os amigos fossem à sua casa; dava muito trabalho pegar todas as crianças, dar banho, vestir e pôr no carro — um Chevy 68 vermelho com capô de metal. Agora, ele e Carol tinham quatro crianças, todas meninas, e Carol estava grávida de novo. Achavam que não iam ter mais nenhum filho depois daquele.

Carol e Linda estavam na cozinha lavando os pratos e arrumando as coisas. Eram por volta das três horas da tarde. As quatro meninas de Jerry brincavam com os dois meninos de Bill, nos fundos da casa, perto da cerca. Ficavam jogando uma bola vermelha e grande dentro da piscina, berravam e depois se atiravam na água. Jerry e Bill estavam sentados em espreguiçadeiras de jardim, ao ar livre, tomando cerveja.

Bill é quem tinha de tocar adiante a conversa — coisas sobre pessoas que os dois haviam conhecido, a disputa pelo poder que se passava no escritório central da Darigold, em Portland, ou sobre um novo modelo de Pontiac Catalina, de quatro portas, que ele e Linda andavam pensando em comprar.

Jerry fazia que sim com a cabeça de vez em quando, mas a maior parte do tempo ficava só olhando para a frente, para o varal ou para a garagem. Bill achou que ele devia estar deprimido, mas depois percebeu que Jerry andava assim meio triste já fazia mais ou menos um ano. Bill mexeu na sua cadeira, acendeu um cigarro e por fim falou: "Tem alguma coisa errada, cara?".

Jerry terminou sua cerveja e depois amassou a latinha. Deu de ombros. "Que tal a gente dar uma volta? A gente pega o carro e dá uma voltinha rápida, para num lugar qualquer para tomar uma cerveja. Meu Deus, um homem acaba mofando aqui parado todo domingo."

"Por mim tudo bem. Claro. Vou dizer às mulheres que a gente vai dar uma saída."

"Sozinhos, lembre bem. Pelo amor de Deus, nada de sair com a família. Diga que a gente vai tomar uma cerveja ou qualquer coisa. Vou esperar no carro. Vamos no meu carro."

Havia muito tempo que os dois não faziam nada juntos. Pegaram a autoestrada do rio Naches rumo a Gleed, o Jerry ao volante. Fazia um dia quente e ensolarado e o ar soprava para dentro do carro e dava uma sensação boa no pescoço e nos braços. Jerry sorria.

"Para onde estamos indo?", perguntou Bill. Sentia-se muito melhor só de ver Jerry mais animado.

"Que tal se a gente for lá no velho Riley jogar uma pequena rodada de bilhar?"

"Por mim está legal. Ei, cara, faz muito tempo que a gente não faz nada assim."

"A gente tem de dar uma escapulida de vez em quando, senão mofa. Sacou o que estou dizendo?" Olhou para Bill. "Não dá para ficar só na obrigação, sem diversão. Você entende o que estou dizendo."

Bill não tinha certeza. Ele gostava de sair com os amigos da fábrica na sexta-feira à noite para jogar boliche e gostava de sair uma ou duas vezes por semana com Jack Broderick para tomar umas cervejas, mas também gostava de ficar em casa. Não, ele não diria que se sentia mofar, exatamente. Olhou para o relógio de pulso.

"Ainda está aberto", disse Jerry, enquanto estacionava o carro sobre o cascalho em frente ao Centro de Recreação de Gleed. "Eu vinha aqui de vez em quando, sabe, mas agora já faz um ano que não apareço. Não tenho mais tempo." Cuspiu.

Entraram, Bill segurou a porta para Jerry. Jerry lhe deu um soco de leve na barriga quando passou.

"Ei, pessoal! Como é que vai todo mundo? Não vejo vocês já nem sei há quanto tempo. Onde é que se meteram? Andaram aprontando alguma?" Riley saiu de trás do balcão sorrindo. Era um sujeito corpulento, careca, de camisa estampada de manga curta por fora da calça jeans.

"Ah, chega de conversa e vê se arranja para a gente dois copos bem cheios", disse Jerry, piscando o olho para Bill. "Como é que vai?"

"Tudo legal, tudo legal. E vocês, o que andam fazendo? Onde é que se meteram? Será que estão preparando mais uma cria? Jerry, na última vez em que vi você, sua patroa estava grávida de seis meses."

Jerry ficou parado um minuto e piscou os olhos. "Quanto tempo faz isso, Riley? Faz tanto tempo assim?"

"E as nossas bebidas?", perguntou Bill. "Riley, beba uma com a gente."

Sentaram em bancos perto da janela. Jerry disse: "Que tipo de lugar é este aqui, Riley, que não tem nenhuma garota numa tarde de domingo?".

Riley riu. "Acho que as garotas estão em falta no mercado, rapazes."

Tomaram cinco latas de cerveja cada um e levaram duas horas para jogar três partidas de bilhar e duas de sinuca. Riley não tinha nada para fazer, saiu de trás do balcão, sentou-se num banco e conversou, enquanto olhava os dois jogarem.

Bill olhava toda hora para o relógio de pulso, depois olhava para Jerry. Por fim, falou: "Não acha que a gente devia voltar agora, Jerry? Quer dizer, o que você acha?".

"Certo, está legal. Vamos terminar esta cerveja e depois a gente vai embora." Num instante Jerry secou sua latinha, amassou-a e depois sentou no banco um minuto, revirando a latinha na mão. "A gente se vê, Riley."

"Agora vocês têm de chegar em casa, estão ouvindo? Vão com calma."

De volta à estrada, Jerry acelerou um pouco — pequenas arrancadas a cem e cento e vinte —, mas tinha muitos carros na pista, pessoas que voltavam dos parques e das montanhas, e ele, na maior parte do tempo, tinha de se contentar com uma ultra-passagem rápida de vez em quando, para depois avançar se arras-tando, a sessenta, junto com os outros carros.

Tinham acabado de ultrapassar uma caminhonete velha cheia de móveis quando viram duas garotas de bicicleta.

"Olhe só aquilo!", exclamou Jerry, reduzindo. "Eu bem que gostaria de conhecer essas meninas."

Passou devagar, mas as duas viraram a cara. As garotas olha-ram e riram, continuaram pedalando no acostamento da estrada.

Jerry dirigiu por mais um quilômetro e meio e depois encos-tou o carro na beira da estrada, num local amplo. "Vamos voltar. Vamos tentar."

"Puxa. Bom, eu não sei, cara. A gente devia voltar para casa. São muito novinhas, na verdade. Hein?"

"Velha o bastante para sangrar, velha o bastante para... Você conhece o ditado."

" Conheço, mas não sei, não."

"Pelo amor de Deus. Vamos só nos divertir um pouco com elas, dar um susto nelas."

"Está legal. Tudo bem." Olhou para o relógio e depois para o céu. "Você fala com elas."

"Eu? Estou dirigindo. Você é que deve falar. Além do mais, elas vão estar aí do seu lado."

"Não sei, cara. Estou enferrujado."

Jerry soltou um grito agudo, enquanto fazia meia-volta com o carro e retornava na direção de onde tinham vindo.

Reduziu a velocidade quando ficou quase emparelhado com as garotas, subiu no acostamento do outro lado da estrada e gritou: "Ei, garotas, para onde estão indo? Querem uma carona?".

As garotas olharam uma para a outra e riram, mas conti-nuaram a pedalar. A garota no lado de dentro, mais perto da estrada, tinha dezessete ou dezoito anos, cabelo escuro, alta e esguia, recurvada por cima da bicicleta. A outra tinha a mesma idade, mais ou menos, mas era mais baixa e de cabelo claro. As duas estavam de calção e blusinha de amarrar nas costas.

"Piranhas", disse Jerry. "Vamos pegar essas duas, pode deixar." Estava esperando que os carros passassem para que ele fizesse uma curva em U para o outro lado da estrada. "Vou ficar com a morena e você fica com a outra. Tá legal?"

Bill mexeu as costas junto ao encosto do banco e tocou a mão no aro dos seus óculos escuros. "Sei lá, a gente está perdendo tempo... elas não vão fazer nada."

"Puxa vida, cara! Não dá para começar já derrotado."

Bill acendeu um cigarro.

Jerry passou para a outra pista da estrada e, num minuto ou dois, ficou logo atrás das meninas. "Muito bem, faça o seu trabalho", disse para Bill. "Jogue todo o seu charme agora. Lance a isca e puxe o peixe para nós."

"Oi", disse Bill, enquanto passavam devagar ao lado das garotas. "Meu nome é Bill."

"Bonito nome", disse a morena. A outra garota riu e depois a morena riu também.

"Para onde estão indo?"

As garotas não responderam. A mais baixa sufocou um risinho. Continuaram pedalando e Jerry conduzia o carro devagar ao lado delas.

"Ah, vamos lá, digam. Para onde estão indo?"

"Lugar nenhum", respondeu a mais baixa.

"Onde fica lugar nenhum?"

"Em nenhum lugar."

"Já disse o meu nome. Qual é o nome de vocês? Este aqui é o Jerry."

As garotas olharam uma para a outra e riram de novo. Continuaram pedalando.

Veio um carro por trás e o motorista apertou a buzina com força.

"Ah, passa por cima!", disse Jerry. Mas encostou um pouco mais no acostamento; depois de um minuto, vendo a sua chance, o motorista do outro carro passou depressa por eles.

Os dois se colocaram de novo ao lado das garotas.

"A gente pode dar uma carona para vocês", disse Bill. "A gente leva vocês aonde quiserem. Palavra de honra. Devem estar cansadas de pedalar essas bicicletas. Parecem cansadas mesmo. Exercício demais não é bom para vocês, sabiam?"

As garotas riram.

"Vamos lá, digam o nome de vocês."

"Meu nome é Barbara, o dela é Sharon", respondeu a mais baixa. Riu outra vez.

"Agora a coisa está andando", disse Jerry para Bill. "Pergunte de novo para onde estão indo."

"E para onde estão indo? Barbara... para onde estão indo, Barb?"

Ela riu. "Lugar nenhum", respondeu. "Só andando pela estrada."

"Andando pela estrada para onde?"

"Quer contar para eles?", perguntou para a outra garota.

"Não me importo. Não faz nenhuma diferença. Não vou para lugar nenhum com eles mesmo."

"Bom, nem eu", disse ela. "Eu não quis dizer isso."

"Pelo amor de Deus", disse Jerry.

"Para onde estão indo?", perguntou Bill. "Estão indo para Painted Rocks?"

As garotas começaram a rir.

"É para lá que estão indo", disse Jerry. "Painted Rocks." Tomou um pouco de velocidade e depois subiu no acostamento, na frente das garotas, de modo que elas teriam de passar pelo seu lado do carro para seguir adiante.

"Não façam assim", disse Jerry. "Vamos lá, entrem. Vamos nos conhecer. O que é que tem de mais, afinal?"

As garotas apenas riram enquanto passaram, e riram mais ainda quando Jerry disse: "Vamos, a gente não morde".

"Como é que a gente vai saber?", respondeu a mais baixa, por cima do ombro.

"Dou a minha palavra de honra, menina", disse o Jerry, quase sem fôlego.

A morena olhou para trás, viu os olhos de Jerry e desviou a cara, franzindo o rosto.

Jerry voltou com o carro para a pista da estrada, enquanto poeira e pedrinhas espirravam embaixo dos pneus traseiros. "A gente se vê depois", disse Bill, quando passaram por elas.

"Está no papo", disse Jerry. "Viu o jeito como a piranha me olhou? Estou lhe falando, cara, o negócio está no papo."

"Não sei", disse Bill. "Talvez fosse melhor a gente ir para casa."

"Não, não, a gente já conseguiu! Acredite no que estou dizendo."

Encostou o carro na beira da estrada, embaixo de umas árvores, quando chegaram a Painted Rocks. Ali, a estrada se abria numa bifurcação, uma estrada ia para Yakima, a outra, a via principal, seguia para Naches, Enumclaw, Chinook Pass, Seattle. A cem metros da estrada ficava a encosta íngreme de um penhasco preto, parte de uma serra baixa, recortada por trilhas e grutas, com uns borrifos de pinturas indígenas, aqui e ali, nas paredes de diversas grutas. A encosta do penhasco que dava para a estrada tinha cartazes e anúncios como NACHES 67 — GATOS SELVAGENS DE GLEED — Jesus Salva — Yakima é o Maior —, letras irregulares e toscas, na maioria das vezes, em tinta vermelha ou branca.

Ficaram sentados dentro do carro, fumando, olhando para a estrada e escutando as batidas intermitentes do pica-pau atrás das árvores. Alguns mosquitos voaram para dentro do carro e ficaram em cima dos braços e das mãos deles.

Jerry tentou captar alguma coisa no rádio e deu uma pancada brusca no painel do carro. "Eu queria tomar mais uma cerveja agora! Droga, eu daria tudo por uma cerveja."

"É", disse Bill. Olhou para o relógio de pulso. "Quase seis, Jerry. Quanto tempo mais vamos esperar?"

"Puxa, elas vão chegar daqui a pouco. Vão ter de parar quando chegarem ao lugar para onde estão indo, não é? Aposto três paus, tudo o que tenho aqui comigo, que elas vão chegar em dois ou três minutos." Sorriu para Bill e bateu no seu joelho. Em seguida, começou a batucar na cabeça da alavanca de câmbio.

Quando as garotas surgiram, estavam do outro lado da estrada, de frente para o trânsito.

Jerry e Bill saíram do carro e se apoiaram no para-lama dianteiro, à espera.

Quando as garotas saíram do acostamento na direção das árvores, viram os homens e passaram a pedalar mais depressa. A mais baixa estava rindo quando se ergueu do selim e pedalou com mais força.

"Lembre", disse Jerry, sem olhar para o carro. "Eu fico com a morena e você pega a mais baixa."

Bill parou. "O que é que a gente vai fazer? Cara, é melhor a gente tomar cuidado."

"Caramba, a gente vai só se divertir um pouco. Vamos levar as garotas e conversar um pouco, só isso. O que tem de mais? Elas não vão contar nada a ninguém; estão curtindo. Gostam de receber atenção."

Começaram a andar no rochedo. As garotas largaram as bicicletas e começaram a correr, subindo uma das trilhas. Elas sumiram atrás de uma curva e depois reapareceram de novo, um pouco mais acima, onde pararam e olharam para baixo.

"Por que é que vocês estão seguindo a gente?", perguntou a morena. "Hein? O que é que vocês querem?"

Jerry não respondeu, ficou só olhando para cima, na direção da trilha.

"Vamos correr", disse Barbara, ainda rindo e um pouco sem fôlego. "Vamos."

Viraram-se e começaram a subir a trilha, a trote.

Jerry e Bill subiram andando. Bill estava fumando um cigarro, parava a cada poucos metros para respirar fundo. Estava começando a ter vontade de estar em casa. O dia ainda estava quente e claro, mas as sombras das rochas e das árvores no alto começavam a se esticar sobre a trilha, na frente deles. Assim que a trilha fez uma curva, Bill olhou para trás e viu o carro de relance. Não tinha se dado conta de que estavam tão no alto.

"Vamos", atiçou Jerry. "Não consegue continuar?"

"Estou indo", disse Bill.

"Você vai pela direita e eu vou reto. A gente corta a passagem delas."

Bill tomou o caminho da direita. Continuou subindo. Parou uma vez e sentou-se para tomar fôlego. Não conseguia ver o carro, nem a estrada. Lá embaixo, à esquerda, dava para ver o rio Naches, do tamanho de uma fita, cintilando ao lado de uma área plana com arvorezinhas brancas em miniatura. À direita, Bill podia olhar para o vale lá embaixo e ver os pomares de pereiras e macieiras bem-arrumadinhos junto à crista da serra e nas encostas dali para baixo, até o vale, com uma ou outra casa, aqui e ali, ou o brilho do sol em algum carro em movimento numa das estradinhas. Tudo estava muito parado e quieto. Depois de um minuto, ele se levantou, esfregou as mãos nas calças e voltou a seguir pela trilha.

Subiu mais ainda e depois a trilha começou a descer, virando à esquerda, rumo ao vale. Quando Bill contornou uma curva, viu as duas garotas agachadas atrás de umas pedras, olhando para baixo, por cima de outra trilha. Bill parou, tentou acender um cigarro distraidamente, mas percebeu com um choque que seus dedos estavam tremendo, e então começou a andar na direção das garotas do jeito mais indiferente que pôde.

Quando elas ouviram uma pedrinha rodar debaixo do pé de Bill, viraram-se bruscamente, viram Bill e levantaram-se de um salto, a mais baixa deu um gritinho.

"Vamos, esperem um minuto! Vamos sentar e conversar melhor. Estou cansado de andar. Ei!"

Jerry, ouvindo as vozes, subiu pela trilha correndo e apareceu. "Esperem aí, cacete!"

Tentou cortar a passagem delas e as garotas saíram em outra direção, a mais baixa gritava e ria, as duas corriam descalças na terra argilosa e passaram na frente de Bill.

Bill ficou pensando onde teriam deixado os sapatos. Foi para a direita.

A mais baixa fez uma curva brusca e seguiu pelo morro; a morena girou, fez uma pausa e depois tomou uma trilha para baixo, rumo ao vale, pela encosta do morro. Jerry foi atrás dela.

Bill olhou para o relógio e depois se sentou numa pedra, tirou os óculos escuros e olhou para o céu.

A morena continuou a correr, saltando, até chegar a uma das cavernas, uma grande saliência de rocha, com a parte interna oculta nas sombras. Ela subiu o mais que pôde, sentou-se e baixou a cabeça, respirando com força.

Um ou dois minutos depois, ouviu Jerry descendo pela trilha. Parou quando chegou à saliência. Ela prendeu o fôlego. Ele pegou um pedaço de argila, jogou na direção do escuro. Bateu na parede bem acima da cabeça da garota.

"Ei, o que você quer fazer? Me deixar cega? Pare de jogar pedras, seu idiota."

"Achei que você devia estar escondida aí dentro. Saia com as mãos para cima, senão vou pegar você."

"Espere um instante", disse ela.

Jerry pulou para cima de uma pequena saliência de pedra e espiou no escuro.

"O que vocês querem?", perguntou a garota. "Por que não deixam a gente em paz?"

"Bem", disse Jerry, olhando para ela, deixando os olhos correr pelo seu corpo devagar. "Por que não param de correr? Aí a gente também vai parar."

Ela chegou perto dele e, com um movimento brusco, tentou escapulir, mas ele pôs a mão na parede, barrando seu caminho. Ele sorriu.

Ela sorriu, depois mordeu o lábio e tentou passar pelo outro lado.

"Sabe que fica bonita quando sorri?"

Jerry tentou segurá-la pela cintura, mas a garota se virou, escapou dele.

"Vamos lá! Pare com isso! Me deixe sair daqui."

Ele se pôs na frente dela de novo, tocou seu peito com os dedos. Ela deu um tapa na mão dele, e Jerry agarrou seu peito com força.

"Ah", disse ela. "Você está me machucando. Por favor, por favor, está me machucando."

Ele relaxou a mão, mas não soltou. "Tudo bem", disse. "Não vou machucar você." Então soltou.

A garota empurrou Jerry e o desequilibrou, pulou para a trilha e correu morro abaixo.

"Desgraçada", gritou ele. "Volte aqui!"

Ela tomou uma trilha para a direita que voltava a subir. Jerry escorregou num tufo de capim, caiu, agitou os braços, levantou-se e começou a correr de novo. Em seguida, a garota virou num desfiladeiro estreito, com uns trinta metros de comprimento, com luz e uma vista do vale do outro lado. Ela correu, os pés descalços roçando nas pedrinhas e ecoando até ele, por cima da sua própria respiração arquejante. No fim, ela se virou e gritou: "Me deixe em paz!", com a voz meio engasgada.

Jerry poupou seu fôlego. Ela virou e sumiu de vista. Quando ele chegou ao fim, olhou por cima do ombro e viu a garota subindo direto, apoiada nas mãos e nos joelhos. Estavam no lado do vale e ela escalava na direção do topo de uma elevação. Jerry sabia que, se ela chegasse lá, provavelmente não poderia mais alcançá-la; ele não ia conseguir avançar muito mais. Pôs toda a força que tinha naquela subida, escalando a encosta, usando pedras e arbustos para se agarrar com as mãos, o coração martelava e sua respiração estava ofegante e curta.

Assim que ela chegou ao topo, Jerry agarrou seu tornozelo e os dois rastejaram ao mesmo tempo no pequeno platô.

"Desgraçada", disse ele, num soluço. Ainda tinha o tornozelo da garota seguro na mão quando ela o chutou na cabeça com toda a força que tinha, com o outro pé, acertou com tanta força que o ouvido dele zumbiu e um clarão cobriu seus olhos.

"Sua filha da puta", os olhos dele estavam cheios de água. Jogou-se em cima das pernas da garota e agarrou-a pelos braços.

Ela tentou levantar os joelhos, mas Jerry virou-se um pouco, manteve a garota segura contra o chão.

Ficaram assim deitados por um tempo, arquejantes. Os olhos da garota estavam arregalados e giravam de medo. Ela mexia a cabeça de um lado para o outro e mordia os lábios.

"Escute, eu deixo você ir embora. Quer que eu deixe você ir embora?"

Ela fez que sim com a cabeça.

"Tudo bem, mas primeiro eu quero uma coisa. Entende? Sem problemas. Tá legal?"

Ela ficou deitada sem falar.

"Tá legal? Tá legal? Estou falando." E sacudiu a garota.

Depois de um momento, ela fez que sim com a cabeça.

"Tá legal. Tá legal."

Jerry soltou os braços dela e levantou-se, começou a puxar o short da garota, tentou abrir o zíper e puxar para baixo das pernas.

Ela se mexeu rápido e acertou-o no ouvido com o punho fechado e rolou para o lado no mesmo movimento. Ele pulou atrás dela. Agora a garota estava berrando. Jerry pulou nas costas da garota e empurrou seu rosto contra o chão. Segurou a nuca. Um minuto depois, quando a garota parou de se debater, Jerry começou a tirar o short dela.

Ele se levantou, virou-se de costas para ela e começou a bater a poeira das roupas. Quando olhou para ela de novo, a garota estava sentada, olhando para o chão cheio de marcas e afastava da testa algumas mechas de cabelo.

— Vai contar para alguém?

Ela não falou nada. Jerry enxugou os lábios. "Espero que não conte."

Ela se curvou para a frente e começou a chorar, em silêncio, com as costas da mão junto ao rosto.

Jerry tentou acender um cigarro, mas largou os fósforos e começou a andar, sem pegar os fósforos. Então parou e olhou para trás. Por um minuto, não conseguiu entender o que estava fazendo ali, ou quem era aquela garota. Olhou constrangido para o vale, o sol começava a descer atrás dos morros. Sentiu uma leve brisa contra o rosto. O vale estava se inclinando com as sombras das serras, das rochas e das árvores sobre a terra. Olhou de novo para a garota.

"Falei que é melhor você não contar nada. Eu... meu Deus! Desculpe, desculpe mesmo."

"Vá embora... só isso. Vá embora."

Ele chegou perto. Ela começou a se levantar. Jerry deu um passo para a frente com força e golpeou a garota com o punho no lado da cabeça, na hora em que ela ficou de joelhos. Ela caiu para trás com um grito. Quando tentou se levantar de novo, ele pegou uma pedra e bateu em cheio na sua cara. Chegou a ouvir os ossos e os dentes quebrarem, e o sangue escorreu entre os seus dedos. Largou a pedra. Ela tombou para trás com o corpo mole e Jerry se agachou em cima dela. Quando a garota começou a se mexer, ele pegou a pedra e golpeou outra vez, agora sem muita força, na parte de trás da cabeça. Depois largou a pedra e tocou no ombro da garota. Começou a sacudi-la e depois de um minuto a virou de frente.

Os olhos da garota estavam abertos, vidrados, e ela começou a virar a cabeça devagar de um lado para o outro, a língua se enrolava pesada dentro da boca, e ela tentava cuspir sangue e cacos de dentes. Enquanto ela mexia a cabeça de leve para um lado e para o outro, os olhos focalizavam Jerry e depois passavam adiante. Ele se levantou, andou alguns metros e depois voltou. Ela estava tentando sentar. Ele se ajoelhou, colocou as mãos nos ombros da garota e tentou obrigá-la a deitar de novo. Mas suas mãos escorregaram para o pescoço e Jerry começou a estrangular a garota. Porém não conseguiu terminar, só apertou o bastante para que, quando soltou as mãos, o fôlego dela ficasse raspando histericamente na sua traqueia. A garota desabou e Jerry se levantou. Em seguida se curvou e soltou do chão uma pedra grande. Terra solta caiu da parte de baixo da pedra, quando ele a ergueu até a altura dos olhos e depois acima da cabeça. Depois a largou em cima da cara da garota. Fez o barulho de um tapa. Pegou a pedra de novo, tentando não olhar para ela, e largou de novo. A seguir levantou a pedra mais uma vez.

Bill seguiu pelo desfiladeiro. Já era bem tarde agora, quase de noite. Viu um ponto onde alguém havia subido o morro, tinha feito a volta e depois seguiu suas pegadas por um caminho diferente, mais fácil.

Bill havia cruzado o caminho da garota mais baixa, Barbara, mas foi só isso; não tentou beijar, muito menos qualquer outra coisa. Honestamente, ele não tinha a menor vontade. De todo modo, estava com medo. Talvez ela estivesse com vontade, talvez não, mas Bill tinha muita coisa em jogo para correr o risco. Agora a garota estava lá embaixo, junto às bicicletas, à espera da amiga. Não, ele só queria alcançar o Jerry e voltar para casa, antes que ficasse muito tarde. Sabia que ia levar a maior bronca de Linda e ela na certa já estava louca de preocupação. Era tarde demais, os dois deviam ter voltado horas atrás. Bill estava muito nervoso e subiu depressa os últimos metros até o topo do morro, no pequeno platô.

Viu os dois ao mesmo tempo, Jerry de pé junto à garota, segurando a pedra.

Bill sentiu-se encolher, ficando fino e sem peso. Ao mesmo tempo, teve a sensação de estar contra um vento forte que esbofeteava suas orelhas. Queria sair correndo para longe, correr, correr, mas alguma coisa veio se movendo na sua direção. As sombras das pedras, à medida que aquela forma ficava na frente delas, pareciam mover-se junto com aquela forma e por baixo dela. O chão pareceu inclinar-se sob a luz que batia num ângulo estranho. De maneira insensata, Bill pensou nas duas bicicletas à espera lá embaixo, no pé do morro, perto do carro, como se pegar uma das bicicletas pudesse mudar tudo aquilo, fazer a garota não estar mais ali em cima do morro, na hora em que ele chegou ao topo. Mas Jerry estava agora parado na sua frente, as roupas desarrumadas e moles, como se os ossos tivessem ido embora do seu corpo. Bill sentiu a terrível proximidade dos seus dois corpos, menos de um braço de distância. Então a cabeça de Jerry baixou sobre o ombro de Bill. Ele levantou a mão e, como se a distância que agora os separava merecesse ao menos aquilo, Bill começou a dar palmadinhas nas costas do outro, a afagar suas costas, enquanto as suas próprias lágrimas começaram a correr.

Se vocês não se importam

Edith Packer estava com o fone do gravador cassete enfiado no ouvido e fumava um de seus cigarros. A tevê estava ligada sem som e ela, sentada no sofá com as pernas dobradas embaixo do corpo, virava as páginas de uma revista semanal. James Packer saiu do quarto de hóspedes que ele tinha arrumado para ser um escritório. Vestia um blusão de náilon e pareceu surpreso quando a viu, e depois decepcionado. Ela o viu e tirou o fone do ouvido. Colocou o cigarro no cinzeiro e sacudiu para ele os dedos de um pé, coberto por uma meia.

"Bingo", disse ele. "A gente vai jogar bingo hoje à noite ou não? A gente vai se atrasar, Edith."

"Já vou", disse ela. "Claro. Acho que me distraí." Gostava de música clássica, mas ele não. Jack era contador aposentado, mas cuidava da devolução de impostos para alguns clientes antigos e ficou trabalhando naquela noite. Edith não quis tocar sua música para que ele não se distraísse.

"Se a gente vai mesmo jogar bingo, vamos logo", disse ele. Olhou para a tevê, depois se aproximou do aparelho e desligou.

"Já vou", disse ela. "Deixe só eu ir ao banheiro." Fechou a revista e levantou-se. "Espere só um pouquinho, querido", disse e sorriu. Saiu da sala.

Ele foi ver se a porta dos fundos estava trancada e se a luz da varanda estava acesa, depois voltou e ficou esperando no meio na sala. Até o centro comunitário, eram dez minutos de carro e ele já estava percebendo que iam chegar atrasados para a primeira partida. James gostava de chegar na hora, o que significava chegar alguns minutos antes, assim tinha chance de cumprimentar as pessoas que não havia visto desde a noite de sexta-feira. Gostava de fazer umas brincadeiras com Frieda Parsons, enquanto mexia o açúcar na sua xícara de café feita de isopor. Ela era uma das mulheres do clube que organizavam as partidas de bingo na sexta-feira à noite e, durante a semana, trabalhava atrás do balcão da única drogaria da cidade. James gostava de chegar lá com um pouco de folga no horário para que ele e Edith pudessem pegar o seu café com Frieda e tomar seus lugares à mesma mesa, junto à parede. Ele gostava daquela mesa. Ocupavam o mesmo lugar, à mesma mesa, toda noite de sexta-feira, havia muitos meses. Na primeira sexta-feira em que jogaram bingo lá, James ganhou uma acumulada de quarenta dólares. Depois ele disse para Edith que, com aquilo, estava fisgado para sempre. "Eu andava mesmo atrás de um outro vício", disse ele e sorriu. Dúzias de cartelas de bingo estavam empilhadas em cada uma das mesas e cada um devia dar uma olhada e escolher as cartelas que queria, as cartelas que poderiam ser as vencedoras. Aí a pessoa sentava, apanhava um punhado de feijões-brancos na tigela sobre a mesa e esperava que o jogo começasse, que a líder das mulheres do clube, Eleanor Bender, de cabelos solenemente brancos, começasse a girar a cesta de fichas de pôquer numeradas e passasse a cantar os números sorteados. Estavam no auge da temporada em que era preciso chegar lá bem cedo para conseguir ficar no seu lugar predileto e pegar suas cartelas prediletas. Os jogadores tinham suas cartelas prediletas e até imaginavam que podiam reconhecer, de uma semana para a outra, as cartelas cuja disposição dos números pareciam mais convidativas que a das outras. Cartelas de sorte, talvez. Todas as cartelas tinham um código numérico impresso no canto direito superior e, se o jogador ganhasse uma partida com determinada cartela, ou mesmo se tivesse chegado só perto de ganhar, ou se tivesse algum palpite em relação a certas cartelas, o jeito era chegar cedo e procurar suas cartelas nas pilhas em cima das mesas. Os jogadores começavam a se referir a elas como suas, e toda semana procuravam as mesmas cartelas.

Edith finalmente saiu do banheiro. Tinha no rosto uma expressão de perplexidade. Era impossível chegar lá na hora.

"Qual é o problema?", perguntou James. "Edith?"

"Nada", disse ela. "Nada. Bem, como estou, Jimmy?"

"Está bem. Puxa, a gente só vai a um jogo de bingo, mais nada", disse ele. "Você conhece todo mundo lá, afinal."

"Exatamente por isso", respondeu. "Quero parecer bonita."

"Está bonita", disse ele. "Sempre está bonita. Podemos ir?"

Parecia haver um número de carros maior do que o habitual estacionado nas ruas em volta do centro. No lugar onde ele costumava estacionar, havia uma van antiga com desenhos psicodélicos. James teve de continuar dirigindo o carro até o fim do quarteirão e virar.

"Tem muitos carros nesta noite", disse Edith.

"Não haveria tantos se a gente tivesse chegado mais cedo", disse ele.

"Haveria os mesmos carros, só que a gente não veria", emendou a esposa, brincando. Beliscou a manga do paletó de James.

"Edith, se a gente vai jogar bingo, era melhor chegar na hora", disse ele. "A primeira regra da vida é chegar sempre na hora."

"Psiu", disse ela. "Tenho a sensação de que vai acontecer alguma coisa nesta noite. Fique atento e vai ver só. Vamos ganhar acumuladas a noite inteira. Vamos quebrar a banca", disse ela.

"Estou contente de ouvir isso", disse James. "Isso é o que chamo de confiança." Por fim, achou uma vaga quase no fim do quarteirão e estacionou. Desligou o motor e apagou as luzes. "Não sei se hoje me sinto com sorte ou sem sorte. Acho que me senti com sorte mais cedo, durante uns cinco minutos, enquanto estava preparando os impostos do Howard, mas não me sinto com muita sorte agora. Não é sinal de sorte se a gente começa tendo de andar meio quilômetro para jogar bingo."

"Fique bem perto de mim", disse ela. "Vamos nos sair bem."

"Não me sinto com sorte", disse ele. "Tranque a sua porta."

Começaram a andar. Havia uma brisa fria e ele fechou o zíper do blusão até o pescoço. Ela se encolheu mais no seu casaco. James podia ouvir as ondas batendo nas pedras no fundo do penhasco, atrás do centro comunitário.

Edith falou: "Vou pegar um cigarro seu, James, antes de a gente entrar".

Pararam embaixo do poste de iluminação, na esquina. Os fios que escoravam a velha luminária de rua balançavam no vento e a luz lançava suas sombras para a frente e para trás em cima da calçada. James podia ver as luzes do centro comunitário na extremidade do quarteirão. Pôs a mão em concha e levantou o isqueiro para a esposa. Em seguida, acendeu o próprio cigarro. "Quando vai parar?", perguntou ele.

"Quando você parar", respondeu Edith. "Quando eu estiver pronta para parar. Talvez do mesmo jeito que você parou de beber quando estava pronto para parar de beber. Um dia eu vou acordar de manhã e parar, e pronto. Acabou. Que nem você. Depois vou procurar um passatempo."

"Posso ensinar você a fazer tricô", disse o marido.

"Acho que não tenho paciência para isso", respondeu ela. "Além do mais, uma pessoa fazendo tricô em casa já é o bastante."

James sorriu. Pegou o braço de Edith e continuaram a andar.

Quando chegaram à escada na frente do centro comunitário, ela jogou no chão o cigarro e avançou. Subiram a escada que levava para o saguão. Havia um sofá na sala, além de uma mesa de madeira arranhada e diversas cadeiras de armar. Nas paredes da sala, pendiam velhas fotos de barcos de pesca e de um navio de guerra, uma fragata de antes da Primeira Guerra Mundial, que havia adernado e tinha sido puxada para terra firme, sobre uma praia arenosa, próxima à cidade. Uma foto que sempre o deixara intrigado mostrava um barco virado de cabeça para baixo sobre as pedras, na maré baixa, um homem de pé em cima da quilha, acenando para a câmera. Havia uma carta náutica numa moldura de carvalho e diversas pinturas de cenas pastorais feitas por sócios do clube: montanhas rugosas por trás de um lago e um bosque de árvores, pinturas do sol se pondo no oceano. Atravessaram a sala, James a pegou de novo pelo braço e os dois entraram no salão. Várias mulheres do clube estavam sentadas à direita da entrada, atrás de uma mesa comprida. Havia mais ou menos outras trinta mesas espalhadas pelo salão, junto com cadeiras de armar. A maior parte das cadeiras estava ocupada. Na extremidade do salão, havia um palco onde apresentavam cenas natalinas, e às vezes produções teatrais amadoras. O jogo de bingo estava em andamento. Eleanor Bender, segurando um microfone, cantava os números sorteados.

Eles não pararam para o café; em vez disso foram depressa, junto à parede, na direção dos fundos, rumo à sua mesa. Cabeças se curvavam sobre as mesas. Ninguém olhou para eles. As pessoas olhavam para as suas cartelas e esperavam que cantassem o número seguinte. James guiou a esposa na direção da sua mesa, mas naquela noite, como a partida já havia começado, ele sabia que alguém já devia ter pegado o seu lugar, e estava certo.

Era um casal de hippies, James entendeu com um susto, um homem e uma mulher jovens, na verdade uma garota. A garota vestia roupas de jeans velho e desbotado, calça e jaqueta, e uma camisa de brim masculina, e usava anéis, braceletes e brincos compridos, que balançavam quando ela se mexia. Agora ela se mexeu, virou-se para o sujeito de cabelos compridos e de jaqueta de camurça ao seu lado, e apontou um número na sua cartela, depois beliscou o braço dele. O sujeito usava o cabelo puxado para trás e amarrado atrás da cabeça, e tinha um monte de pelos emporcalhados na cara. Usava uns óculos pequenos, de armação de aço, e tinha uma argolinha dourada na orelha.

"Meu Deus": exclamou James, e parou. Levou a esposa para outra mesa. "Aqui estão duas cadeiras. Vamos ter de pegar este lugar e fazer o nosso jogo. Tem hippies na nossa mesa." Lançou um olhar na direção deles. Tirou o seu blusão e ajudou Edith a despir o casaco. Em seguida, sentou e olhou de novo para o casal sentado na sua mesa. A garota esquadrinhava as suas cartelas enquanto os números eram cantados. Em seguida, inclinava-se na direção do cabeludo e espiava as cartelas dele também, como se, pensou James, receasse que o homem não tivesse juízo bastante para marcar seus números. James pegou um maço de cartelas de bingo na mesa e entregou para Edith. "Pegue para você algumas cartelas sortudas", disse. "Vou ficar só com estas três aqui de cima. Acho que nesta noite não importam muito as cartelas que vou escolher. Não estou me sentindo com muita sorte, hoje, e não há nada que eu possa fazer para mudar essa sensação. Que diabo aquele casal está fazendo aqui? Se você quer saber, acho que estão meio fora do seu ambiente."

"Não preste atenção neles, Jimmy", disse a esposa. "Não estão fazendo mal a ninguém. São só jovens, mais nada."

"Esta é uma noite de sexta-feira comum para as pessoas desta comunidade", disse ele. "Não sei o que eles estão querendo por aqui."

"Querem jogar bingo", disse Edith, "senão não estariam aqui. Jimmy, querido, este é um país livre. Pensei que você quisesse jogar bingo. Vamos jogar, não vamos? Pronto, já peguei as cartelas que eu queria." Devolveu-lhe o maço de cartelas e James as colocou junto às outras que eles não iam usar, no centro da mesa. Percebeu que havia uma pilha das suas cartelas na frente do hippie. Bem, ele tinha ido lá para jogar e, por Deus, ia jogar o seu bingo. Apanhou um punhado de feijões-brancos na tigela.

Cada cartela saía por vinte e cinco centavos, ou três cartelas por cinquenta centavos. Edith pegou três para si. James destacou uma nota de um dólar num maço de cédulas que ele havia reservado para aquela ocasião. Colocou a nota ao lado das suas cartelas. Em poucos minutos uma das mulheres do clube, uma mulher magra, com cabelo azulado e uma pinta no pescoço — James a conhecia apenas como Alice —, ia passar com uma latinha de café, pegando moedas de vinte e cinco centavos, notas de um dólar, moedas de dez e de cinco centavos, e pegando o troco na latinha, quando necessário. Era aquela mulher, ou uma outra chamada Betty, que fazia a coleta do dinheiro e pagava as apostas acumuladas.

Eleanor Bender cantou "I-25", e uma mulher numa mesa no meio do salão gritou: "Bingo!".

Alice andou entre as mesas. Debruçou-se sobre a cartela da mulher, enquanto Eleanor Bender cantava os números sorteados. "É bingo!", disse Alice.

"Esse bingo, senhoras e senhores, vale doze dólares", disse Eleanor Bender. "Meus parabéns!", Alice contou em voz alta algumas notas para a mulher, sorriu de modo vago e se afastou.

"Agora se preparem", disse Eleanor Bender. "A próxima partida começa em dois minutos. Vou misturar os números agora." Começou a rodar o cesto de fichas de pôquer.

Eles jogaram quatro ou cinco partidas sem conseguir nada. Uma vez, James chegou perto de ganhar numa das suas cartelas, faltou um número para o bingo. Mas Eleanor Bender cantou cinco números seguidos, nenhum deles servia para James e, antes mesmo que alguém no salão encontrasse o número na sua cartela e avisasse, James já sabia que não era o número de que ele precisava. Tinha certeza de que ela não ia cantar o seu número de jeito nenhum.

"Desta vez você chegou bem perto, Jimmy", disse Edith. "Eu estava acompanhando a sua cartela."

"Chegar perto não conta", respondeu. "É igual a ficar a um quilômetro de distância. Ela estava só gozando da minha cara, mais nada." Virou a cartela para baixo e deixou os feijões deslizarem para a sua mão. Fechou a mão em forma de punho cerrado. Sacudiu os feijões dentro da mão. Passou pela sua cabeça a ideia de um garoto que jogava feijões pela janela. Tinha alguma coisa a ver com um carnaval, ou uma feira. Também havia uma vaca naquela história, pensou James. A lembrança vinha de muito longe e tinha algo de perturbador.

"Continue a jogar", disse Edith. "Vai acontecer alguma coisa. Troque de cartelas, quem sabe."

"Tanto faz usar estas cartelas ou qualquer outra", respondeu James. "Acontece é que não é a minha noite, Edith, só isso."

Olhou de novo para os hippies. Estavam rindo de alguma coisa que o homem tinha dito. James podia ver que a garota estava esfregando a perna dele embaixo da mesa. Não pareciam estar prestando a menor atenção em ninguém no salão. Alice veio recolher o dinheiro para a partida seguinte. Mas, logo depois que Eleanor Bender cantou o primeiro número, calhou de James olhar de novo na direção do casal de hippies. Viu que o homem colocou um feijão sobre uma cartela pela qual não tinha pagado, uma cartela que estava na pilha de cartelas rejeitadas. Mas a cartela estava virada para cima de modo que o sujeito podia ver os números e jogar com ela junto com as outras, as que eram mesmo dele. Eleanor Bender cantou mais um número e o sujeito colocou mais um feijão na mesma cartela. Depois, ele puxou a cartela para perto, com a intenção de jogar com ela. James ficou espantado com aquilo. Em seguida, ficou furioso. Não conseguia se concentrar nas suas cartelas. Não parava de olhar para ver o que o hippie estava fazendo. Ninguém mais parecia ter notado.

"James, olhe para as suas cartelas", disse Edith. "Olhe para as suas cartelas, querido. Você perdeu o número trinta e quatro. Pronto." Ela colocou um feijão dela na cartela do marido. "Preste atenção, querido."

"Aquele hippie lá que pegou a mesa da gente está trapaceando. Onde é que já se viu?", disse James. "Nem dá para acreditar nos meus olhos."

"Trapaceando? O que é que ele está fazendo?", perguntou Edith. "Como é que ele está trapaceando num bingo, Jimmy?" Olhou em volta, meio distraída, como se tivesse esquecido onde estavam os hippies.

"Ele está jogando numa cartela que não comprou", respondeu. "Por acaso pude ver que ele está fazendo isso. Meu Deus, eles são capazes de qualquer coisa. Num jogo de bingo! Alguém devia denunciar."

"Não você, querido. Ele não está fazendo nenhum mal à gente", disse Edith. "Uma cartela a mais ou a menos num salão tão cheio de cartelas e de gente não faz diferença. Deixe que ele jogue com quantas cartelas quiser. Tem gente aqui jogando com seis cartelas." Edith falou bem devagar e tentou manter os olhos atentos às suas cartelas. Acertou um número.

149

"Mas pagaram pelas cartelas", respondeu o marido. "Com isso eu não me importo. É diferente. Aquele safado está trapaceando, Edith."

"Jimmy, deixe para lá, querido", disse ela. Tirou um feijão da palma da mão e colocou-o sobre um número. "Deixe o homem em paz. Querido, jogue com as suas cartelas. Agora você já me confundiu e eu perdi um número. Por favor, jogue com as suas cartelas."

"Que raio de jogo de bingo é este, em que um sujeito faz uma safadeza dessas e fica tudo por isso mesmo?", falou. "Não gosto disso. Não gosto nada."

Olhou de novo para as suas cartelas, mas sabia que não ia sair da estaca zero. Nem naquela partida nem nas partidas seguintes. Só uns poucos números nas suas cartelas tinham feijões. Não havia como saber quantos números ele havia deixado passar, quanto tinha perdido. Fechou o punho em torno dos feijões. Sem esperança, apertou um feijão no número que tinham acabado de cantar, G-60. Alguém gritou: "Bingo!".

"Meu Deus!", exclamou James.

Eleanor Bender disse que iam fazer uma pausa de dez minutos para as pessoas se levantarem e darem uma volta. O jogo após o intervalo ia ser uma partida ao preço de um dólar por cartela, e o vencedor levava tudo. A bolada daquela semana, anunciou Eleanor, era de noventa e oito dólares. Houve assovios e palmas. James olhou para os hippies. O homem estava tocando na argola na orelha e olhava a sala em volta. A garota estava de novo com a mão na perna dele.

"Tenho de ir ao banheiro", disse Edith. "Me dê um cigarro seu. Quem sabe você traz para a gente um daqueles biscoitos bonitos de passas que a gente viu, e também uma xícara de café."

"Faço isso, pode deixar", respondeu. "E, pelo amor de Deus, vou trocar de cartelas. Estas cartelas que estou usando só servem para a gente perder."

"Vou ao banheiro", disse Edith. Colocou os cigarros dentro da bolsa e levantou-se da mesa.

James esperou na fila dos biscoitos e do café. Fez que sim com a cabeça para Frieda Parsons, quando ela fez algum comentário de passagem para ele, pagou e depois voltou para onde estavam os hippies. Eles já tinham pegado seus biscoitos e seu café. Comiam, bebiam e conversavam como pessoas normais. James curvou-se por trás da cadeira do homem.

"Eu vi o que você está fazendo", disse James.

O homem virou-se. Seus olhos se arregalaram atrás dos óculos. "Como assim?", disse ele e fitou James. "O que eu estou fazendo?"

"Você sabe", respondeu James. A garota pareceu assustada. Segurava o seu biscoito, com os olhos cravados em James. "Não preciso explicar para você", disse para o homem. "Para bom entendedor, meia palavra basta. Estou vendo o que você está fazendo."

James voltou para a sua mesa. Estava tremendo. Que todos os hippies desapareçam deste mundo, pensou. Foi um encontro difícil para ele e lhe deu uma tremenda vontade de tomar um drinque. Mas onde já se viu tomar uma bebida por causa de uma coisa que está acontecendo num jogo de bingo? Colocou o café e os biscoitos sobre a mesa. Em seguida, ergueu os olhos para o hippie, que estava olhando para ele. A garota também olhava para ele. O hippie sorriu forçado. A garota deu uma mordida no biscoito.

Edith voltou. Entregou os cigarros para o marido e sentou-se. Estava calada. Muito calada. Depois de um minuto, James se recuperou e disse: "Tem algum problema com você, Edith? Você está bem?". Olhou com atenção para a esposa. "Edith, aconteceu alguma coisa?"

151

"Estou bem", respondeu, e pegou o seu café. "Não, acho que é melhor contar para você, Jimmy. Mas não quero deixar você preocupado." Tomou um gole do café e esperou. Depois, falou: "Estou sangrando de novo".

"Sangrando?", disse ele. "O que você quer dizer, Edith?" Mas James sabia o que ela queria dizer, que na sua idade, e acontecendo com a espécie de dor que Edith tinha dito que sentia, aquilo podia significar o que os dois mais temiam. "Sangrando", repetiu ele em voz baixa.

"Você sabe", explicou Edith, pegando algumas cartelas e começando a separá-las. "Estou menstruando um pouco. Ah, querido", disse ela.

"Acho que a gente devia ir para casa. Acho que é melhor a gente ir embora", disse James. "Isso não é bom, não é?" James temia que a esposa não lhe contasse caso a dor começasse. Devia ter perguntado a ela mais cedo, devia ter observado melhor a esposa. Agora ela teria de se tratar. James sabia disso.

Edith continuou procurando mais algumas cartelas e parecia perturbada e um pouco embaraçada. "Não, vamos ficar", disse, depois de um minuto. "Talvez não seja nada para a gente se preocupar. Não quero que você se preocupe. Eu me *sinto* bem, Jimmy", disse.

"Edith."

"Vamos ficar", continuou ela. "Tome o seu café, Jimmy. Vai ficar tudo bem, tenho certeza. Viemos aqui para jogar bingo", disse, e sorriu um pouco.

"Esta é a pior noite de bingo em toda a história", disse James. "Estou disposto a ir embora a qualquer momento. Acho que a gente devia ir embora agora mesmo."

"Vamos ficar para essa partida, afinal demora só uns quarenta e cinco minutos. Nesse intervalo, não dá para acontecer nada de mais. Vamos jogar o nosso bingo", disse Edith, tentando se mostrar animada.

James sorveu mais um pouco de café. "Não quero o meu biscoito", disse. "Pode ficar com o meu biscoito." Afastou as cartelas que estava usando e pegou duas do maço de cartelas de bingo que não estavam sendo usadas. Olhou com raiva para os hippies como se, de algum modo, fosse deles a culpa daquele novo desdobramento dos fatos. Mas o sujeito fora embora da mesa e a garota estava de costas para James. Tinha se virado na cadeira e olhava na direção do palco.

Eles jogaram a partida de bingo. Uma vez, James olhou e viu que o hippie continuava lá e jogava numa cartela pela qual não tinha pagado. James ainda tinha a sensação de que devia chamar a atenção de alguém para aquele assunto, mas não podia abandonar suas cartelas, não agora, que cada cartela custava um dólar. Os lábios de Edith estavam tensos. Tinha um aspecto que podia ser de determinação ou preocupação.

James tinha três números faltando numa cartela e cinco números em outra cartela, uma cartela da qual já havia desistido, quando a garota hippie começou a gritar: "Bingo! Bingo! Eu fiz bingo!".

O homem bateu palmas e gritou junto com ela. "Ela fez bingo! Ela fez bingo, pessoal! Bingo!" O homem continuava a bater palmas.

Eleanor Bender em pessoa foi até a mesa da garota para verificar a cartela e conferir com a lista de números sorteados. Em seguida falou: "Esta jovem acabou de ganhar noventa e oito dólares. Vamos dar a ela os nossos aplausos. Vamos aplaudir com entusiasmo!".

Edith bateu palmas, junto com o resto dos jogadores, mas James continuou com as mãos sobre a mesa. O hippie abraçou a garota. Eleanor Bender entregou um envelope para a hippie. "Pode contar, se quiser", disse, com um sorriso. A garota balançou a cabeça.

"Na certa vão usar o dinheiro para comprar drogas", disse James.

"James, por favor", disse Edith. "É um jogo de azar. Ela ganhou limpo."

"Talvez sim", respondeu James. "Mas o parceiro dela está louco para passar a perna em todo mundo."

"Querido, você quer jogar de novo com as mesmas cartelas?", disse Edith. "Daqui a pouco vão começar a próxima partida."

Ficaram para as partidas seguintes. Ficaram até o fim da última partida, uma partida chamada Progressiva. Era uma partida de bingo em que a bolada do vencedor aumentava toda semana, se ninguém fizesse o bingo depois do sorteio de determinada quantia de números. Se ninguém fizesse o bingo quando o último número fosse cantado, a partida era declarada encerrada e mais dinheiro, cinco dólares, era acrescentado ao prêmio da semana seguinte, e também mais um número a ser sorteado. Na primeira semana, quando o jogo começou, o prêmio era de setenta e cinco dólares e trinta números. Naquela semana, agora, o prêmio já estava em cento e vinte e cinco dólares e os números sorteados eram quarenta. Era raro alguém fazer um bingo com menos de quarenta números sorteados, mas a partir de quarenta números se podia esperar um bingo a qualquer momento. James pagou suas cartelas e jogou sem a menor esperança e sem nenhuma intenção de ganhar. Sentia-se perto do desespero. Não ficaria admirado se o hippie ganhasse aquela partida.

Quando os quarenta números foram sorteados e ninguém gritou bingo, Eleanor Bender falou: "Por hoje acabou o jogo de bingo. Obrigada pela presença de vocês. Deus os abençoe e, se Deus quiser, nos veremos de novo na sexta-feira que vem. Boa noite e tenham um bom fim de semana".

James e Edith saíram do salão junto com o resto dos jogadores, mas de algum modo acabaram ficando atrás do casal de hippies, que ainda estava rindo e falando da bolada que haviam ganhado. A garota deu uma palmadinha no bolso do casaco e riu outra vez. Tinha o braço em volta da cintura do cabeludo, por baixo do casaco de camurça, os dedos tocavam seu quadril.

"Vamos deixar que essa gente se afaste de nós, pelo amor de Deus", James pediu para Edith. "São uma praga."

Edith ficou quieta, mas atrasou um pouco os passos, junto com James, para que o casal de hippies se adiantasse.

"Boa noite, James. Boa noite, Edith", disse Henry Kuhlken. Kuhlken era um homem corpulento e grisalho, que tinha perdido um filho num acidente de barco, anos antes. Sua esposa o deixou por outro homem, pouco depois disso. Passou a beber muito, depois de um tempo, e mais tarde foi parar nos Alcoólicos Anônimos, onde James o conheceu e soube da sua história. Agora, era dono de um dos dois postos de gasolina da cidadezinha e às vezes fazia uns reparos de mecânica no carro deles. "A gente se vê na semana que vem."

"Boa noite, Henry", disse James. "Acho que sim. Mas hoje eu me senti meio fora do jogo."

Kuhlken riu. "Entendo muito bem o que você quer dizer", respondeu e foi em frente.

O vento tinha ficado mais forte e James achou que podia ouvir o barulho das ondas por cima do rumor da ignição dos motores dos carros. Viu o casal de hippies parado junto à van. Ele já devia ter adivinhado. Devia ter somado dois mais dois. O cabeludo abriu a porta do seu lado, depois esticou o braço e abriu a porta do lado da garota. Ligou a van na hora em que eles passavam andando pela beirada da rua. O cabeludo acendeu os faróis e James e Edith foram iluminados contra os muros das casas próximas.

"Aquele palerma", disse James.

Edith não respondeu. Estava fumando e mantinha a outra mão no bolso do casaco. Continuaram andando na beira da rua. A van passou por eles e mudou a marcha quando chegou à esquina. A luz da rua balançava com o vento. Eles caminharam até o seu carro. James destrancou a porta da esposa e deu a volta para o seu lado. Em seguida, puseram o cinto de segurança e foram para casa.

Edith entrou no banheiro e fechou a porta. James tirou o blusão e jogou sobre o encosto do sofá. Ligou a tevê, sentou-se e esperou.

Pouco depois, Edith saiu do banheiro. Não falou nada. James esperou um pouco mais e tentou manter os olhos fixos na tevê. Ela foi para a cozinha e abriu a água. James ouviu a esposa fechar a torneira. Um minuto depois, ela foi até a porta da cozinha e disse: "Acho que vou ter de procurar o doutor Crawford de manhã, Jimmy. Acho que tem alguma coisa acontecendo lá dentro". Olhou para o marido. Depois falou: "Ah, droga, droga de má sorte", e começou a chorar.

"Edith", falou o marido, e aproximou-se da esposa.

Ela permaneceu ali, balançando a cabeça. Cobriu os olhos e inclinou-se sobre James, enquanto ele passava o braço em volta dela. O marido a segurou.

"Edith, minha querida Edith", falou. "Meu Deus." Sentiu-se impotente e aterrorizado. Ficou parado com os braços em torno da esposa.

Edith balançou a cabeça um pouco. "Acho que vou para a cama, Jimmy. Estou exausta e não estou me sentindo *mesmo* bem. Vou procurar o doutor Crawford de manhã cedo. Acho que tudo vai dar certo, querido. Tente não ficar preocupado. Se alguém tem de ficar preocupado nesta noite, deixe que seja eu.

Não você. Você já se preocupa demais. Acho que tudo vai dar certo", disse e afagou as costas do marido. "Pus um pouco de água no fogo para fazer um café, mas acho que agora vou para a cama. Me sinto esgotada. São essas partidas de bingo", disse ela, e tentou sorrir.

"Vou apagar o fogo, desligar todas as luzes e ir para a cama também", disse James. "Também não quero ficar sem dormir esta noite, não senhor."

"Jimmy, querido, eu preferia ficar sozinha agora, se não se importa", pediu a esposa. "É difícil explicar. Eu só queria ficar sozinha agora. Querido, talvez isso não faça nenhum sentido. Mas você entende, não é?"

"Sozinha", repetiu James. Apertou o pulso da esposa.

Ela estendeu a mão até o rosto de James, segurou-o e examinou suas feições por um minuto. Depois, beijou-o nos lábios. Entrou no quarto e acendeu a luz. Olhou para ele de novo e depois fechou a porta.

James foi até a geladeira. Ficou parado na frente da porta aberta e tomou suco de tomate, enquanto examinava o interior da geladeira. O ar frio soprava em cima dele. As caixinhas e pacotinhos de papelão com alimentos nas prateleiras, uma galinha coberta com plástico, os montes de sobras bem cobertos com papel laminado, tudo isso de repente lhe causou repulsa. Por algum motivo, James pensou em Alice, aquela pinta no pescoço, e estremeceu. Fechou a porta e cuspiu na pia o resto do suco. Em seguida enxaguou a boca e fez uma xícara de café solúvel, que levou para a sala, onde a tevê ainda estava ligada. Era um velho filme de bangue-bangue. Sentou-se e acendeu um cigarro. Depois de ficar olhando para a tela durante alguns minutos, percebeu que já tinha visto aquele filme anos antes. Os personagens pareciam ligeiramente conhecidos em seus papéis, e algumas coisas que falavam soavam familiares, como acontece muitas vezes com filmes que a gente esqueceu. De repente o herói, um astro do cinema morto pouco tempo antes, falou alguma coisa — fez uma pergunta difícil a outro personagem, um forasteiro que tinha acabado de chegar ao povoado; e de uma hora para outra todas as peças se encaixaram, James adivinhou exatamente as palavras que o forasteiro ia escolher, do nada, para responder àquela pergunta. James já sabia o que ia acontecer, mas continuou assistindo ao filme com uma crescente sensação de apreensão. Nada poderia deter o que havia começado. O herói e os cidadãos nomeados delegados tinham coragem e determinação para dar e vender, mas aquelas virtudes não eram o suficiente. Bastaram um maluco e uma tocha acesa para desencadear a ruína total. James terminou de tomar o café, ficou fumando e vendo o filme, até o seu desfecho violento e inevitável. Depois desligou a tevê. Foi até a porta do quarto e ficou ouvindo, mas não havia como saber se a esposa estava acordada. Pelo menos não havia nenhuma luz por baixo da porta. James torcia para que ela já estivesse dormindo. Continuou escutando. Sentia-se vulnerável e, de algum modo, imprestável. Amanhã, ela iria falar com o dr. Crawford. Quem sabe o que ele ia descobrir? Ia fazer exames. Por que a Edith?, se perguntou James. Por que nós? Por que não alguma outra pessoa, por que não aqueles hippies desta noite? Eles estavam lá, soltos pela vida, voando livres que nem passarinhos, sem responsabilidades, sem dúvidas sobre o futuro. Por que não eles, então, ou alguém feito eles? Isso não faz sentido. James afastou-se da porta do quarto. Pensou em sair e dar uma volta a pé, como às vezes fazia, de noite, mas o vento havia aumentado e dava para ouvir os galhos se partindo na bétula nos fundos da casa. Além do mais, devia estar muito frio e de algum modo a ideia de uma caminhada solitária naquela noite, àquela hora, era desanimadora.

Sentou-se na frente da tevê outra vez, mas não ligou o aparelho. Ficou fumando e pensando na maneira como o hippie tinha rido para ele, do lado oposto do salão. O jeito de andar, displicente, arrogante, como ele caminhou até a sua van, com o braço da garota em volta da sua cintura. James lembrou-se do barulho pesado das ondas e pensou nas ondas grandes que vinham rolando no mar, até quebrarem na praia, no escuro, naquele exato instante. Lembrou-se do brinco do sujeito e puxou a própria orelha. Como seria andar daquele mesmo jeito, com a mesma pose daquele cara, com o braço de uma garota hippie em volta da cintura? Passou os dedos pelos cabelos e sacudiu a cabeça diante daquela injustiça. Lembrou-se da cara da garota quando gritou "Bingo!", como todo mundo se virou com inveja para olhar para ela, com inveja da sua juventude e do seu entusiasmo. Se ao menos soubessem, ela e o seu amigo. Se pelo menos James pudesse explicar para eles.

Pensou em Edith lá na cama, o sangue se movendo dentro do seu corpo, gotejando, à procura de um caminho para sair. Fechou os olhos e abriu de novo. Ia acordar cedo no dia seguinte e preparar um bom café da manhã para os dois. Em seguida, quando o consultório abrisse, ela ia ligar para o dr. Crawford, marcar um horário para vê-lo, e James a levaria ao consultório, ficaria sentado na sala de espera, folhearia as revistas enquanto esperava. Na hora em que Edith saísse com as suas informações, James imaginou que os hippies estariam tomando o seu café da manhã, comendo com apetite, depois de uma noite de amor. Aquilo não era justo. James queria que eles estivessem aqui, agora, na sala, no meio-dia das suas vidas. Contaria para eles o que os aguardava, daria uma boa lição aos dois. Daria um basta àquela arrogância e àquelas risadas e mostraria para eles. Contaria o que os aguardava, depois dos anéis e braceletes, dos brincos e do cabelo comprido, depois do amor.

Levantou-se, entrou no quarto de hóspedes e acendeu o abajur sobre a cama. Olhou para os seus papéis, seus livros de contabilidade, sua máquina de calcular em cima da escrivaninha e experimentou um acesso de desânimo e raiva. Achou um pijama velho numa gaveta e começou a trocar de roupa. Puxou para trás as cobertas da cama na extremidade oposta à sua escrivaninha. Em seguida, andou pela casa de novo, apagando as luzes e verificando as portas. Pela primeira vez em quatro anos, quis que tivesse algum uísque em casa. Aquela era uma noite para beber, sem dúvida. James se deu conta de que era a segunda vez, naquela noite, que ele quis ter alguma coisa para beber, e achou aquilo tão desanimador que seus ombros se curvaram. Nos Alcoólicos Anônimos, diziam para a gente nunca ficar cansado demais, nem com sede demais, nem com fome demais — nem convencido demais, ele podia acrescentar. Parou e ficou olhando pela janela da cozinha para a árvore que balançava com força por causa do vento. A janela trepidava no caixilho. James lembrou-se dos quadros lá no centro comunitário, os barcos que contornavam o promontório, e torceu para que não houvesse nenhum barco no mar naquela noite. Deixou acesa a luz da varanda. Voltou para o quarto de hóspedes, tirou seu cesto de bordados de debaixo da escrivaninha e acomodou-se na poltrona de couro. Levantou a tampa do cesto e tirou o arco de metal com a tela branca bem esticada e presa no arco. Com a pequena agulha segura sob a luz, enfiou a ponta da linha de seda azul. Em seguida, começou a trabalhar no desenho de flores a partir do ponto em que havia parado, algumas noites antes.

Na primeira vez em que parou de beber, riu ao ouvir o comentário feito certa noite, nos Alcoólicos Anônimos, por um negociante de meia-idade que falou que ele devia experimentar trabalhar com bordados. O homem disse que era uma coisa que talvez ele quisesse fazer com o tempo livre que agora tinha a seu dispor, o tempo que antes ele passava bebendo. A ideia era que no trabalho com bordados ele poderia encontrar uma ocupação agradável, de dia ou de noite, além de dar satisfação. "Vai fundo no tricô", disse o homem, e piscou o olho. James riu e balançou a cabeça. Mas depois de algumas semanas de sobriedade, quando de fato se viu com mais tempo livre do que conseguia empregar, e uma crescente necessidade de achar o que fazer com as mãos e com a mente, perguntou para Edith se ela não podia comprar o material e os folhetos de instrução de que ele precisava. James nunca chegou a ser grande coisa na costura, seus dedos ficavam cada vez mais vagarosos e duros, mas tinha feito algumas peças que lhe deram satisfação, como as fronhas e os panos de prato para a casa. Também tinha feito crochê — os bonés, as luvas e os cachecóis para os netos. Dava uma sensação de realização quando uma peça, por mais banal que fosse, ficava pronta na sua frente. Ele passou dos cachecóis e das luvas para criar pequenos tapetes, que agora estavam pelo chão de todos os cômodos da casa. Fez também dois ponchos de lã que ele e Edith vestiam quando andavam pela praia; e tinha tricotado uma manta em estilo afegão, seu projeto mais ambicioso até então, tarefa que o manteve ocupado durante quase seis meses. Trabalhou naquilo quase todas as noites, juntando os quadradinhos, e ficou feliz com a sensação de produtividade constante. Edith agora estava dormindo debaixo daquela manta, no quarto. Tarde da noite, ele gostava de sentir na sua mão o arco, a tela branca bem esticada dentro do arco. James continuou a enfiar e a puxar a agulha da tela, seguindo o traçado do desenho. Fazia os pequenos nós e cortava as pontinhas do fio quando necessário. Mas depois de um tempo começou a pensar no hippie novamente e teve de parar de trabalhar. Ficou de novo cheio de raiva. A questão era o princípio daquilo tudo, claro. James entendia que ter trapaceado com uma só cartela não tinha aumentado as chances de vitória do hippie, a não ser talvez numa fração ínfima. Ele não havia ganhado, essa era a questão, era isso o que James precisava ter em mente. Não era possível ganhar, na verdade, não no que interessava de fato. Ele e o hippie estavam no mesmo barco, pensou James, mas o hippie ainda não sabia disso.

James pôs o bordado de volta dentro do cesto. Olhou bem para as mãos por um minuto depois disso. Em seguida fechou os olhos e tentou rezar. Sabia que rezar naquela noite lhe daria certa satisfação, se conseguisse encontrar as palavras certas. Não rezava desde quando estava tentando parar de beber, e naquele tempo nunca imaginou que rezar adiantaria alguma coisa, apenas parecia uma das poucas coisas que ainda podia fazer, nas circunstâncias. Achava então que pelo menos não faria mal, ainda que ele não acreditasse em nada, muito menos na sua capacidade de parar de beber. Mas às vezes se sentia melhor depois de rezar e achou que era uma coisa importante. Naquela época, rezava todas as noites em que se lembrava de rezar. Quando ia para a cama embriagado, sobretudo nessas ocasiões, quando conseguia lembrar, ele rezava; e às vezes, na hora em que ia tomar seu primeiro drinque de manhã, James rezava para ganhar coragem para parar de beber. Às vezes, é claro, sentia-se pior, até mais impotente ainda e sob o jugo de algo mais cruel e horrível, depois de dizer as orações, e então se via imediatamente à procura de uma bebida. No fim, acabou largando a bebida, mas não atribuiu isso ao fato de rezar e desde então simplesmente não pensou mais em rezar. Fazia quatro anos que não rezava. Depois que parou de beber, não sentiu mais nenhuma necessidade de bebida. Desde então, a vida correu bem, as coisas voltaram para os eixos depois que ele parou de beber. Quatro anos antes, ele acordou com a maior ressaca, mas em vez de preparar um copo de suco de laranja com vodca, resolveu que não ia fazer isso. Também havia vodca na casa, na ocasião, o que fez daquele momento algo ainda mais notável. James não bebeu naquela manhã, nem de tarde, nem de noite. Edith percebeu, é claro, mas não falou nada. Ele tremeu um bocado. No dia seguinte e no outro, foi a mesma coisa: não bebeu e ficou sóbrio. No quarto dia, de noite, tomou coragem para dizer para Edith que já fazia vários dias que não tomava nenhuma bebida. Ela apenas disse: "Eu sei, querido". Agora James se lembrou disso, do jeito como a esposa olhou para ele e tocou no seu rosto, muito parecido com o jeito como tinha tocado no seu rosto pouco antes. "Estou orgulhosa de você", disse ela, e foi tudo o que disse. James passou a frequentar as reuniões dos Alcoólicos Anônimos e pouco depois começou a se dedicar à costura.

Antes de a bebida virar um problema sério na sua vida e ele rezar para conseguir parar, James tinha rezado algumas vezes, anos antes, depois que o filho caçula foi para o Vietnã pilotar aviões a jato. Rezava muito naquela ocasião, às vezes durante o dia, se pensava no filho, porque tinha lido no jornal alguma coisa sobre aquele lugar terrível; e às vezes à noite, deitado no escuro, ao lado de Edith, se ao recordar os fatos do dia seus pensamentos acabassem se voltando para o filho. Aí ele rezava, com preguiça, como reza a maioria dos homens que não são religiosos. De todo modo, rezava para que o filho sobrevivesse e voltasse inteiro para casa. E ele voltou inteiro, de fato, mas James nem por um minuto atribuiu, de fato, o regresso do filho às suas orações — claro que não. Agora, de repente recordou uma época muito mais remota, quando rezou com mais força do que nunca, uma época em que tinha vinte e um anos de idade e ainda acreditava no poder das orações. James rezou uma noite inteirinha pelo seu pai, para ele se recuperar do acidente de carro que havia sofrido. Mas o pai acabou morrendo. Tinha bebido, dirigiu em alta velocidade e bateu numa árvore, e não havia nada que James pudesse fazer para salvar a vida do pai. Mas ainda agora James se lembrava de ter ficado do lado de fora da sala de emergência até a luz do sol entrar pela janela e rezar o tempo todo pela salvação do pai, fez todo tipo de promessa enquanto chorava, para que o pai se salvasse. A mãe ficou sentada ao lado dele e chorava, segurando os sapatos do pai, que tinham ficado largados dentro da ambulância quando o levaram para o hospital.

James levantou-se e pôs de lado seu cesto de costura por aquela noite. Postou-se diante da janela. A bétula nos fundos da casa ficava dentro da pequena área iluminada pela luz amarela da lâmpada da varanda, o topo da árvore se perdia na escuridão, acima. As folhas tinham caído fazia meses, mas os galhos nus balançavam nas rajadas de vento. Ali parado, James começou a sentir medo, e então aconteceu, um verdadeiro acesso de horror encheu seu peito. Dava até para acreditar que alguma coisa pesada e maligna andava por ali naquela noite e que a qualquer momento poderia atacar, ou se soltar e pular em cima dele através da janela. Recuou alguns passos e ficou num lugar onde uma ponta de luz vinha da lâmpada da varanda e iluminava o chão. Sua boca ficou seca. Não conseguia engolir. Levantou as mãos para a janela e deixou-as cair. Sentiu de repente que tinha vivido quase toda a sua vida sem ter nenhuma vez parado para pensar em nada, e agora aquela ideia lhe veio como um choque terrível e aumentou sua sensação de inutilidade.

James estava muito cansado e restavam poucas forças nas suas pernas e nos seus braços. Puxou para cima a cintura da calça do pijama. Mal teve forças para ir para a cama. Levantou-se da cama e apagou a luz. Ficou um tempo deitado no escuro. Em seguida, tentou rezar de novo, primeiro devagar, formando as palavras em silêncio, só com os lábios, e depois passando a murmurar as palavras em voz alta e a rezar de verdade. Pediu uma luz para entender aqueles assuntos. Pediu ajuda para compreender a situação. Rezou por Edith, para que ela ficasse boa, para que o doutor não achasse nada de grave, não, por favor, câncer não, era o que ele rezava com mais força. Depois rezou pelos filhos, dois filhos e uma filha, dispersos pelo continente. Incluiu os netos nas orações. Depois os pensamentos voltaram para o hippie outra vez. Dali a pouco James teve de sentar-se na beira da cama e acender um cigarro. Ficou sentado no escuro e fumou. A mulher hippie, ela era só uma garota, não muito mais jovem do que sua filha, nem era muito diferente dela. Mas o sujeito, ele e os seus oculozinhos, ele era diferente. James ficou ali sentado mais um tempo e remoendo aquele assunto. Depois apagou o cigarro e voltou para baixo das cobertas. Deitou-se de lado e ficou assim. Rolou sobre o outro lado do corpo. Ficou passando de um lado para o outro, até que deitou de barriga para cima, fitando o teto escuro.

A mesma luz amarela que vinha da lâmpada da varanda dos fundos brilhava na janela. James ficou deitado de olhos abertos e escutava o vento bater na casa. Sentiu o estremecer dentro dele outra vez, mas agora não era mais raiva. Ficou deitado sem se mexer durante um bom tempo. Parecia estar esperando. Então alguma coisa o deixou e outra coisa tomou o seu lugar. Descobriu lágrimas nos olhos. Começou a rezar de novo, palavras e partes de textos jorravam em torrentes na sua cabeça. Ficou mais lento. Juntou as palavras, uma depois da outra, e rezou. Dessa vez, conseguiu incluir a garota e o hippie nas suas orações. Deixe que eles vivam, tudo bem, está certo, que eles andem por aí dirigindo a sua van, bancando os arrogantes, rindo, usando anéis, podem até trapacear, se quiserem. Enquanto isso, é preciso fazer orações. Eles podiam fazer uso das orações também, mesmo as dele, sobretudo as dele, na verdade. "Se vocês não se importam", disse ele nas novas orações que fazia por todos eles, os vivos e os mortos.

Tanta água tão perto de casa

Meu marido come com bom apetite, mas parece cansado, irritado. Masca devagar, os braços em cima da mesa, e fica olhando para alguma coisa do outro lado da sala. Olha para mim e olha de novo para longe, esfrega a boca com o guardanapo. Encolhe os ombros e continua a comer. Alguma coisa surgiu entre nós, ainda que ele prefira pensar que não.

"Por que fica olhando para mim?", pergunta ele. "O que é?", pergunta e baixa o garfo sobre a mesa.

"Eu estava olhando?", pergunto e balanço a cabeça de um jeito estúpido, estúpido mesmo.

O telefone toca. "Não atenda", diz ele.

"Pode ser a sua mãe", aviso. "Dean... pode ser alguma coisa sobre o Dean."

"Vá ver", diz ele.

Tiro o fone do gancho e fico escutando um minuto. Ele para de comer. Mordo o lábio e desligo.

"Eu não falei?", diz ele. Começa a comer outra vez, depois joga o guardanapo em cima do prato. "Droga, por que as pessoas não cuidam da sua vida? Me diga o que foi que fiz de errado, eu quero saber! Isso não é justo. Ela estava morta, não estava? Tinha outros homens lá, além de mim. A gente conversou muito sobre isso e todos nós resolvemos. A gente tinha acabado de chegar lá. A gente tinha andado durante horas. A gente não podia simplesmente voltar, a gente estava a oito quilômetros do carro. Era o primeiro dia. Que diabo, não vejo nada de errado. Não, não vejo mesmo. E não fique olhando assim para mim, está ouvindo? Não quero que você fique me julgando. Você não."

"Você é que sabe", digo e balanço a cabeça.

"O que é que eu sei, Claire? Me diga. Me diga o que é que eu sei. Não sei de nada, menos uma coisa; é melhor você não ficar muito grilada com esse negócio." Me lança o que acha que é um olhar muito significativo. "Ela estava morta, morta, morta, está ouvindo?", diz, depois de um minuto. "Dá uma pena tremenda, estou de acordo. Era muito jovem e isso dá pena, e eu lamento muito, tanto quanto qualquer outra pessoa, mas ela estava morta, Claire, morta. Agora, vamos deixar isso pra lá. Por favor, Claire. Agora vamos deixar isso pra lá."

"Essa é a questão", digo. "Ela estava morta... mas você não está vendo? Ela precisava de ajuda."

"Desisto", diz ele e levanta as mãos. Empurra a cadeira para longe da mesa, pega os cigarros e sai para o pátio com uma lata de cerveja. Anda para um lado e para o outro durante um minuto e depois fica sentado numa cadeira de jardim e pega o jornal outra vez. Seu nome está lá na primeira página, junto com o nome dos seus amigos, os outros homens que fizeram a "descoberta horripilante".

Fecho os olhos por um minuto e me seguro no escorredor de louça. Não posso ficar com isso na cabeça a vida toda. Tenho de superar; pôr isso de lado, longe dos olhos, longe do pensamento etc., e "tocar o barco". Abro os olhos. Apesar de tudo, sabendo de tudo o que pode estar em jogo, estendo o braço e empurro com força o escorredor de louça, jogo longe os pratos e os copos, que se espatifam e se espalham pelo chão.

Ele nem se mexe. Sei que ouviu, levanta a cabeça como se estivesse escutando com atenção, mas a não ser por isso ele nem se mexe, nem se vira para olhar. Tenho raiva dele por causa disso, por não se mexer. Fica esperando um minuto, depois dá uma tragada no cigarro, se reclina na cadeira. Tenho pena dele por ficar escutando, alheio, e depois se recostar na cadeira e recomeçar a tragar o cigarro. O vento empurra a fumaça da sua boca num jorro fino. Por que reparo nisso? Ele nunca vai saber como tenho pena dele por causa disso, por ficar sentado, escutando, e deixar o jorro de fumaça sair da boca...

Ele planejou sua viagem de pescaria nas montanhas no domingo passado, uma semana antes do fim de semana em que se comemora o Dia dos Soldados Mortos na Guerra. Ele, Gordon Johnson, Mel Dorn e Vern Williams. Jogam pôquer, boliche e pescam juntos. Pescam juntos toda primavera e todo início de verão, nos primeiros dois ou três meses da estação, antes que as férias familiares, o campeonato de beisebol da Pequena Liga e as visitas dos parentes venham atrapalhar. São homens decentes, pais de família, responsáveis em seus empregos. Têm filhos e filhas que vão à escola juntos com o nosso filho, Dean. Na sexta-feira à tarde, os quatro homens partiram para três dias de pescaria no rio Naches. Deixaram o carro nas montanhas e caminharam alguns quilômetros até o local onde queriam pescar. Levaram seus sacos de dormir, comida e utensílios para cozinhar, seu baralho, seu uísque. Na primeira noite no rio, antes mesmo de poderem montar acampamento, Mel Dorn achou a garota boiando no rio, de cara para baixo, nua, agarrada em uns galhos perto da margem. Chamou os outros e todos vieram olhar. Conversaram sobre o que deviam fazer. Um deles — Stuart não disse quem — talvez

Vern Williams, é um homem grandalhão, extrovertido, que ri muito —, um deles achou que deviam voltar para o carro na mesma hora. Os outros ficaram remexendo a areia com os sapatos e disseram que preferiam ficar. Alegaram que estavam cansados, que já era muito tarde, e que a garota "não ia mesmo para lugar nenhum". No final, todos resolveram ficar. Foram em frente, armaram acampamento, fizeram a fogueira e tomaram o seu uísque. Beberam um bocado de uísque e, quando a lua subiu, falaram a respeito da garota. Alguém achou que aquilo podia acabar criando problema para eles, se ela boiasse rio abaixo no meio da noite. Pegaram lanternas e foram tropeçando rio abaixo. O vento estava forte, soprava um vento frio e as ondas do rio batiam com força na margem arenosa. Um deles, não sei quem, deve ter sido o Stuart, ele bem que podia ter feito isso, um deles entrou na água, segurou a garota pelos dedos e puxou-a, ainda de bruços, para mais perto da margem, na água rasa, depois pegou um pedaço de cordão de náilon, amarrou-o em volta do seu pulso e depois prendeu o cordão nas raízes de umas árvores, enquanto o facho das lanternas dos outros homens passava por cima do corpo da garota. Depois, voltaram para o acampamento e beberam mais uísque. Em seguida foram dormir. Na manhã seguinte, sábado, prepararam o café da manhã, beberam um bocado de café, mais uísque, e depois se dividiram para pescar, dois foram rio acima e dois, rio abaixo.

Naquela noite, depois que cozinharam peixe com batatas e tomaram mais café e uísque, levaram os pratos até o rio e os lavaram a poucos metros de onde a garota estava, na água. Beberam de novo, depois pegaram o baralho, jogaram e beberam até não conseguir mais enxergar as cartas. Williams foi dormir, mas os outros ficaram contando casos sórdidos e falando de safadezas, vulgaridades e atos desonestos extraídos do seu passado, e ninguém mencionou a garota, até que Gordon Johnson, que se distraiu por um momento, comentou a firmeza da truta que tinham pescado e o frio terrível da água do rio. Então pararam de falar, mas continuaram a beber, até que um deles deu um passo em falso e caiu em cima da lanterna, e aí todos se enfiaram em seus sacos de dormir.

Na manhã seguinte, acordaram cedo, beberam mais uísque, pescaram um pouco, enquanto continuavam a beber uísque, e à uma hora da tarde de domingo, um dia antes do planejado, resolveram ir embora. Desarmaram as barracas, enrolaram os sacos de dormir, juntaram as panelas, as vasilhas, os peixes e o equipamento de pesca, e fizeram a caminhada de volta para o carro. Não voltaram a olhar para a garota nenhuma vez. Depois que chegaram ao carro, seguiram pela autoestrada em silêncio, até chegar a um telefone. Stuart fez a ligação para o escritório do xerife, enquanto os outros esperavam em volta, debaixo do sol quente, e escutavam. Stuart deu para o homem do outro lado da linha o nome de todos eles — não tinham nada a esconder, não estavam envergonhados de nada — e aceitaram esperar no posto de gasolina até que alguém viesse a fim de pegar informações mais detalhadas sobre a localização do incidente e colher os depoimentos individuais.

Ele chegou em casa às onze horas naquela noite. Eu estava adormecida, mas acordei quando o ouvi na cozinha. Dei com ele encostado na geladeira, bebendo uma lata de cerveja. Pôs os braços pesados em volta de mim e esfregou as mãos para cima e para baixo nas minhas costas, as mesmas mãos com que havia partido dois dias antes, pensei.

Na cama, pôs as mãos sobre mim de novo e depois esperou, como se estivesse pensando em alguma outra coisa. Eu me virei de leve e depois movi as pernas. Mais tarde, percebi que ele ficou acordado durante muito tempo, pois estava acordado quando eu adormeci; e mais tarde, quando me mexi por um instante e abri os olhos a um leve ruído, um roçar dos lençóis, já era quase de manhã lá fora, passarinhos cantavam, e ele estava deitado de costas fumando e olhando para a cortina fechada na janela. Semiadormecida, falei seu nome, mas ele não respondeu. Peguei no sono outra vez.

Ele já estava de pé naquela manhã, antes que eu tivesse tido tempo de sair da cama para ver se havia alguma coisa sobre o assunto no jornal, imagino. O telefone começou a tocar pouco depois das oito horas.

"Vá para o inferno", ouvi meu marido gritar no fone. O telefone tocou de novo, um minuto depois, e eu corri para a cozinha. "Não tenho nada a acrescentar ao que já falei ao xerife. É isso mesmo!" Bateu com força o fone no gancho.

"O que está acontecendo?", perguntei, assustada.

"Sente-se", disse, devagar. Seus dedos ficaram coçando os fios espetados das suas costeletas. "Tenho de contar uma coisa para você. Aconteceu algo enquanto a gente estava pescando." Ficamos sentados um de frente para o outro, na mesa, e aí ele me contou.

Enquanto falava, eu tomava café e olhava fixo para ele. Li a notícia no jornal que ele empurrou na minha direção, sobre a mesa... garota não identificada, entre dezoito e vinte e quatro anos... corpo três ou quatro dias dentro da água... estupro, possível motivo... exames preliminares indicam morte por estrangulamento... cortes e feridas nos seios e na região pélvica... autópsia... estupro, pendente de mais averiguações.

"Você tem de compreender", disse ele. "Não fique me olhando desse jeito. Preste atenção, agora, estou falando sério. Cabeça fria, Claire."

"Por que não me contou na noite passada?", perguntei.

"Eu... não contei e pronto. O que você quer dizer?", perguntou.

"Você sabe", respondi. Olhei para as mãos dele, os dedos largos, os nós dos dedos cobertos de pelos, se mexendo, acendendo um cigarro, dedos que se moveram em cima de mim na noite passada.

Ele deu de ombros. "Que diferença faz, ontem à noite ou hoje de manhã? Você estava com sono, achei melhor esperar até hoje de manhã para contar." Olhou para o quintal, um tordo voou do gramado para a mesa de piquenique e alisou suas penas.

"Não é verdade", falei. "Vocês não deixaram a garota assim desse jeito, deixaram?"

Ele virou depressa e disse: "O que é que eu ia fazer? Escute com atenção agora, de uma vez por todas. Não aconteceu nada. Não tenho nada do que me arrepender nem para me sentir culpado. Está ouvindo?".

Levantei da mesa e fui ao quarto de Dean. Ele estava acordado e de pijama, montando um quebra-cabeça. Ajudei-o a encontrar as roupas e depois voltei para a cozinha e pus o seu café da manhã na mesa. O telefone tocou mais duas ou três vezes e toda vez Stuart foi áspero ao falar e estava com raiva ao desligar. Ligou para Mel Dorn e Gordon Johnson e conversou com eles, devagar, sério, e depois abriu uma cerveja e fumou um cigarro enquanto Dean comia, fez perguntas a Dean sobre a escola, seus amigos etc., exatamente como se não tivesse acontecido nada.

Dean quis saber o que o pai tinha feito enquanto ficou fora de casa, e Stuart tirou um peixe do congelador para lhe mostrar.

"Vou levar o Dean para passar o dia com a sua mãe", falei.

"Ótimo", respondeu Stuart e olhou para Dean, que segurava uma das trutas congeladas. "Se você quer e ele também, está ótimo. Não tem necessidade, você sabe. Não há nada de errado."

"Mesmo assim, eu prefiro", respondi.

"Posso nadar lá?", perguntou Dean, e limpou os dedos na calça.

"Acho que sim", respondi. "O dia está quente, então leve o calção de banho, e tenho certeza de que a vovó vai deixar."

Stuart acendeu outro cigarro e olhou para nós.

Dean e eu fomos de carro para o outro lado da cidade, à casa da mãe de Stuart. Ela mora num prédio de apartamentos com piscina e sauna. O nome dela é Catherine Kane. O sobrenome Kane é igual ao meu, o que parece impossível. Muito tempo atrás, Stuart me contou, os amigos dela a chamavam de Bombom. É alta, fria, de cabelo louro esbranquiçado. Tenho a sensação de que está o tempo todo criticando, criticando. Explico rapidamente, em voz baixa, o que aconteceu (ela ainda não leu o jornal) e prometo vir pegar o Dean à noite.

"Ele trouxe o calção de banho", digo. "Stuart e eu temos de conversar umas coisas", acrescento de modo vago. Ela me olha firme por cima dos óculos. Em seguida, faz que sim com a cabeça e se volta para Dean, dizendo: "Como é que vai, meu rapazinho?". Curva-se e põe os braços em volta do menino. Olha para mim de novo quando abro a porta para ir embora. Ela tem um jeito diferente de olhar para mim, sem falar nada.

Quando volto para casa, Stuart está comendo alguma coisa na mesa e bebendo cerveja...

Depois de um tempo, varro os pratos e os vidros quebrados e vou para fora. Stuart está deitado de costas sobre a grama, o jornal e a lata de cerveja ao alcance da mão, olhando fixo para o céu. Há uma brisa, mas está quente e os passarinhos cantam.

"Stuart, a gente pode dar uma volta de carro?", pergunto. "Para qualquer lugar."

Ele se vira, olha para mim e faz que sim com a cabeça.

"Vamos comprar cerveja", responde. "Espero que você esteja mais calma sobre esse assunto. Tente compreender, é só isso o que estou pedindo." Fica de pé e me toca no quadril quando passa por mim. "Vou ficar pronto num minuto."

A gente anda de carro por toda a cidade sem falar nada. Antes de chegarmos à zona rural, ele para num mercado à beira da estrada para comprar cerveja. Reparo num grande bolo de jornais logo depois da porta. Na escadinha, uma mulher gorda de vestido estampado segura um palito de doce confeitado para uma garotinha. Em poucos minutos atravessamos o riacho Everson e entramos numa área de piqueniques, a poucos metros da água. O riacho flui por baixo da ponte para um grande poço, algumas centenas de metros adiante. Há mais ou menos uma dúzia de homens e meninos espalhados em volta das margens do poço, embaixo dos salgueiros, pescando.

Tanta água tão perto de casa, por que ele tinha de viajar quilômetros para pescar?

"Por que você tinha de ir logo para lá?", digo.

"O rio Naches? A gente sempre vai lá. Todo ano, pelo menos uma vez." Sentamos num banco, ao sol, ele abre duas latas de cerveja e dá uma para mim. "Como é que eu ia saber que uma coisa dessas ia acontecer?" Balança a cabeça e dá de ombros, como se tivesse acontecido há muitos anos, ou com outra pessoa. "Vamos curtir a tarde, Claire. Olhe só essa água."

"Eles disseram que eram inocentes."

"Quem? Do que está falando?"

"Os irmãos Maddox. Mataram uma garota chamada Arlene Hubly perto da cidade onde eu fui criada e depois cortaram a cabeça dela e jogaram no rio Cle Elum. Eu e ela estudamos na mesma escola. Aconteceu quando eu era menina."

"Que diabo de coisa para pensar", diz ele. "Vamos lá, esquece isso. Assim vai me deixar furioso num minuto. Que história é essa agora? Hein, Claire?"

Olhei para o riacho. Flutuo na direção do poço, olhos abertos, de bruços, olhando para as pedras e o musgo do fundo, até ser levada para um lago onde sou empurrada pela brisa. Nada será diferente, nem um pouco. Vamos tocar a nossa vida, dia após dia, como sempre. Vamos tocar a nossa vida mesmo agora, como se nada tivesse acontecido. Olho para ele, do outro lado da mesa de piquenique, com tamanha força que a cara dele fica branca.

"Não sei qual é o problema com você", diz ele. "Eu não..."

Antes que eu me dê conta, dou um tapa na sua cara. Levanto a mão, espero uma fração de segundo e aí dou um tapa com força na sua cara. Que loucura, penso, na hora em que dou o tapa. Temos de nos dar as mãos. Temos de ajudar um ao outro. Que loucura.

Ele agarra meu punho antes que eu consiga bater de novo e levanta a sua mão. Eu me agacho, à espera, e vejo algo surgir diante dos olhos e depois se afastar. Ele abaixa a sua mão. Eu vou boiando pelo poço mais depressa ainda, rodando e rodando.

"Vamos, entre no carro", diz ele. "Vou levar você para casa."

"Não, não", respondo, me soltando dele.

"Vamos", diz. "Que inferno."

"Você não está sendo justa comigo", diz ele mais tarde no carro. Campos, árvores, casas de fazenda voam lá fora, pela janela. "Não está sendo justa. Com nenhum de nós. Nem com o Dean, devo acrescentar. Pense no Dean por um minuto. Pense em mim. Pense em alguém mais, além de você mesma, só para variar."

Agora não há nada que eu possa dizer para ele. Tenta concentrar-se na estrada, mas não para de olhar no espelho retrovisor. Com o canto dos olhos, espia o banco onde estou sentada em cima dos joelhos dobrados e as pernas encolhidas. O sol queima o meu braço e o lado do rosto. Ele abre outra cerveja enquanto dirige, bebe na lata, depois prende a lata entre as pernas e solta um suspiro. Ele sabe. Eu podia rir na cara dele. Eu podia chorar.

2.

Stuart acha que está me deixando dormir até mais tarde nesta manhã. Mas eu estava acordada muito antes de soar o despertador, pensando, deitada na ponta da cama, longe das suas pernas peludas e dos seus dedos grossos adormecidos. Ele despacha o Dean para a escola, então faz a barba, troca de roupa e sai para o trabalho sozinho, pouco depois. Olha duas vezes para dentro do quarto e tosse de leve, mas continuo de olhos fechados.

Na cozinha, acho um bilhete dele, escrito "Amor". Fico sentada no canto onde a gente toma o café da manhã, sob o sol, bebo café e faço um círculo com o café no papel do bilhete. O telefone parou de tocar, já é um bom começo. Nenhum telefonema desde a noite passada. Olho o jornal e viro as páginas para a frente e para trás, sobre a mesa. Então puxo o jornal para perto e leio o que diz. O corpo ainda continua sem identificação, ninguém reclamou o corpo, ninguém deu pela falta da garota, ao que parece. Mas, nas últimas vinte e quatro horas, homens a examinaram, meteram coisas dentro dela, cortaram, pesaram, mediram, puseram de volta lá dentro, costuraram, em busca da causa exata e da hora exata da morte. E da prova do estupro. Tenho certeza de que eles torcem para que seja um caso de estupro. Um estupro deixaria tudo mais fácil de entender. O jornal diz que ela vai ser levada para o necrotério da Funerária Keith & Keith, que vai cuidar de tudo. As autoridades pedem que quem tiver informações etc.

Duas coisas estão certas: 1) as pessoas já não se importam mais com o que acontece com os outros, e 2) nada mais faz alguma diferença de verdade. Vejam só o que aconteceu. E mesmo assim, nada vai mudar entre mim e o Stuart. Mudar de verdade, quero dizer. Vamos ficar mais velhos, nós dois, já dá para ver na cara da gente, no espelho do banheiro, por exemplo, nas manhãs em que usamos o banheiro ao mesmo tempo. E certas coisas à nossa volta vão mudar, ficar mais fáceis ou mais difíceis, uma coisa aqui, outra ali, mas nada jamais será diferente de verdade. Acredito nisso. Tomamos nossas decisões, nossas vidas foram postas em movimento e vão seguir adiante, até a hora em que vão parar. Mas, se isso for mesmo verdade, e daí? Quer dizer, a gente acredita nisso, e mantém isso escondido, até que um dia acontece uma coisa que devia mudar tudo, só que aí a gente vê que, no final das contas, nada vai mudar. E daí? Enquanto isso, as pessoas em volta da gente continuam a falar e a agir como se a gente fosse a mesma pessoa do dia anterior, ou da noite anterior, ou de cinco minutos antes, mas na verdade a gente está passando por uma crise, o coração sente que sofreu um estrago...

O passado está obscurecido. É como se tivesse uma película por cima daqueles anos iniciais. Não posso ter certeza de que as coisas que lembro que aconteceram tenham acontecido de fato comigo. Havia uma garota, que tinha pai e mãe — o pai era gerente de um pequeno bar, onde a mãe trabalhava de garçonete e caixa —, uma garota que, como num sonho, passou pela escola primária, escola secundária e depois, em um ou dois anos, pela escola de secretariado. Mais tarde, muito mais tarde — o que aconteceu nesse meio-tempo? —, lá está ela numa outra cidade, trabalhando de recepcionista numa firma de componentes eletrônicos, e faz amizade com um engenheiro que pede para sair com ela. No final, vendo que esse é o objetivo dele, se deixa seduzir. Ela tem uma intuição, naquele momento, uma sacada repentina a respeito da sedução, que mais tarde, por mais que ela tente, não consegue lembrar. Após um breve tempo, os dois resolvem casar, mas o passado, o passado dela, já está escoando depressa. O futuro é uma coisa que ela não consegue imaginar. Ela sorri, como se tivesse um segredo, quando pensa no futuro. Certa vez, durante uma briga especialmente séria, o motivo ela agora nem consegue mais lembrar, mais ou menos cinco anos depois de se casarem, ele diz para ela que um dia este caso (palavras dele: "este caso") vai terminar em violência. Ela se lembra disso. Arquiva essa informação em algum canto e começa a repetir em voz alta, de vez em quando. Às vezes, ela passa a manhã inteira de joelhos na caixa de areia atrás da garagem brincando com Dean e mais um ou dois amiguinhos dele. Mas toda tarde, às quatro horas, a cabeça dela começa a doer. Segura a testa e sente-se tonta de dor. Stuart pede que vá consultar um médico e ela vai, satisfeita em segredo com a atenção solícita do médico. Viaja por um tempo para um lugar que o médico recomenda. A mãe do marido vem às pressas de Ohio para tomar conta da criança. Mas ela, Claire, Claire estraga tudo e volta para casa poucas semanas depois. A mãe do marido deixa a casa e aluga um apartamento do outro lado da cidade e fica lá empoleirada, como que à espera. Certa noite, na cama, quando os dois estão quase dormindo, Claire conta para ele que ouviu umas pacientes em DeWitt conversando sobre felação. Acha que é uma coisa que ele talvez gostasse de ouvir. Ela sorri no escuro. Stuart gosta de saber daquilo. Afaga o braço dela. Tudo vai ficar bem, diz ele. De agora em diante, tudo vai ser diferente e melhor para eles dois. Stuart ganhou uma promoção e um aumento substancial. Compraram um carro novo, uma caminhonete, o carro dela. Vão viver o aqui e o agora. Ele diz que, pela primeira vez em muitos anos, se sente capaz de relaxar. No escuro, continua a afagar o braço dela... Continua a jogar cartas e boliche regularmente. Continua a pescar com os seus três amigos.

Naquela noite, acontecem três coisas: Dean diz que as crianças na escola contaram para ele que seu pai achou um cadáver no rio. Ele agora quer saber mais a respeito disso.

Stuart explica rapidamente, deixando de fora boa parte da história, só diz que, sim, ele e mais três homens acharam um cadáver enquanto estavam pescando.

"Que cadáver?", pergunta Dean. "Era uma garota?"

"Era, sim, era uma garota. Uma mulher. Depois a gente chamou o xerife." Stuart olha para mim.

"O que ele falou?", quer saber Dean.

"Falou que ia cuidar do caso."

"E como é que era? Dava medo?"

"Já chega", digo. "Lave o seu prato, Dean, e depois pode ir."

"Mas como é que era?", insiste Dean. "Quero saber."

"Você ouviu o que eu falei", digo. "Não me ouviu, Dean? Dean!" Quero sacudi-lo. Quero sacudi-lo até ele gritar.

"Faça o que a sua mãe está dizendo", lhe diz Stuart, em voz serena. "Era só um cadáver, e não tem mais nada para contar."

Estou limpando a mesa quando Stuart vem por trás e toca no meu braço. Seus dedos queimam. Tenho um sobressalto, quase largo um prato.

"O que há com você?", pergunta, baixando a mão. "Me diga, Claire, o que é?"

"Você me assustou", respondo.

"É isso mesmo o que estou falando. Era para eu poder tocar em você sem você dar um pulo de susto." Ele para na minha frente com um sorrisinho, tentando captar meu olhar, e aí passa o braço em volta da minha cintura. Com a outra mão, pega a minha mão livre e a coloca na parte da frente da sua calça.

"Por favor, Stuart." Puxo a mão para longe, ele recua e estala os dedos.

"Dane-se, então", diz. "Seja como você quiser. Mas lembre bem."

"Lembrar o quê?", pergunto depressa. Olho para ele e prendo a respiração.

Ele dá de ombros. "Nada, nada", diz, e estala o nó dos dedos.

A segunda coisa que acontece é que, enquanto estamos vendo tevê naquela noite, ele na sua poltrona de couro reclinável, eu no sofá com um cobertor e uma revista, a casa no maior silêncio, exceto pela televisão, uma voz interrompe o programa para dizer que a garota assassinada foi identificada. Detalhes completos vão ser apresentados no noticiário das onze horas.

Olhamos um para o outro. Dali a poucos minutos, ele se levanta e diz que vai preparar um drinque. Eu também não quero um?

"Não", respondo.

"Não me importo de beber sozinho", diz ele. "Achei que tinha de perguntar."

Dá para ver que ele ficou disfarçadamente ofendido e desvio os olhos, envergonhada, mas também zangada ao mesmo tempo.

Ele fica na cozinha durante muito tempo, mas volta com o drinque quando o noticiário começa.

Primeiro o locutor repete a história dos quatro pescadores locais que acharam o corpo, depois a tevê mostra uma foto da garota na formatura do ensino médio, uma garota de cabelo escuro, com cara redonda e cheia, lábios sorridentes, depois um filme dos pais da garota entrando no necrotério para fazer o reconhecimento. Perplexos, tristes, eles arrastam os pés lentamente pela calçada, até a escadinha da porta, onde um homem de terno escuro está à espera, segurando a porta. Em seguida, parece que só se passou um segundo, como se tivessem entrado pela porta e dado as costas e voltado para fora de novo, o mesmo casal é mostrado saindo do necrotério, a mulher chora, cobrindo o rosto com um lenço, o homem para por tempo suficiente para dizer a um repórter: "É ela, é a Susan. Não consigo dizer mais nada no momento. Espero que prendam a pessoa ou pessoas que fizeram isso, para que não aconteça de novo. É toda essa violência...". Ele avança claudicante na direção da câmera de tevê. Depois o homem e a mulher entram num carro velho e se afastam na direção do tráfego do final da tarde.

O locutor volta e diz que a garota, Susan Miller, tinha saído do seu emprego de caixa na bilheteria de um cinema em Summit, uma cidade cento e noventa quilômetros ao norte da nossa cidade. Um carro verde e de modelo novo pegou a garota na porta do cinema e ela, que segundo testemunhas parecia estar ali esperando, foi até junto do carro e entrou, o que leva as autoridades a desconfiar que o motorista do carro fosse amigo dela, ou pelo menos um conhecido. As autoridades gostariam de falar com o motorista do carro verde.

Stuart tosse de leve, depois se recosta na poltrona e toma um gole da sua bebida.

A terceira coisa que acontece é que, depois do noticiário, Stuart se espreguiça, boceja e olha para mim. Eu me levanto e começo a fazer a cama para mim, no sofá.

"O que está fazendo?", pergunta ele, perplexo.

"Estou sem sono", respondo, evitando os olhos dele. "Acho que vou ficar acordada até mais tarde e depois ler alguma coisa até pegar no sono."

Ele olha bem para mim, enquanto abro um lençol em cima do sofá. Quando vou procurar um travesseiro, ele fica parado na porta do quarto, barrando o meu caminho.

"Vou lhe perguntar mais uma vez", diz ele. "Que diabo você acha que está fazendo?"

"Preciso ficar sozinha esta noite", respondo. "Só preciso de um tempo para pensar."

Ele está ofegante. "Acho que você está cometendo um grande erro agindo assim. Acho que é melhor você pensar bem sobre o que está fazendo. Claire?"

Não consigo responder. Não sei o que quero dizer. Viro-me e começo a prender a beirada do cobertor embaixo do sofá. Ele fica me olhando fixo por mais um minuto e depois vejo que dá de ombros. "Faça como quiser, então. Não estou nem aí para

181

o que você faz", diz ele, se vira e segue pelo corredor, coçando o pescoço.

Nessa manhã, leio no jornal que o velório de Susan Miller será na Capela do Pinheiral, em Summit, às duas horas da tarde. E também que a polícia tomou depoimentos de três pessoas que viram a garota entrar no Chevrolet verde, mas ainda não conseguiram o número da placa do carro. Porém estão chegando mais perto do criminoso, a investigação prossegue. Fico por muito tempo segurando o jornal, pensando, depois telefono para marcar uma hora no cabeleireiro.

Fico sentada embaixo de um secador com uma revista no colo e deixo que Millie faça as minhas unhas.

"Vou a um velório amanhã", digo, depois que conversamos um pouco sobre uma garota que já não trabalha mais ali.

Millie levanta os olhos para mim e depois volta a olhar para os meus dedos. "Lamento saber disso, senhora Kane. Lamento muito."

"É o velório de uma jovem", digo.

"É o pior tipo que tem. Minha irmã morreu quando eu era pequena e eu até hoje não superei aquele dia. Quem foi que morreu?", pergunta, depois de um minuto.

"Uma garota. Não éramos muito chegadas, sabe, mesmo assim..."

"É muito ruim. Lamento muito. Mas vamos aprontar você direitinho para a ocasião, pode deixar. Olhe, que tal ficou?"

"Ficou... bom. Millie, alguma vez você já quis ser uma outra pessoa, ou então não ser ninguém, nada, absolutamente nada?"

Ela olha para mim. "Não posso dizer que já senti isso, não. Não, se eu fosse outra pessoa, teria medo de que pudesse não gostar do que eu era." Ela segura os meus dedos e parece ficar pensando em alguma coisa durante um minuto. "Não sei, não sei mesmo... Deixe-me ver a outra mão agora, senhora Kane."

Às onze horas da noite faço a minha cama de novo no sofá e dessa vez o Stuart só olha para mim e mais nada, corre a língua por trás dos lábios e entra pelo corredor, rumo ao quarto. De noite, acordo e escuto o vento batendo o portão contra a cerca. Não quero sair da cama e fico deitada por muito tempo, de olhos fechados. Por fim, me levanto e sigo pelo corredor com o meu travesseiro. A luz está acesa no quarto e Stuart está deitado de costas, de boca aberta, respirando pesado. Vou ao quarto de Dean e me deito ao lado dele. Durante o sono, ele se mexe para me dar espaço. Fico deitada por um momento e depois o abraço, meu rosto contra o seu cabelo.

"O que foi, mãe?", diz ele.

"Nada, meu bem. Durma outra vez. Não é nada, está tudo bem."

Acordo quando ouço o despertador de Stuart, ponho o café no fogo e preparo o café da manhã enquanto ele faz a barba.

Ele aparece na porta da cozinha, com uma toalha por cima do ombro nu, observando.

"O café está pronto", digo. "Os ovos vão ficar prontos num minuto."

Ele faz que sim com a cabeça.

Acordo o Dean e nós três tomamos o café da manhã. Uma ou duas vezes, Stuart olha para mim como se quisesse me dizer alguma coisa, mas toda vez que isso acontece eu pergunto para o Dean se ele quer mais leite, mais torradas etc.

"Vou telefonar para você mais tarde", diz Stuart quando abre a porta.

"Acho que não vou estar em casa hoje", respondo depressa. "Tenho um monte de coisas para fazer. Na verdade, acho que vou chegar tarde para o jantar."

"Tudo bem. Está certo." Ele quer entender, passa a sua maleta de uma das mãos para a outra. "Que tal se a gente fosse jantar fora hoje? O que você acha?" Fica olhando para mim. Já esqueceu tudo a respeito da garota. "Você... está bem?"

Estendo o braço para ajeitar a gravata dele, depois baixo a mão. Stuart quer me dar um beijo de despedida. Recuo um passo. "Então, um bom dia para você", diz ele, afinal. Em seguida, dá as costas e segue pela calçada, rumo ao seu carro.

Visto-me com cuidado. Experimento um chapéu que não uso há vários anos e me olho no espelho. Depois tiro o chapéu, ponho outra maquiagem e escrevo um bilhete para o Dean.

Querido, mamãe tem que fazer umas coisas de tarde, mas vai chegar em casa mais tarde. Você tem de ficar em casa ou no quintal, até que um de nós chegue.
Amor

Olho para a palavra "Amor" e depois sublinho. Enquanto escrevo o bilhete, percebo que não sei se *tem que fazer* se escreve assim mesmo. Nunca tive essa dúvida. Penso no assunto por um tempo e depois risco e escrevo *tem de fazer*.

Paro a fim de reabastecer o carro e pergunto como se faz para chegar a Summit. Barry, um mecânico de quarenta e oito anos, de bigode, vem do banheiro e se apoia no para-lama dianteiro, enquanto o outro homem, Lewis, põe a mangueira no tanque e começa a lavar lentamente o para-brisa.

"Summit", diz Barry, olhando para a mim, enquanto corre os dedos para baixo nas duas pontas do bigode. "Não tem um caminho melhor para chegar a Summit, senhora Kane, por qualquer lado que vá, dá umas duas horas, duas horas e meia de viagem. Do outro lado da montanha. É uma viagem puxada para uma mulher. Summit? O que é que tem lá em Summit, senhora Kane?"

"Tenho que tratar de uns negócios", respondo, de modo vago e sem jeito. Lewis foi cuidar de outro carro.

"Ah, puxa, se eu não estivesse tão preso aqui", faz um gesto com o polegar apontando para o posto, "eu me oferecia para dirigir até Summit e depois voltar. A estrada não é muito boa. Sabe, não é muito fácil, tem uma porção de curvas e essas coisas."

"Eu vou me virar. Mesmo assim, obrigada." Ele se apoia no para-lama. Dá para sentir os olhos dele enquanto abro a bolsa.

Barry pega o cartão de crédito. "Não dirija à noite", diz. "A estrada não é nada boa, como já falei, e eu gostaria de ter certeza de que a senhora não vai ter problemas mecânicos no caminho; eu conheço este carro, e a gente nunca sabe quando um pneu vai estourar e coisas assim. Só para garantir, vou dar uma checada nos pneus." Ele toca um dos pneus dianteiros com o bico do sapato. "Vamos suspender o carro ali no elevador. Vai demorar só um minuto."

"Não, não, está tudo certo. Na verdade, não posso esperar mais. Acho que os pneus estão direito."

"Só leva um minuto", diz ele. "Só para garantir."

"Já disse que não. Não! Acho que os pneus estão direito. Agora eu tenho de ir, Barry..."

"Senhora Kane?"

"Agora eu tenho de ir."

Assino alguma coisa. Ele me dá um recibo, o cartão, a nota fiscal. Ponho tudo dentro da bolsa. "Vá com calma", diz ele. "A gente se vê."

À espera de uma chance no trânsito para voltar à rua, olho para trás e vejo o Barry olhando. Fecho os olhos e depois abro de novo. Ele acena.

Viro no primeiro sinal, depois viro de novo, sigo em frente até chegar à estrada e leio a placa: SUMMIT 188 quilômetros. São dez e meia e faz calor.

A estrada margeia a cidade, depois passa por uma região de fazendas, por campos de aveia, beterraba e pomares de macieiras, e pequenos rebanhos que pastam aqui e ali em pastos abertos. Depois, tudo se modifica, as fazendas ficam mais escassas, agora mais parecem barracões do que casas, depósitos de madeira tomam o lugar dos pomares. De uma hora para outra, estou na montanha e, à direita, lá embaixo, avisto em relances o rio Naches.

Dali a pouco, uma caminhonete verde vem por trás de mim e fica atrás do meu carro durante vários quilômetros. Toda hora eu reduzo a velocidade na hora errada, na esperança de que ele me ultrapasse, e depois aumento a velocidade, de novo na hora errada. Aperto o volante com força, até os dedos doerem. Depois, num longo trecho livre, ele de fato me ultrapassa, mas fica do meu lado por um minuto, um homem de cabelo bem curto, camisa azul, uns trinta e poucos anos, e olhamos um para o outro. Em seguida, ele acena, toca a buzina duas vezes e avança à minha frente.

Reduzo a marcha e acho um lugar, uma estrada de terra à beira da pista, estaciono o carro e desligo a ignição. Dá para ouvir o rio em algum lugar abaixo das árvores. À minha frente, a estrada de terra avança por dentro das árvores. Em seguida, ouço a caminhonete voltando.

Ligo o motor na hora em que a caminhonete para atrás de mim. Tranco as portas e fecho os vidros. O suor brota no meu rosto e nos meus braços na hora em que engreno o carro, mas não há espaço para manobrar.

"Você está bem?", pergunta o homem quando chega perto do carro. "Alô. Alô, ei." Bate no vidro. "Você está bem?" Encosta os braços na porta e chega o rosto bem perto do vidro.

Olho fixo para ele e não consigo encontrar as palavras.

"Depois que ultrapassei, diminuí um pouco a velocidade", diz ele. "Mas quando vi que você não aparecia no retrovisor, parei e esperei alguns minutos. Quando você continuou sem aparecer na estrada, achei melhor voltar e dar uma olhada. Está tudo bem? Por que está trancada aí dentro?"

Balanço a cabeça.

"Vamos, baixe o vidro. Ei, tem certeza de que está bem? Hein? Sabia que não é bom para uma mulher ficar rodando pela serra assim sozinha?" Ele balança a cabeça, olha para a estrada e olha para mim de novo. "Vamos, baixe o vidro, o que houve? A gente não pode conversar desse jeito."

"Por favor, tenho de ir."

"Abra a porta, está bem?", diz ele, como se não estivesse ouvindo. "Pelo menos baixe o vidro. Você vai sufocar aí dentro." Olha para os meus peitos e as minhas pernas. A saia foi puxada um pouco acima dos joelhos. Os olhos se demoram nas minhas pernas, mas eu fico parada, com medo de me mexer.

"Eu quero me sufocar", digo. "Estou me sufocando, não está vendo?"

"Que diabo é isso?", exclama e se afasta da porta. Dá as costas e volta para a caminhonete. Então, no espelho retrovisor, vejo que ele está voltando e fecho os olhos.

"Você não quer que eu siga você até Summit? Eu não me importo, não. Estou com tempo livre esta manhã."

Balanço a cabeça de novo.

Ele hesita e depois dá de ombros. "Então faça como quiser", diz ele.

Fico esperando até ele chegar à autoestrada e depois dou marcha a ré. Ele engrena a primeira e parte devagar, olhando para trás na minha direção pelo espelho retrovisor. Paro o carro no acostamento e reclino a cabeça sobre o volante.

O caixão está fechado e coberto por pétalas de flores. O órgão começa a tocar pouco depois que eu sento perto do fundo da capela. As pessoas começam a assinar os nomes no livro de registro e procurar cadeiras, algumas de meia-idade e mais velhas, mas a maioria é de vinte e poucos anos ou mais jovens, até. São pessoas que parecem sem jeito de paletó e gravata, paletó esporte e calças folgadas, vestidos escuros e luvas de couro. Um rapaz de calça bufante e camisa amarela de manga curta senta perto de mim e começa a morder os lábios. Uma porta abre no lado da capela, eu levanto os olhos e por um minuto o estacionamento me faz lembrar uma campina, mas aí o sol reflete com força nas janelas dos carros. A família entra em grupo e se desloca para uma área encortinada, mais no canto. Cadeiras rangem quando eles se acomodam. Em poucos minutos, um homem gordo, louro, de terno escuro, fica de pé e pede que baixemos a cabeça. Faz uma breve oração por nós, os vivos, e quando termina nos pede que rezemos em silêncio pela alma de Susan Miller, que nos deixou. Fecho os olhos, recordo o retrato dela no jornal e na tevê. Vejo a moça saindo do cinema e entrando no Chevrolet verde. Depois imagino a sua viagem pelo rio, o corpo nu batendo nas pedras, se agarrando nos galhos, o corpo boiando e rodando, o cabelo escorrendo pela água. A seguir as mãos e o cabelo agarrando nos galhos curvados na margem do rio, prendendo ali, até que quatro homens aparecem e ficam olhando para ela. Posso até ver um homem bêbado (Stuart?) que a segura pelo pulso. Será que alguém aqui sabe disso? Olho em volta para os outros rostos. Há uma relação que deve ser estabelecida entre essas coisas, esses fatos, esses rostos, e eu queria descobrir qual é. Minha cabeça dói por causa desse esforço.

O homem fala das qualidades de Susan Miller: alegria e beleza, graça e entusiasmo. Por trás da cortina fechada, uma pessoa tosse de leve, outra dá um soluço de choro. A música do órgão começa. A cerimônia terminou.

Junto com os outros, na fila, passo devagar diante do caixão. Em seguida, vou para a escadinha da entrada e dali para a luz forte da tarde quente. Uma mulher de meia-idade, que manca enquanto desce a escadinha na minha frente, chega à calçada, olha em volta e os olhos esbarram em mim. "Bem, ele foi preso", diz ela. "Se é que isso serve de consolo. Foi preso hoje de manhã. Eu soube pelo rádio antes de vir para cá. Um sujeito aqui mesmo da cidade. Um cabeludo, já era de prever." Seguimos juntas alguns passos pela calçada quente. As pessoas estão partindo de carro. Estendo a mão e me seguro num parquímetro. A luz do sol lampeja nas capotas e para-lamas polidos. Minha cabeça oscila. "Ele confessou ter tido relações com ela naquela noite, mas diz que não a matou." Bufa. "Você sabe tão bem quanto eu. Mas na certa vão deixar o sujeito solto sob condicional e depois ele vai ficar livre."

"Talvez não tenha agido sozinho", digo. "Eles vão ter de se certificar. Talvez ele esteja dando cobertura a alguém, um irmão, ou uns amigos."

"Eu conheci essa menina desde criança", continua a mulher, e seus lábios tremem. "Vinha muito à minha casa, eu fazia biscoitos para ela e ela ficava comendo na frente da tevê." Desvia os olhos e começa a balançar a cabeça, enquanto as lágrimas rolam pelas faces.

3.

Stuart está sentado à mesa com um drinque na sua frente. Tem os olhos vermelhos e, por um minuto, acho que andou chorando. Olha para mim e não diz nada. Por um momento delirante, imagino que alguma coisa aconteceu com o Dean e sinto um aperto no coração.

Onde é que ele está?, pergunto. Cadê o Dean?

Lá fora, responde.

Stuart, estou com tanto medo, tanto medo, digo, me encostando na porta.

Está com medo de quê, Claire? Me diga, meu bem, talvez eu possa ajudar. Eu queria ajudar, só tentar pelo menos. Os maridos servem para isso.

Não consigo explicar, respondo. Estou com medo, só isso. Tenho uma sensação que é como se, como se, como se...

Ele esvazia o seu copo e se levanta, sem tirar os olhos de mim. Acho que sei do que você precisa, meu bem. Deixe que eu banque o médico, está bem? Agora, fique bem calma. Ele estende o braço, passa em volta da minha cintura, com a outra mão começa a desabotoar meu casaco, depois minha blusa. Primeiro, as coisas mais importantes, diz ele, tentando fazer graça.

Agora não, por favor, digo.

Agora não, por favor, diz ele, brincando. Por favor, nada. Passa para trás de mim e me prende com o braço pela cintura. Uma das mãos se enfia embaixo do meu sutiã.

Pare, pare, pare, digo. Piso na ponta do pé dele.

E então sou levantada e depois jogada no chão. Fico sentada no chão, olhando para cima, na direção dele, meu pescoço dói e minha saia está acima do joelho. Ele se curva e diz, Vá para o inferno, então, está ouvindo, piranha? Tomara que a sua boceta apodreça antes que eu chegue a tocar nela de novo. Ele soluça novamente e me dou conta de que ele não pode ajudar, não pode nem ajudar a si mesmo. Sinto um ataque de pena de Stuart e ele segue para a sala.

Ele não dormiu em casa na noite passada.

Nesta manhã, flores, crisântemos vermelhos e amarelos. Estou tomando café, quando a campainha toca.

Senhora Kane?, pergunta o jovem, segurando a caixa de flores.

Faço que sim com a cabeça e fecho mais o roupão na altura do pescoço.

O homem que mandou as flores disse que a senhora ia saber

quem era. O rapaz olha para o meu roupão, aberto no pescoço, e dá um toque no boné. Fica parado, com as pernas separadas, os pés bem plantados no alto da escadinha da entrada, como se estivesse pedindo que eu o empurrasse para baixo. Tenha um bom dia, diz ele.

Pouco depois, o telefone toca e Stuart diz, Querida, como está você? Vou chegar em casa mais cedo, eu amo você. Está ouvindo? Eu amo você, desculpe, vamos fazer as pazes. Até logo, agora tenho de me apressar.

Coloco as flores num vaso no centro da sala de jantar e depois passo as minhas coisas para o quarto extra.

Já bem tarde, por volta da meia-noite, Stuart arrebenta a fechadura do meu quarto. Faz isso só para me mostrar que pode fazer, imagino, pois não faz nada quando a porta se abre, a não ser ficar parado, de cueca, com um ar surpreso e abobalhado, enquanto a raiva se dilui no seu rosto. Ele fecha a porta devagar e, poucos minutos depois, ouço Stuart na cozinha abrindo uma bandeja de cubos de gelo.

Hoje ele telefona para me dizer que pediu que sua mãe viesse ficar em casa conosco durante alguns dias. Eu espero um minuto, pensando no assunto, e depois desligo o telefone enquanto ele ainda está falando. Mas pouco depois disco o número do telefone do seu trabalho. Quando, afinal, ele atende, eu digo, Não tem importância, Stuart. Sério, estou dizendo a você que, de um jeito ou de outro, não tem importância nenhuma.

Eu amo você, diz ele.

Diz mais alguma coisa, eu escuto e faço que sim com a cabeça, devagar. Me sinto sonolenta. Depois acordo e digo, Pelo amor de Deus, Stuart, ela era só uma criança.

Mudo

Meu pai ficou muito nervoso e chato durante um tempo depois da morte do Mudo, e acho que de algum modo isso marcou o fim de um período de calmaria na sua vida também, pois não foi muito tempo depois disso que a saúde dele começou a piorar. Primeiro, o Mudo, depois Pearl Harbor, depois ele se mudou para a fazenda do meu avô, perto de Wenatchee, onde meu pai chegou ao fim dos seus dias cuidando de um punhado de pés de maçã e de cinco cabeças de gado.

Para mim, a morte do Mudo assinalou o fim da minha infância excepcionalmente longa, me atirou para a frente, pronto ou não, rumo ao mundo dos adultos — onde a derrota e a morte condizem melhor com a ordem natural das coisas.

Primeiro meu pai pôs a culpa na mulher, a esposa do Mudo. Depois falou que não, foram os peixes. Se não fossem os peixes, não teria acontecido nada. Sei que ele sentia uma parcela de culpa, porque foi o papai quem mostrou ao Mudo o anúncio na seção de classificados de *Field and Stream* que dizia "percas vivas, despachadas para qualquer ponto dos Estados Unidos". (O anúncio pode estar lá, ainda hoje, que eu saiba.) Era uma coisa que se resolvia numa tarde e papai perguntou ao Mudo por que não encomendava umas percas para pôr naquele poço que havia nos fundos da casa dele. Mudo enxugou os lábios, disse papai, e examinou o anúncio por muito tempo, antes de copiar os dados cuidadosamente no verso do papel de embalagem de um bombom e enfiar o papel por dentro na parte dianteira do seu macacão. Foi mais tarde, depois de receber os peixes, que ele começou a agir de um modo peculiar. Os peixes mudaram toda a sua personalidade, o papai achava.

Eu nunca soube qual era o seu nome verdadeiro. Se alguém sabia, nunca ouvi ninguém chamá-lo pelo nome. Ele era o Mudo, naquele tempo, e é como Mudo que me lembro dele agora. Era um homem um pouco enrugado, à beira dos sessenta anos, careca, baixo, mas com braços e pernas muito musculosos. Se sorria, o que era raro, seus lábios se contraíam por cima dos dentes amarelos e partidos e isso lhe dava uma expressão desagradável e quase safada; uma expressão de que ainda lembro com muita clareza, se bem que isso já faz vinte e cinco anos. Seus olhinhos molhados sempre ficavam espiando nossos lábios quando a gente falava, se bem que às vezes eles passeavam de um jeito familiar pela cara e pelo corpo da gente. Não sei por quê, mas eu tinha a impressão de que ele nunca foi Mudo de verdade. Pelo menos, não tão Mudo como parecia. Mas isso não tem importância. Ele não conseguia falar, isto é seguro. Trabalhava na serraria onde meu pai trabalhava, a Cascade Lumber Company, em Yakima, Washington, e foram os homens de lá que lhe deram o apelido de "Mudo". Trabalhava lá desde o início da década de 1920. Era faxineiro quando o conheci, mas acho que de vez em quando ele fazia tudo quanto é tipo de trabalho braçal na fábrica. Usava um chapéu de feltro com manchas de graxa, camisa cáqui de usar no trabalho e uma jaqueta leve de brim por cima de um macacão. Nos bolsos da frente, de cima, quase sempre levava dois ou três rolos de toalha de papel, pois um de seus serviços era limpar e abastecer os banheiros masculinos; e os homens, à noite, costumavam sair depois do seu turno de trabalho com um ou dois rolos escondidos dentro das lancheiras. Também levava uma lanterna, embora trabalhasse de dia, além de chaves de rosca, alicates, chaves de parafuso, fita isolante, todas as coisas que os operários de serrarias levavam. Alguns dos trabalhadores mais novos, como Ted Sade ou Johnny Wait, podiam fazer umas brincadeiras bem pesadas com ele no refeitório, contavam piadas de sacanagem para ver como ele reagia, só porque sabiam que ele não gostava de piadas de sacanagem; ou então Carl Lowe, o serrador, podia estender o braço para baixo e derrubar o chapéu do Mudo quando ele passava embaixo da plataforma, mas o Mudo parecia levar tudo isso na esportiva, como se já esperasse mesmo que fossem mexer com ele e já estivesse habituado.

Certa vez, porém, num dia em que levei o almoço para o papai ao meio-dia, quatro ou cinco operários encurralaram o Mudo no canto de uma das mesas. Um deles estava mostrando uma foto e ria, tentava explicar alguma coisa para ele, tocava neste ou naquele ponto do papel com o seu lápis. O Mudo estava de cara fechada. O pescoço estava muito vermelho quando olhei e, de repente, ele recuou e bateu na mesa com o punho cerrado. Depois de um momento de silêncio espantado, todo mundo na mesa soltou a maior gargalhada.

Meu pai não aprovava aquelas brincadeiras. Ele nunca brincou com o Mudo, que eu saiba. Papai era grande, de ombros largos, cabelo bem curto, queixo duplo e um barrigão — que, quando tinha uma chance, ele adorava poder exibir. Era fácil fazê-lo rir, quase tão fácil quanto deixá-lo irritado, só que de um jeito diferente. O Mudo parava na seção da limagem, onde ele trabalhava, sentava num banco e ficava olhando o papai usar a grande roda de esmeril para amolar as serras e, se não estivesse ocupado demais, o papai falava com o Mudo enquanto trabalhava. O Mudo parecia gostar do meu pai e o papai também gostava dele, tenho certeza disso. À sua maneira, o papai era, provavelmente, um dos bons amigos que o Mudo tinha.

O Mudo morava numa casinha coberta com papel revestido de piche, perto do rio, a oito ou nove quilômetros da cidade. Cerca de oitocentos metros atrás da casa, no fim de um pasto, havia uma grande cascalheira que o Estado havia cavado anos antes, quando estavam pavimentando as estradas na região. Três buracos de bom tamanho tinham sido escavados e, no correr dos anos, ficaram cheios de água. No fim, os três poços separados acabaram formando um só, bem grande mesmo, com uma pilha de pedras que se erguia num lado, e duas pilhas menores no outro lado. A água era funda, com um aspecto verde-escuro; bastante clara na superfície, mas turva na camada de baixo.

O Mudo era casado com uma mulher quinze ou vinte anos mais jovem do que ele, que tinha fama de sair com mexicanos. Papai, mais tarde, dizia que foram os fofoqueiros na serraria que ajudaram a deixar o Mudo tão perturbado no final, falando com ele umas coisas sobre a esposa. Era uma mulher pequena, parruda, com uns olhinhos reluzentes e desconfiados. Só a vi duas vezes; uma vez, quando ela veio até a janela na hora em que eu e o papai chegamos à casa do Mudo para levá-lo para pescar percas com a gente, e outra vez quando Pete Jensen e eu paramos ali, em nossas bicicletas, para pegar um copo de água.

Não foi só a maneira como ela deixou a gente esperando na frente da varanda debaixo do sol quente sem nos convidar para entrar que fez dela uma mulher tão distante e antipática. Em parte foi o que ela disse, "O que é que vocês querem?", quando abriu a porta, antes que a gente tivesse a chance de falar uma palavra sequer. Em parte foi a maneira como nos olhou de cara feia; em parte também foi a casa, acho, o cheiro seco e mofado que vinha através da porta aberta e que me fez lembrar o porão da minha tia Mary.

Ela era muito diferente das outras mulheres adultas que eu conhecia. Fiquei olhando para ela durante um minuto, antes de conseguir falar qualquer coisa.

"Sou filho de Del Fraser. Ele trabalha junto com o marido da senhora. A gente estava só andando de bicicleta e aí a gente pensou em parar e beber um pouco de água..."

"Só um momento", disse ela. "Esperem aqui."

Pete e eu olhamos um para o outro.

Ela voltou com um copinho de latão cheio de água em cada mão. Virei o meu de um só gole e depois corri a língua pela borda fria. Ela não ofereceu mais.

Falei: "Obrigado", devolvi o copo e estalei os lábios.

"Muito obrigado!", disse Pete.

Ela ficou olhando para a gente sem falar nada. Aí, quando a gente ia subir nas bicicletas, ela chegou até a beira da varanda.

"Se vocês tivessem um carro, meus garotos, eu podia dar uma volta pela cidade com vocês." Sorriu forçado; seus dentes pareciam brilhantes e brancos, e grandes demais para a sua boca, vistos de onde eu estava. Aquilo era ainda pior do que ver a mulher fazer cara feia para a gente. Rodei o punho do guidão para trás e para a frente e olhei para ela meio sem graça.

"Vamos", disse Pete para mim. "Talvez o Jerry nos dê um refrigerante, se o pai dele não estiver lá."

Ele partiu na sua bicicleta e olhou para trás, alguns instantes depois, na direção da mulher parada na varanda, ainda rindo sozinha da sua piadinha.

"Eu não levaria a senhora para dar uma volta, se eu tivesse um carro!", gritou ele.

Parti às pressas e fui atrás dele pela estrada, sem olhar para trás.

Não havia muitos lugares onde se pudessem pescar percas na nossa região de Washington: truta-arco-íris, em geral, algumas trutas pintadas e umas trutas Dolly Varden em alguns rios da parte alta das montanhas, e trutas prateadas no lago Azul e no lago Rimrock; era só isso, na maioria dos casos, a não ser pelos movimentos migratórios de salmões e de outras trutas em vários rios no final do outono. Mas se a gente é mesmo pescador, já era o bastante para ficar bem atarefado. Ninguém que eu conhecia pescava percas. Uma porção de gente que eu conhecia nunca tinha visto uma perca de verdade, só fotografias de vez em quando, em algumas revistas sobre atividades ao ar livre. Mas o meu pai tinha visto muitas percas quando era garoto no Arkansas e na Geórgia: na sua terra, como ele sempre chamava o Sul. Agora, porém, ele apenas gostava de pescar e não ligava muito para o que pescava. Acho que ele nem se importava de não conseguir pescar nada; acho que ele só gostava mesmo era da ideia de ficar ao ar livre o dia todo, comendo sanduíche e tomando cerveja com os amigos, sentado dentro de um barco, ou então andando sozinho pela margem de um rio e tendo tempo para pensar, se era isso o que ele tinha vontade de fazer naquele dia.

Truta, então, todo tipo de truta, e também salmões e trutas migratórias no outono, e peixe branco no inverno no rio Colúmbia. Papai pescava qualquer coisa, em qualquer época do ano, e com prazer, mas acho que ele ficou especialmente satisfeito quando o Mudo resolveu pôr percas no seu poço, pois é claro que o papai supunha que quando as percas ficassem bem grandes ele poderia pescar percas ali à vontade, toda hora que quisesse, já que o Mudo era seu amigo. Seus olhos chegavam a brilhar quando me contou, certa noite, que o Mudo tinha mandado a carta com o pedido de um suprimento de percas.

"O nosso poço particular!", disse papai. "Espere só para sentir a fisgada de uma perca no anzol, Jack! Você vai ver o que é ser um pescador de verdade."

Três ou quatro semanas depois que os peixes chegaram, eu fui nadar no poço da cidade naquela tarde e depois o papai me contou. Tinha acabado de chegar do trabalho e trocar de roupa quando o Mudo estacionou seu carro na entrada. Com as mãos trêmulas, mostrou para o papai o telegrama do serviço de encomenda postal que tinha achado em casa, no qual diziam que três tanques de peixes vivos vindos de Baton Rouge, em Louisiana, estavam à espera para serem retirados. Papai também ficou empolgado, e ele e o Mudo foram juntos, na mesma hora, na caminhonete do Mudo.

Os tanques — tonéis, na verdade — estavam encaixotados com tábuas de pinho brancas com cheiro de madeira fresca, e com umas aberturas retangulares e grandes nas laterais e na parte de cima de cada caixote. Estavam guardados numa sombra nos fundos da estação de trem e foi preciso que o papai e o Mudo trabalhassem juntos para levantar cada um dos caixotes e colocar na caçamba da caminhonete.

O Mudo dirigiu com muito cuidado pela cidade e depois seguiu a quarenta quilômetros por hora até sua casa. Atravessou seu jardim sem parar, até chegar a uns quinze metros do poço. Nessa altura já estava quase escuro e os faróis da caminhonete estavam acesos. Ele trazia um martelo e uma chave de boca debaixo do banco e pulou do carro com as ferramentas na mão assim que parou a caminhonete. Arrastaram os três tanques até bem perto da água antes que o Mudo começasse a abrir o primeiro caixote. Trabalhou sob a luz dos faróis da sua caminhonete e acertou uma martelada no polegar. O sangue gotejou grosso por cima das tábuas brancas, mas ele pareceu nem notar. Depois que soltou as tábuas do primeiro tanque, achou o tonel lá dentro muito bem coberto por uma lona grossa e uma espécie de palha. Uma pesada tampa de tábua tinha uma dúzia de furinhos do tamanho de uma moeda. Levantaram a tampa e os dois se debruçaram em cima do tanque, enquanto o Mudo pegava a sua lanterna. Lá dentro, uma porção de percas miudinhas mexia as barbatanas na água escura do tanque. O brilho da luz não incomodava os peixes, ficavam ali nadando e rodando no escuro, pelo visto sem a intenção de ir a lugar nenhum. O Mudo correu a luz pelo tanque durante alguns minutos, antes de desligar a lanterna e enfiá-la de novo no bolso. Levantou o tonel com um gemido e começou a andar na direção da água.

"Espere um instante, Mudo, me deixe ajudar", disse o papai.

O Mudo colocou o tanque na beira da água, tirou a tampa outra vez e lentamente entornou o conteúdo dentro do poço. Pegou de novo a lanterna e iluminou a água. Papai se debruçou, mas não havia nada para ver; os peixes tinham se espalhado. Sapos coaxavam roucos de todos os lados e, na escuridão lá no alto, gaviões rodavam e mergulhavam no ar para caçar insetos.

"Deixe que eu pego o outro caixote, Mudo", disse o papai, estendendo a mão, como se fosse tirar o martelo do macacão do Mudo.

O Mudo recuou e balançou a cabeça. Ele mesmo desmontou os dois caixotes, deixando respingos escuros de sangue nas tábuas, e se demorou diante de cada tanque tempo suficiente para iluminar com a lanterna a água limpa onde as percas miudinhas nadavam devagar, no escuro, de um lado para o outro. O Mudo respirava ofegante o tempo todo pela boca aberta e, quando terminou, juntou as tábuas todas, a tela de lona e os tonéis e jogou tudo, com grande barulho, na caçamba da caminhonete.

A partir daquela noite, garantiu papai, o Mudo virou outra pessoa. A mudança não veio de uma hora para outra, é claro, mas depois daquela noite, aos poucos, bem aos poucos, o Mudo foi se aproximando do abismo. Seu polegar ficou inchado e ainda sangrava um pouco, e seus olhos tinham uma expressão esbugalhada e vidrada, à luz do painel de instrumentos do carro, quando dirigiu a caminhonete sacolejante pelo pasto e, depois, pegou a estrada para deixar o papai em casa.

Isso foi no verão em que eu tinha doze anos.

Agora o Mudo não deixava mais ninguém chegar lá, depois que eu e o papai tentamos pescar naquele lugar, uma tarde, dois anos depois. Naqueles dois anos, o Mudo tinha cercado o pasto nos fundos da sua casa e depois levantou uma cerca também em volta do poço, com arames farpados e eletrificados. Gastou quinhentos dólares só com o material, disse o papai para a mamãe, desolado.

Papai não queria mais saber do Mudo. Não depois daquela tarde em que fomos até lá, no final de julho. Papai tinha até parado de falar com o Mudo, e ele não era do tipo de cortar relações com ninguém.

Certa noite, pouco antes do outono, em que o papai ficou trabalhando até tarde e fui levar o jantar para ele, um prato de comida quente coberto com papel-alumínio, e um vidro fechado com chá gelado, dei com o papai na frente da janela, falando com Syd Glover, o administrador da serraria. Papai soltou uma risada curta, rude e meio forçada, na hora em que cheguei, e falou:

"Até parece que aquele palerma se casou com os peixes, pela maneira como se comporta. Já estou imaginando o dia em que vão aparecer uns caras de jaleco branco para levar o sujeito para ser internado."

"Pelo que ouço dizer", comentou Syd, "seria melhor erguer aquela cerca em volta da casa dele. Ou em volta do seu quarto, para ser mais exato."

Papai olhou em volta e então me viu, levantou as sobrancelhas de leve. Olhou de novo para o Syd. "Mas eu já contei para você o que foi que ele fez, não contei? Na vez em que eu e o Jack fomos lá na casa dele?" Syd fez que sim com a cabeça, papai esfregou o queixo com ar pensativo, depois cuspiu pela janela aberta, em cima da serragem, antes de se virar para mim e me cumprimentar.

Um mês antes, papai tinha finalmente conseguido convencer o Mudo a deixar que nós dois pescássemos no poço. Intimidou-o seria uma expressão mais adequada, pois o papai disse que não ia mais aceitar nenhuma desculpa. Ele dizia que lembrava muito bem como o Mudo ficou tenso enquanto ele insistia, e falava sem parar, cada vez mais depressa, e fazia umas brincadeiras com o Mudo, sobre eliminar as percas mais fraquinhas de todas e assim fazer um favor para as outras percas, e coisas desse tipo. O Mudo se plantou na sua frente, puxando a ponta da orelha, olhando para o chão. Por fim, o papai disse que a gente iria encontrar com ele no dia seguinte, à tarde, logo depois do trabalho. O Mudo deu as costas e foi embora.

Fiquei empolgado. Papai tinha me dito antes que os peixes haviam se reproduzido loucamente e que seria que nem jogar o anzol num viveiro de peixes. Ficamos sentados na mesa da cozinha naquela noite até muito depois de mamãe ter ido para a cama, conversamos, comemos uns salgadinhos e ouvimos o rádio.

Na tarde seguinte, quando o papai parou o carro na entrada, eu já estava à espera dele no gramado. Eu estava com a sua meia dúzia de anzóis de pescar percas fora da caixa, experimentava com o dedo indicador a ponta afiada dos anzóis triplos.

"Está pronto?", me perguntou, assim que saltou do carro. "Vou dar um pulo rápido no banheiro, enquanto isso vá colocando as coisas no carro. Pode dirigir até lá, se quiser."

"Claro que quero!", respondi. O negócio estava começando a ficar bom. Pus tudo no banco de trás e voltei na direção da casa, na hora em que o papai saiu e apareceu na porta da frente com o seu chapéu de lona de pescar e comendo um pedaço de bolo de chocolate com as duas mãos.

"Entre, entre", disse, entre uma mordida e outra. "Está pronto?"

Subi no banco do motorista, enquanto ele deu a volta para o outro lado do carro. Mamãe olhou para a gente. Uma mulher séria, de pele bonita, cabelo louro preso num coque por trás da cabeça e seguro com um grampo enfeitado com uma imitação de pedra preciosa. Papai acenou para ela com a mão.

Soltei o freio de mão e dei marcha a ré devagar, na direção da estrada. Mamãe ficou olhando para nós, até eu mudar de marcha, e depois acenou com a mão, ainda sem sorrir. Acenei para ela e papai acenou de novo. Já tinha terminado de comer seu bolo e limpava as mãos na calça. "Vamos lá!", disse.

Era uma tarde bonita. Todas as janelas da caminhonete Ford 1940 estavam abertas, o ar era frio e soprava pelo carro todo. Os fios de telefone ao longo da estrada faziam um zumbido e, depois que cruzamos a ponte Moxee e viramos para oeste na estrada de Slater, um grande faisão macho e duas fêmeas voaram baixo, cruzando a estrada bem na nossa frente, e arremeteram na direção de uma plantação de alfafa.

"Olhe só isso!", exclamou o papai. "Vamos ter de vir aqui neste outono. Harland Winters comprou umas terras por estas bandas, não sei exatamente onde, mas falou que deixaria a gente caçar quando começasse a temporada."

Dos dois lados da estrada havia campos de alfafa verdes e ondulantes, com uma casa de vez em quando, ou uma casa com um celeiro e algumas cabeças de gado por trás de uma cerca. Mais ao longe, para o oeste, um enorme milharal amarelo-amarronzado e, atrás dele, uma faixa de bétulas que tinham crescido às margens de um rio. Algumas nuvens brancas se deslocavam pelo céu.

"Está mesmo bonito, não é, pai? Quero dizer, não sei, mas parece que tudo está ajudando a gente a se divertir, não é?"

Papai estava sentado de pernas cruzadas, batucando com a ponta do pé no chão de tábuas. Colocou o braço para fora da janela e deixou o vento bater. "Claro que sim. Tudo." E aí, depois de um minuto, falou: "Claro, é divertido, sim! É ótimo viver!".

Em poucos minutos, paramos o carro na frente da casa do Mudo e ele saiu com seu chapéu na cabeça. A esposa espiava pela janela.

"Preparou a sua frigideira, Mudo?", papai perguntou na hora em que ele descia a escadinha da varanda. "Filé de perca e batata frita."

O Mudo veio até onde estávamos, junto ao carro. "Que dia ótimo para pescar!", continuou o papai. "Cadê a sua vara, Mudo? Não vai pescar?"

O Mudo sacudiu a cabeça para um lado e para o outro, Não. Mudou o peso de uma perna torta para a outra, olhou para o chão e depois olhou para nós. Sua língua ficou pousada em cima do lábio inferior e ele começou a remexer o pé direito sobre a terra. Mexi no cesto de vime para levar peixes e na mesma hora senti os olhos do Mudo em cima de mim, vigiando, quando dei ao papai a sua vara e peguei a minha.

"Estamos prontos?", perguntou papai. "Mudo?"

O Mudo tirou o chapéu e, com a mesma mão, esfregou a parte de cima da careca com o pulso. Virou-se de repente e o seguimos até a cerca, que ficava uns trinta metros atrás da casa. Papai piscou o olho para mim.

Andamos devagar pelo pasto de terra fofa. No ar, havia um cheiro fresco e limpo. A cada cinco ou seis metros, uma narceja levantava voo das moitas de capim na beirada dos velhos sulcos e, uma vez, uma pata saltou de uma pocinha de água quase invisível e saiu voando e grasnando bem alto.

"Na certa, o ninho dela fica ali", disse o papai. Alguns metros à frente, ele começou a assoviar, mas parou depois de um minuto.

No fim do pasto, a terra declinava bem de leve, ficava seca e pedregosa, com alguns arbustos de urtiga, além de uns tocos de carvalho espalhados aqui e ali. À nossa frente, atrás de uma alta faixa de salgueiros, a primeira pilha de pedras se erguia a quinze ou vinte metros de altura. Dobramos à direita, seguindo antigas trilhas deixadas por pneus de carro, através de um campo de serralha que batia na nossa cintura. As vagens secas na ponta dos talos chacoalhavam quando a gente passava e esbarrava. O Mudo andava na frente, eu o seguia a uns dois ou três passos, e o papai vinha atrás de mim. De repente, vi o brilho da água por cima do ombro do Mudo e o meu coração disparou. "Lá está!", exclamei. "Lá está!", disse o papai, depois de mim, esticando o pescoço para ver. O Mudo começou a andar mais devagar ainda e não parava de levantar a mão de um jeito nervoso e de mexer o chapéu para um lado e para o outro na cabeça.

Parou. O papai veio para o lado dele e disse:

"O que acha, Mudo? Qualquer lugar é bom? Onde é que a gente devia começar?"

O Mudo molhou o lábio inferior e olhou em volta, como se estivesse assustado.

"O que há com você, Mudo?", perguntou o papai, em tom brusco. "Este poço é seu, não é? Parece até que você está invadindo as terras de alguém."

O Mudo olhou para baixo e pegou uma formiga na parte da frente do seu macacão.

"Puxa, caramba!", disse papai, soltando um bufo. Tirou o relógio do pulso. "Se você não tiver nada contra, Mudo, a gente pode pescar por quarenta e cinco minutos ou uma hora. Até escurecer. Que tal? O que você acha?"

O Mudo olhou para ele e depois colocou as mãos nos bolsos da frente e virou para o poço. Recomeçou a andar. Papai olhou para mim e deu de ombros. Fomos atrás dele. Com aquele seu modo de agir, o Mudo tirou um pouco do nosso entusiasmo. Papai cuspiu duas ou três vezes, sem limpar a garganta.

Agora a gente já podia ver o poço inteiro e a água estava cheia de umas covinhas causadas pelos peixes que subiam à flor da água. A cada minuto mais menos, uma perca saltava para fora do poço e mergulhava de novo com um grande espirro de água para os lados, o que formava círculos sobre a água, que aumentavam sem parar e percorriam o poço inteiro. À medida que chegávamos mais perto, dava para ouvir o barulho das percas saltando e mergulhando na água. "Meu Deus", disse o papai, sem fôlego.

Chegamos ao poço num lugar mais aberto, uma praia de cascalho de uns quinze metros de comprimento. Havia umas moitas de junco dentro da água que batiam no ombro e cresciam no lado esquerdo, mas a água estava limpa e desimpedida à nossa frente. Nós três ficamos ali parados, lado a lado, durante um minuto, olhando os peixes saltarem lá no meio.

"Abaixe!", me disse o papai, na hora em que ele abaixou e ficou de cócoras, meio sem jeito. Abaixei também e olhei para a água na nossa frente, para o mesmo lugar que ele estava olhando.

"Puxa vida", sussurrou.

Um cardume de percas passou devagar, umas vinte ou trinta, nenhuma delas com menos de um quilo.

Os peixes desviaram lentamente para longe. O Mudo continuava de pé, olhando para as percas. Mas alguns minutos depois, o mesmo cardume voltou, os peixes nadavam muito juntos, embaixo da água escura, quase tocavam uns nos outros. Dava para ver os olhos dos peixes, com as pálpebras pesadas, olhando para nós, enquanto moviam as barbatanas devagar, seus corpos brilhantes ondulando dentro da água. Os peixes voltaram de novo, pela terceira vez, e depois foram em frente, seguidos por dois ou três desgarrados. Não fazia a menor diferença ficarmos sentados ou de pé; os peixes simplesmente não tinham medo de nós. Mais tarde, o papai disse que tinha certeza de que o Mudo ia lá de tarde para dar comida aos peixes, porque, em vez de fugirem com medo da gente, como fazem os peixes, aquelas percas chegavam ainda mais perto da margem. "Era uma senhora imagem!", dizia ele mais tarde.

Ficamos ali agachados por uns dez minutos, eu e o papai, olhando as percas nadarem do fundo da água até em cima e ficarem abanando as barbatanas na nossa frente, à toa. O Mudo se limitou a ficar ali de pé, puxando os dedos e olhando em volta do poço como se esperasse alguém. Eu podia avistar o outro lado do poço, onde a pilha de pedras mais alta declinava até entrar na água, a parte mais funda do poço, dizia o papai. Deixei os meus olhos vagarem por todo o perímetro do poço — o bosque de salgueiros, as bétulas, as grandes moitas de junco na ponta mais afastada, onde melros voavam, entrando e saindo dos juncos, e piavam com a voz aguda e modulada que têm no verão. O sol estava às nossas costas, agora, com um calor agradável no meu pescoço. Não havia vento. Por todo o poço, as percas subiam para tocar o focinho na superfície da água, ou então pulavam bem alto e caíam de lado, ou chegavam à superfície para nadar bem rasinho, com as barbatanas dorsais acima da água, como se fossem uns leques pretos.

Por fim, nos levantamos para jogar o anzol e eu estava trêmulo de ansiedade. Mal consegui desprender os anzóis do cabo de cortiça da vara. O Mudo de repente agarrou o meu ombro com os dedos grandes e dei com a sua cara cheia de marquinhas, a poucos centímetros da minha. Seu queixo sacudiu duas ou três vezes para o meu pai. Só queria que um de nós lançasse o anzol, e era o papai.

"Psiu! Meu Deus!", disse papai, olhando para nós. "Meu Deus!" Estendeu sua vara em cima do cascalho, depois de um minuto. Tirou o chapéu e depois o colocou de volta na cabeça e olhou fixo para o Mudo, antes de vir até onde eu estava. "Vá em frente, Jack", disse. "Está tudo bem, pode ir, filho."

Olhei para o Mudo pouco antes de lançar o anzol; seu rosto tinha ficado duro e havia uma linha fina de baba no seu queixo.

"Puxe o filho da mãe com força para trás quando ele morder", disse o papai. "Veja bem se o anzol ficou firme; a boca deles é dura feito uma maçaneta."

Soltei a trava do molinete e joguei o braço bem para trás, dei um impulso para a frente e arremessei o anzol e a boia amarela o mais longe que consegui. Foi bater na água a uns doze metros de distância. Antes que eu pudesse começar a rodar o molinete para desfazer a folga, a água borbulhou.

"Pegue ele!", berrou papai. "Você pegou! Puxe! Puxe de novo!"

Dei dois puxões fortes para trás. Eu tinha pegado o peixe, sim. A vara de aço curvou-se para a frente a sacudia loucamente para a frente e para trás. O papai não parava de berrar: "Deixe ele ir, deixe ele ir! Deixe ele correr! Dê mais linha, Jack! Agora enrole! Enrole! Não, deixe ele ir! Opa! Olhe só como ele corre!".

A perca não parava de pular pelo poço e, toda vez que saía da água, balançava a cabeça e dava até para ouvir o anzol chacoalhar. E aí a perca arremetia em mais uma corrida. Dez minutos depois, eu estava com o peixe deitado de lado, a poucos metros da margem. Parecia enorme, uns três quilos mais ou menos, e estava de lado, acabado, de boca aberta e as guelras se mexiam devagar. Meus joelhos estavam tão fracos que eu mal conseguia ficar de pé, mas levantei a vara, estiquei a linha. O papai entrou na água com seus sapatos.

O Mudo começou a resmungar cuspindo atrás de mim, mas eu tinha medo de afastar os olhos do peixe. O papai chegava cada vez mais perto, agora se inclinou, esticou o braço para baixo, tentando pegar a perca. De repente, o Mudo ficou na minha frente e começou a sacudir a cabeça e abanar as mãos. O papai olhou para ele.

"Ei, que diabo deu em você, seu filho da mãe? O garoto pegou a maior perca que eu já vi na minha vida; ele não vai soltar o bicho agora. O que é que há com você?"

O Mudo continuava a balançar a cabeça e a acenar para o poço.

"Não vou deixar o garoto soltar o peixe que ele pegou. Pode ir tirando o cavalo da chuva, se acha que vou fazer isso."

O Mudo esticou o braço na direção da minha linha. Enquanto isso, a perca tinha recuperado as energias, virou-se e começou a nadar para o fundo outra vez. Dei um grito e aí acho que perdi a cabeça; desci a trava do molinete e comecei a enrolar a linha. A perca tentou uma última e furiosa arrancada, a linha arrebentou e a boia voltou voando por cima das nossas cabeças e foi agarrar num galho de árvore.

"Vamos lá, Jack", disse o papai, segurando a sua vara. "Vamos embora daqui antes que a gente enlouqueça com esse filho da mãe. Vamos, ele que se dane, vamos, antes que eu meta a mão na cara dele."

Andamos para longe do poço, o papai chegava a rilhar os dentes de tanta raiva. Andávamos depressa. Eu queria chorar, mas ficava engolindo em seco rapidamente, tentava conter as lágrimas. A certa altura, papai tropeçou numa pedra e correu um pouco à frente para não cair. "Desgraçado", resmungou. O sol tinha quase baixado e batia uma brisa. Olhei para trás, por cima do ombro, e vi o Mudo lá embaixo, no poço, só que agora tinha ido para junto dos salgueiros, estava com um braço em volta de uma árvore, se inclinava e olhava para dentro da água. Parecia muito escuro e pequeno, ao lado da água.

Papai me viu olhando para trás, parou e virou-se. "Está falando com eles", disse. "Está pedindo desculpas para os peixes. Ficou doido varrido, o filho da mãe! Vamos embora."

Naquele mês de fevereiro, teve uma enchente no rio.

Tinha nevado bastante na nossa região do estado durante as primeiras semanas de dezembro, e aí o tempo ficou muito frio pouco antes do Natal, o solo congelou e a neve permaneceu colada na terra. Lá pelo fim de janeiro, bateu o vento Chinook. Acordei um dia de manhã e ouvi o vento bater com força na casa e um chuvisco incessante correr no telhado.

O vento soprou durante cinco dias e no terceiro dia o rio começou a subir.

"Já chegou a quatro metros e meio", disse o papai, certa noite, levantando os olhos do jornal. "Um metro acima do nível da cheia. O velho Mudo vai perder seus peixes."

Eu queria ir à ponte Moxee para ver a altura da água, mas o papai balançou a cabeça.

"Uma enchente não é coisa para a gente ficar vendo. Já vi todas as enchentes que eu podia querer."

Dois dias depois, o rio chegou ao ponto máximo e depois disso a água começou a baixar aos poucos.

Orin Marshall, Danny Owens e eu percorremos de bicicleta os sete ou oito quilômetros até a casa do Mudo, no sábado de manhã, na semana seguinte. Deixamos as bicicletas na beira da estrada antes de ir até lá e caminhar pelo pasto que margeava a propriedade do Mudo.

Era um dia úmido e tempestuoso, de nuvens escuras e pesadas, que corriam depressa pelo céu cinzento. A terra estava encharcada e toda hora a gente metia os pés em poças de que não dava para a gente desviar, no meio do capim espesso. Danny ainda estava aprendendo a falar palavrões e enchia o ar com uma tremenda série de injúrias toda vez que enfiava os sapatos na água. Dava para ver o rio cheio lá no fim do pasto, a água ainda bem alta e fora do leito normal, ondulando em volta dos troncos de árvore e comendo a terra das margens. No meio do rio, a água corria pesada e ligeira, e de vez em quando passava um arbusto boiando, ou uma árvore com os galhos voltados para cima.

Chegamos à cerca do Mudo e achamos uma vaca enganchada no arame. Estava toda inchada e sua pele tinha um aspecto pegajoso e cinzento. Foi a primeira coisa morta que qualquer um de nós viu. Orin pegou um pau e cutucou os olhos abertos e gelatinosos, depois levantou o rabo e tocou aqui e ali com o pedaço de pau.

Descemos seguindo a cerca, na direção do rio. Estávamos com medo de tocar na cerca, porque achamos que ainda podia dar um choque elétrico. Mas, na beira do que parecia um canal fundo, a cerca terminava de repente. Ali, o solo simplesmente entrava pela água, assim como aquela parte da cerca. Atravessamos o arame para o outro lado e seguimos o canal rápido que seguia direto para as terras do Mudo e para o seu poço. Ao chegar mais perto, vimos que o canal havia corrido na diagonal para o poço, tinha aberto à força uma saída para escoar pelo outro lado, depois dava voltas e virava diversas vezes, até se unir de novo ao rio, uns quatrocentos metros adiante. O poço mesmo parecia agora uma parte do rio principal, largo e turbulento. Não havia dúvida de que a maior parte dos peixes do Mudo tinha sido levada embora e os que podiam ter ficado estariam livres para ir e vir à vontade, quando a água baixasse.

Então eu avistei o Mudo. Tive medo só de ver e cheguei mais perto dos meus dois amigos para descermos juntos. Ele estava parado na parte mais distante do poço, perto do local onde a água escoava ligeiro para o rio, e olhava fixo para a correnteza. Pouco depois, ergueu os olhos e nos viu. Num movimento abrupto, saímos correndo de volta pelo caminho por onde tínhamos vindo, corremos feito coelhos assustados.

"Não consigo deixar de ter pena do Mudo", disse o papai certa noite, na hora do jantar, algumas semanas depois. "As coisas andam de mal a pior para o lado dele, isso nem se discute. Foi ele mesmo quem provocou, mas mesmo assim não consigo deixar de ter pena dele."

Papai contou também que George Laycock tinha visto a esposa do Mudo no Clube do Caçador na companhia de um mexicano grandalhão, na sexta-feira à noite. "E isso é só uma parte da história..."

Mamãe ergueu os olhos para ele, de um jeito severo, e depois para mim, mas eu continuei a comer como se não tivesse ouvido nada.

"Deixe para lá, Bea, o garoto já está bem grande para saber das coisas da vida! Além do mais", disse o papai, depois de uma pausa, sem se dirigir a ninguém em especial, "é provável que aconteça alguma encrenca por lá."

Ele, o Mudo, tinha mudado muito. Agora, nunca ficava na companhia dos outros, se podia evitar. Não parava para descansar junto dos outros, nem comia junto com os outros. Ninguém tinha vontade de fazer piadas com ele também, desde o dia em que correu atrás do Carl Lowe com um porrete, quando ele derrubou o chapéu do Mudo. Agora ele faltava um ou dois dias por semana ao trabalho, em média, e corria um boato de que ia ser demitido.

"Ele está chegando ao fundo do poço", disse o papai. "Vai ficar doido de pedra se não fizer alguma coisa."

Então, numa tarde de domingo, no mês de maio, pouco antes do meu aniversário, papai e eu fomos fazer uma limpeza na garagem. Era um dia quente e parado e a poeira pairava no ar da garagem. Mamãe chegou à porta dos fundos e disse: "Dell, um telefonema para você. Acho que é o Vern".

Fui lá dentro atrás dele para lavar as mãos e o rosto e ouvi o papai pegar o telefone e dizer: "Vern? Como vai? O quê? Não me diga, Vern. Não! Meu Deus, não pode ser verdade, Vern. Está certo. Sim. Até logo".

Colocou o fone no gancho e virou-se para nós. Seu rosto estava pálido e pôs a mão sobre a mesa.

"Más notícias... É o Mudo. Ele se afogou na noite passada e matou a esposa com um martelo. Vern acabou de ouvir no rádio."

Fomos até lá de carro, uma hora depois. Havia carros estacionados na frente da casa e entre a casa e o pasto. Dois ou três carros de polícia, uma radiopatrulha da rodovia e vários outros carros. O portão para o pasto estava aberto e dava para ver as marcas de pneu que iam dar no poço.

A porta de tela estava aberta e segura por uma caixa e um homem magro, de cara marcada de varíola, de calça folgada e camisa esporte, com um coldre no ombro, estava postado na entrada. Ficou olhando para nós, enquanto saíamos da caminhonete.

"O que aconteceu?", perguntou o papai.

O homem balançou a cabeça. "Vai ter de ler no jornal amanhã de noite."

"Eles já... acharam o corpo?"

"Ainda não. Estão dragando o poço."

"A gente pode dar um pulo até lá? Eu o conhecia muito bem."

"Por mim, tudo bem. Mas eles podem enxotar você de lá."

"Quer ficar aqui, Jack?", perguntou o papai.

"Não", respondi. "Acho que vou junto."

Atravessamos o pasto, seguindo as marcas dos pneus, e fomos pelo mesmo caminho que tínhamos seguido no verão anterior.

Quando chegamos mais perto, pudemos ouvir os barcos a motor, pudemos ver a fumaça suja do escapamento pairando acima do poço. Agora, só tinha um fiozinho de água entrando e saindo do poço, mas dava para ver os trechos onde a água da enchente tinha arrebentado o solo e arrastado pedras e árvores. Dois barcos pequenos, com dois homens de uniforme em cada um, percorriam a água devagar, para um lado e para o outro. Um homem guiava na frente e o outro ficava sentado atrás, segurando a corda para os ganchos.

Tinha uma ambulância estacionada na praia de cascalho onde havíamos pescado muito tempo antes e dois homens de branco recostados na parte traseira, fumando cigarros.

A porta estava aberta no carro do xerife, estacionado alguns metros depois da ambulância, e dava para ouvir uma voz alta e cheia de estalos saindo pelo alto-falante.

"O que aconteceu?", perguntou o papai para o delegado que estava perto da água, com as mãos na cintura, olhando para um dos barcos. "Eu o conhecia muito bem", acrescentou. "A gente trabalhava junto."

"Assassinato e suicídio, parece", disse o homem, tirando da boca um cigarro apagado. Olhou para nós outra vez e voltou a olhar para o barco.

"Como aconteceu?", insistiu o papai.

O delegado enganchou os dedos por dentro do cinto, ajeitou o revólver grande de um modo mais confortável no seu quadril volumoso. Falou com o canto da boca, em volta do cigarro.

"Pegou a esposa num bar na noite passada e bateu nela com um martelo, dentro da caminhonete, até matar. Houve testemunhas. Depois... sei lá qual é o nome dele... veio de carro até este poço aqui, com a mulher ainda na caminhonete, e mergulhou de cabeça. Fim de papo. Sei lá, ele não sabia nadar, eu acho, mas não tenho certeza... Dizem que é difícil um homem se afogar sozinho, simplesmente desistir e se afogar, sem pelo menos tentar nadar, se ele souber nadar. Um cara chamado Garcy ou Garcia seguiu os dois até aqui. Andava atrás da mulher, pelo que a gente deduziu, mas ele diz que viu o sujeito pular lá de cima daquela pilha de pedras, e depois achou a mulher dentro da caminhonete, morta." Cuspiu para o lado. "Tremenda confusão, não é?"

Um dos motores foi desligado de repente. Todos nós olhamos para lá. O homem na parte traseira de um dos barcos se levantou, começou a puxar com esforço a sua corda.

"Vamos torcer para que tenham achado", disse o delegado. "Eu queria ir logo para casa."

Um ou dois minutos depois, vi um braço emergir da água; os ganchos obviamente tinham prendido o corpo pelo lado, ou pelas costas. O braço submergiu um instante e depois reapareceu, junto com uma trouxa sem forma. Não era ele, pensei por um instante, é alguma outra coisa que já estava no poço havia meses.

O homem na parte dianteira do barco veio para trás e, juntos, os dois içaram a trouxa gotejante por cima da borda.

Olhei para o papai, que tinha desviado a cara, com os lábios trêmulos. Seu rosto estava enrugado, duro. Parecia mais velho, de repente, e apavorado. Virou-se para mim e disse: "Mulheres! É nisso que dá se meter com o tipo errado de mulher, Jack".

Mas gaguejou quando falou, mexeu com os pés de um jeito desagradável, e eu acho que ele não acreditava naquilo de verdade. Acontece é que ele não sabia o que dizer naquele momento. Não tenho certeza do que ele acreditava na verdade, só sei que ele estava assustado com a visão, assim como eu. Mas me pareceu que a vida ficou mais difícil para ele depois daquilo, que ele nunca mais conseguiu agir de maneira feliz e despreocupada. Pelo menos, não agia mais como antes. Quanto a mim, eu sabia que nunca mais ia esquecer a imagem daquele braço que emergiu da água. Como uma espécie de sinal misterioso e terrível, aquilo parecia anunciar a desgraça que perseguiria a nossa família nos anos seguintes.

Mas aquele foi um período em que eu era muito sugestionável, entre os doze e os vinte anos de idade. Agora que estou mais velho, com a idade que tinha o meu pai na época, e já vivi um bocado neste mundo — já rodei um bocado, como o pessoal diz —, sei agora o que era aquele braço. Simplesmente o braço de um homem afogado. Já vi outros.

"Vamos para casa", disse meu pai.

Torta

O carro dela estava lá, não os outros, e Burt deu graças a Deus por isso. Parou seu carro na entrada, ao lado da torta que ele havia deixado cair na noite anterior. Ainda estava ali, no mesmo lugar, a forma de alumínio de cabeça para baixo, a abóbora esparramada na calçada. Era sexta-feira, quase meio-dia, um dia depois do Natal.

Tinha vindo no dia de Natal para visitar sua esposa e seus filhos. Mas, antes de ele vir, Vera lhe disse que ele teria de ir embora antes das seis horas, quando o amigo dela e os filhos dele iam chegar para o jantar. Sentaram-se na sala e, com ar solene, abriram os presentes que Burt tinha trazido. As luzes na árvore de Natal piscavam. Os embrulhos envoltos em papel brilhante e presos com fitas e laços estavam amontoados embaixo da árvore, à espera das seis horas. Burt observou os filhos, Terri e Jack, abrirem os presentes. Ficou esperando enquanto os dedos de Vera retiravam cuidadosamente a fita e o durex do presente. Ela desembrulhou o papel. Abriu a caixa e tirou um suéter de caxemira bege.

"É bonito", disse ela. "Obrigada, Burt."

"Experimente", disse Terri para a mãe.

"Veste, mamãe", disse Jack. *"Tá legal*, pai."

Burt olhou para o filho, agradecido pelo seu apoio. Ele podia convidar o Jack para ir à casa dele de bicicleta na manhã de um feriado e os dois iriam juntos tomar o café da manhã em algum lugar.

Ela experimentou o suéter. Entrou no quarto e voltou passando as mãos para cima e para baixo na parte da frente do suéter. "Está bonito", disse.

"Ficou ótimo em você", disse Burt, e sentiu um aperto no peito.

Ele abriu os seus presentes: de Vera, um vale de vinte dólares na loja masculina Sondheim; de Terri, um jogo formado por um pente e uma escova; lenços, três pares de meias e uma caneta esferográfica, do Jack. Ele e Vera beberam rum com Coca-Cola. Escureceu lá fora, e deram cinco e meia. Terri olhou para a mãe, levantou-se e começou a pôr a mesa na sala de jantar. Jack foi para o seu quarto. Burt gostava quando ficava diante da lareira acesa, com um copo na mão, e sentia no ar o cheiro de peru assado. Vera foi à cozinha. Burt recostou-se relaxado no sofá. Canções de Natal começaram a soar no rádio, ligado no quarto de Vera. De vez em quando, Terri entrava na sala de jantar trazendo alguma coisa para colocar na mesa. Burt observava enquanto Vera punha guardanapos de linho junto às taças de vinho. Apareceu uma jarra esguia, com uma única rosa vermelha. Em seguida, Vera e Terri começaram a conversar em voz baixa na cozinha. Ele terminou sua bebida. Cera e serragem queimavam na lareira, soltando chamas vermelhas, azuis e verdes. Burt se levantou do sofá e pôs na lareira oito pedaços de lenha, a caixa inteira. Ficou olhando, até o fogo pegar. Depois começou a andar na direção da porta do pátio e viu as tortas dispostas em fila, sobre o aparador. Amontoou-as em seus braços; eram cinco, de abóbora e carne moída — ela devia achar que tinha de alimentar um time de futebol. Burt saiu da casa com as tortas. Mas, na entrada dos carros, no escuro, deixou cair uma torta no chão, enquanto tentava abrir a porta do automóvel.

Aí se desviou da torta caída e seguiu para a porta do pátio. A porta da frente ficava sempre fechada, desde aquela noite em que a sua chave havia quebrado dentro da fechadura. Era um dia nublado, o ar estava úmido e cortante. Agora Vera estava dizendo que ele havia tentado incendiar a casa na noite anterior. Foi isso o que ela contou para as crianças, foi o que Terri repetiu para ele, quando telefonou naquela manhã para pedir desculpas.

"Mamãe disse que você tentou pôr fogo na casa na noite passada", disse Terri, e riu. Ele queria pôr um ponto final nos mal-entendidos. Também queria conversar sobre assuntos gerais.

Havia uma coroa feita de frutos de pinheiro pendurada na porta do pátio. Ele bateu de leve no vidro. Vera olhou para ele, do outro lado da porta, e fez cara feia. Estava de roupão de banho. Abriu a porta só um pouco.

"Vera, quero pedir desculpas pela noite passada", disse ele. "Desculpe por ter feito o que fiz. Foi uma bobagem. Queria me desculpar com as crianças também."

"Elas não estão em casa", disse Vera. "Terri saiu com o namorado, aquele sacana e a sua motocicleta, e o Jack foi jogar futebol americano." Ficou parada na porta e ele ficou parado no pátio, ao lado de um filodendro. Burt catou uns fiapos de algodão na manga do seu paletó. "Não quero mais saber de cenas, depois do que aconteceu ontem à noite", disse Vera. "Chega, Burt. Você simplesmente tentou pôr fogo na casa ontem à noite."

"Não fiz isso, não."

"Fez, sim. Todo mundo aqui é testemunha. Você devia ter visto como ficou a lareira. Quase pegou fogo na parede."

"Posso entrar um instante e conversar sobre isso?", perguntou. "Vera?"

Ela olhou bem para ele. Fechou o roupão até o pescoço e recuou para dentro de casa.

"Entre", respondeu. "Mas tenho de sair daqui a uma hora. E, por favor, tente se controlar. Não invente nada outra vez, Burt. Pelo amor de Deus, não tente pôr fogo na minha casa de novo."

"Vera, pelo amor de Deus."

"É verdade."

Ele não respondeu. Ela olhou em volta. As luzes da árvore de Natal piscavam sem parar. Havia uma pilha de papel fino de embrulho de presente e de caixas vazias na ponta do sofá. Os restos de um peru assado enchiam uma travessa no centro da mesa da sala de jantar. Os ossos estavam limpos e separados e as sobras da pele estavam amontoadas num leito de salsa, que parecia um ninho asqueroso. Os guardanapos estavam imundos e tinham sido largados pela mesa. Alguns pratos formavam uma pilha e os copos e as taças de vinho haviam sido levados para uma ponta da mesa, como se alguém tivesse começado a limpar, mas depois mudou de ideia. Era verdade, a lareira estava com manchas negras de fumaça que chegavam aos tijolos do consolo. Um monte de cinzas enchia a lareira, junto com uma lata vazia de refrigerante.

"Venha até a cozinha", disse Vera. "Vou fazer um café. Mas vou ter de sair daqui a pouco."

"Que horas o seu amigo foi embora ontem à noite?"

"Se você vai começar com essa história, pode ir embora agora mesmo."

"Tudo bem, tudo bem."

Burt puxou uma cadeira e sentou-se à mesa da cozinha, diante do cinzeiro grande. Fechou os olhos e depois abriu. Empurrou a cortina para o lado e olhou para o quintal. Uma bicicleta sem a roda da frente estava apoiada sobre o guidão e o selim. O capim crescia junto à cerca feita de sequoia.

"E o Dia de Ação de Graças?", disse ela. "Você lembra o Dia de Ação de Graças? Eu falei que aquele ia ser o último feriado que você ia estragar aqui em casa. Comer ovos e toucinho em vez de peru assado às dez horas da noite. Não dá para viver desse jeito, Burt."

"Eu sei. Eu pedi desculpas, Vera. Sério."

"Pedir desculpas já não adianta mais. Não adianta nada."

A chama do piloto apagou outra vez. Ela estava junto do fogão tentando acender o bico do gás embaixo da panela de água.

"Não vá se queimar", disse ele. "Não vá pôr fogo em si mesma."

Ela não respondeu. Acendeu a boca do fogão.

Burt chegou a imaginar o roupão dela pegando fogo enquanto ele pulava da mesa, jogava Vera no chão e rolava o seu corpo pelo chão até a sala, onde poderia cobrir o corpo dela com o seu próprio. Ou quem sabe deveria primeiro correr para o quarto para pegar um cobertor e jogar em cima dela?

"Vera?"

Ela olhou para Burt.

"Tem alguma coisa para beber nesta casa? Sobrou um pouco daquele rum? Eu até que podia beber alguma coisinha de manhã. Para afastar o frio."

"Tem um pouco de vodca no congelador, e tem rum em algum lugar, se as crianças não tomaram tudo."

"Quando foi que você começou a guardar vodca no congelador?"

"Não pergunte."

"Tá legal, não vou perguntar."

Pegou a vodca no congelador, procurou um copo, depois serviu um pouco numa xícara que achou na pia.

"Vai beber assim, desse jeito, numa xícara? Meu Deus, Burt. Mas o que é que você quer conversar, afinal? Eu já disse que tenho de sair. Vou ter aula de flauta à uma hora. O que é que você quer, Burt?"

"Ainda está estudando flauta?"

"Foi o que acabei de falar. O que é? Diga logo o que você tem em mente, depois eu tenho de me aprontar."

"Primeiro, eu queria dizer que lamento muito o que aconteceu ontem à noite. Eu fiquei perturbado. Desculpe."

"Você vive sempre perturbado com alguma coisa. Acontece é que você bebeu e quis descontar sua raiva em cima da gente."

"Não é verdade."

"Então por que foi que veio até aqui, quando sabia que nós tínhamos outros planos? Podia ter vindo na noite anterior. Eu tinha falado com você do jantar que a gente ia fazer ontem."

"Era a noite de Natal. Eu queria trazer os meus presentes. Vocês ainda são a minha família."

Ela não respondeu.

"Acho que você tem razão sobre esta vodca", disse Burt. "Se tivesse um pouco de suco de fruta, eu até que podia misturar."

Ela abriu a geladeira e afastou algumas coisas. "Tem só um suco de maçã verde, mais nada."

"Tá legal", respondeu Burt. Levantou-se e pôs o suco na xícara, acrescentou mais vodca e mexeu a bebida com o dedo mindinho.

"Tenho de ir ao banheiro", disse ela. "É só um minuto."

Burt tomou uma xícara de suco de maçã com vodca e sentiu-se melhor. Acendeu um cigarro e jogou o fósforo dentro do cinzeiro grande. O fundo do cinzeiro estava coberto de guimbas de cigarro e com uma camada de cinzas. Burt reconheceu a marca de Vera, mas tinha também uns cigarros sem filtro, e uma outra marca — guimbas cor de alfazema cheias de batom. Ele se levantou e jogou aquela sujeira num saco embaixo da pia. O cinzeiro era uma peça pesada feita de cerâmica bruta e azul, com a beirada alta, que eles tinham comprado de um ceramista barbado no centro comercial de Santa Cruz. Era um prato grande e talvez tenha sido feito exatamente para aquilo, um prato ou uma travessa para servir alguma coisa, só que eles na mesma hora começaram a usar como cinzeiro. Burt colocou o cinzeiro de volta na mesa e esmagou seu cigarro dentro.

A água no fogão começou a borbulhar na hora em que o telefone tocou. Ela abriu a porta do banheiro e gritou para ele, através da sala: "Atende para mim, por favor? Vou entrar no chuveiro agora".

O telefone da cozinha estava na bancada, num cantinho ao lado do tabuleiro de assar. O telefone continuou a tocar. Burt levantou o fone com todo o cuidado.

"O Charlie está aí?", perguntou uma voz sem graça e apagada.

"Não", respondeu. "Deve ter ligado o número errado. Aqui é 323-4464. Foi engano."

"Está bem", disse a voz.

Mas, na hora em que Burt ia pegar o café, o telefone tocou de novo. Ele atendeu.

"Charlie?"

"É engano. Escute, é melhor verificar o número que está ligando. Olhe bem o prefixo." Dessa vez, Burt deixou o fone fora do gancho.

Vera voltou para a cozinha, de jeans e de suéter branco, escovando o cabelo. Pôs café instantâneo nas xícaras de água quente, mexeu o café e depois pôs um pouco de vodca no café. Levou as xícaras para a mesa.

Vera pegou o fone, escutou e disse: "O que foi? Quem ligou?".

"Ninguém", respondeu Burt. "Foi engano. Quem é que fuma cigarro cor de alfazema?"

"Terri. Quem mais ia fumar uma coisa dessas?"

"Eu não sabia que ela andava fumando", disse ele. "Nunca vi a Terri fumar."

"Pois é, está fumando. Acho que ela ainda não quer fazer isso na sua frente", disse Vera. "É uma piada, se a gente pensar bem." Baixou a escova de cabelo. "Mas aquele filho da mãe com quem ela anda saindo, esse sujeito é outra história. Ele é encrenca. Vive se metendo em confusão, desde que largou o colégio."

"Me conte essa história."

"É o que estou dizendo. Ele é uma coisa horrível. Estou preocupada, mas não sei o que fazer. Meu Deus, Burt, ando sempre cheia de coisas para resolver. Às vezes a gente até fica pensando no que está fazendo da vida."

Sentou-se do outro lado da mesa, em frente a ele, e tomou o seu café. Fumaram e usaram o cinzeiro. Havia coisas que ele queria dizer, palavras de afeição e de arrependimento, coisas consoladoras.

"Terri também rouba a minha maconha e também fuma", disse Vera, "se você quer mesmo saber o que anda acontecendo por aqui."

"Meu Deus do céu. Ela fuma maconha?"

Vera fez que sim com a cabeça.

"Não vim aqui para ouvir isso."

"Para que foi que veio aqui, então? Já não levou todas as tortas ontem à noite?"

Burt lembrou-se de ter empilhado as tortas no piso do carro antes de ir embora na noite anterior. Depois disso, nem pensou mais naquelas tortas. As tortas ainda estavam dentro do carro. Por um instante, pensou em contar isso para ela.

"Vera", disse ele. "É Natal, foi por isso que eu vim."

"O Natal já acabou, graças a Deus. O Natal veio e foi embora", disse Vera. "Já não vejo a menor graça nessas festas. Não quero mais saber dessas festas nunca mais enquanto eu viver."

"E eu?", disse Burt. "Também não dou a menor bola para essas festas, pode acreditar. Bom, agora só falta o Ano-Novo para a gente aturar."

"Pode se embebedar", disse Vera.

"Estou tentando", respondeu Burt e sentiu uma pontada de raiva.

O telefone tocou outra vez.

"É alguém atrás de um tal de Charlie", disse ele.

"O quê?"

"Charlie", repetiu.

Vera pegou o fone. Ficou de costas para Burt, enquanto falava. Em seguida, virou-se para ele e disse:

"Vou atender no telefone do quarto. Por favor, pode desligar o telefone depois que eu atender lá dentro? Eu aviso, e aí você desliga."

Burt não respondeu, mas pegou o fone. Vera saiu da cozinha. Burt ficou com o fone no ouvido e escutou, mas no início não ouvia nada. Então alguém, um homem, tossiu de leve na outra ponta da linha. Burt ouviu Vera pegar o fone do outro aparelho e avisar: "Tudo bem, pode desligar agora, Burt. Já atendi. Burt?".

Ele colocou o fone no gancho e ficou parado, olhando para o telefone. Então abriu a gaveta do faqueiro e empurrou as coisas lá dentro para o lado. Tentou uma outra gaveta. Olhou embaixo da pia, depois foi para a sala de jantar e achou a faca de trinchar carne sobre a travessa. Segurou a faca debaixo da água quente até a gordura soltar. Enxugou a lâmina na sua manga. Depois foi até o telefone, dobrou o fio na mão, serrou o encapamento de plástico e o fio de cobre sem a menor dificuldade. Examinou as pontas do fio rompido. Em seguida empurrou o telefone de volta no seu canto, perto das latas.

Vera entrou e disse: "O telefone ficou mudo enquanto eu estava falando. Você fez alguma coisa no telefone, Burt?". Olhou para o telefone e depois tirou o aparelho da bancada da pia. Um metro de fio verde pendia solto do telefone.

"Filho da mãe", disse Vera. "Bem, agora chega. Fora, fora daqui, vá embora para sempre." Estava brandindo o telefone contra ele. "Chega, Burt. Vou conseguir uma ordem de prisão, é isso o que vou fazer. Saia daqui agora mesmo, antes que eu chame a polícia." O telefone fez um *trim* quando Vera bateu com ele na bancada da pia. "Vou à casa do vizinho e chamo a polícia, se você não for embora agora mesmo. Você é uma pessoa destrutiva, é isso o que você é."

Burt levantou o cinzeiro e estava recuando da mesa. Segurava o cinzeiro pela beirada, com os ombros curvados. Tomou uma posição como se fosse arremessar o cinzeiro, que nem um disco de atletismo.

"Por favor", disse Vera. "Saia daqui agora. Burt, esse é o nosso cinzeiro. Por favor, vá embora."

Ele saiu pela porta do pátio, depois de dizer até logo. Burt não tinha certeza, mas achou que tinha provado alguma coisa. Torcia para ter deixado claro que ainda amava Vera e que estava com ciúmes. Mas eles não tinham conversado. Em breve, teriam de ter uma conversa séria. Havia assuntos que precisavam ser esclarecidos, coisas importantes que ainda tinham ser discutidas. Iam conversar de novo. Quem sabe depois daqueles feriados de fim de ano as coisas voltassem ao normal.

Burt desviou-se da torta caída na entrada para os carros e entrou no seu automóvel. Ligou o motor e deu marcha a ré. Foi na direção da rua. Em seguida, engatou a primeira e foi em frente.

A calma

Era sábado de manhã. Os dias eram curtos e havia uma friagem no ar. Eu tinha ido cortar o cabelo. Estava na cadeira do barbeiro e havia três homens sentados junto à parede, do outro lado, à espera. Dois deles, eu nunca tinha visto, mas o outro eu reconhecia, se bem que não conseguia lembrar de onde. Fiquei olhando para ele de vez em quando, enquanto o barbeiro cortava meu cabelo. Estava metendo um palito na boca para lá e para cá. Era do tipo corpulento, uns cinquenta anos mais ou menos, de cabelo curto e ondulado. Tentei lembrar de onde eu o conhecia e então vi a imagem dele de quepe e de uniforme, com uma arma, uns olhinhos vigilantes por trás dos óculos, parado na entrada de um banco. Era um guarda. Quanto aos outros dois homens, um era bem mais velho, mas com a cabeça cheia de cabelo cacheado e grisalho. Estava fumando. O outro, embora não fosse tão velho, era quase careca em cima e o cabelo nas laterais da cabeça pendia em fios escorridos e escuros por cima das orelhas. Calçava botas de lenhador e as calças estavam brilhosas por causa de um óleo de motor.

O barbeiro pôs a mão em cima da minha cabeça para me virar, a fim de ter um ângulo de visão melhor. Em seguida, falou para o guarda: "Pegou o seu cervo, Charles?".

Eu gostava daquele barbeiro. A gente não era tão íntimo para se chamar pelo nome, mas, quando eu vinha cortar o cabelo, ele me conhecia e sabia que eu costumava pescar e assim a gente conversava sobre pescaria. Acho que ele não caçava, mas era capaz de falar sobre qualquer assunto e era um bom ouvinte. Nesse aspecto, era que nem certos *barmen* que eu conheci.

"Bill, é uma história engraçada. A coisa mais incrível", disse o guarda. Tirou o palito da boca e colocou dentro do cinzeiro. Balançou a cabeça. "Peguei e não peguei. Então respondo a sua pergunta com sim e não."

Não gostei da voz dele. A voz não combinava com um homem grandalhão. Pensei na palavra "maricas", que meu filho usava. Tinha alguma coisa de feminino naquela voz, e também era meio metida. De um jeito ou de outro, não era o tipo de voz que a gente espera, ou que a gente quer ficar ouvindo o dia inteiro. Os outros dois olharam para ele. O mais velho folheava uma revista e fumava, o outro segurava um jornal. Baixaram o que estavam olhando nas mãos e se viraram para escutar.

"Vamos lá, Charles", disse o barbeiro. "Conte para a gente." Virou de novo minha cabeça, segurou a tesoura parada por um minuto, depois retomou o seu trabalho.

"A gente estava lá na serra Fikle, eu, o meu velho e o garoto. A gente estava caçando naquelas trilhas. O meu velho estava plantado na ponta de uma trilha, eu e o garoto, numa outra. O garoto estava de ressaca, o desgraçado. Era de tarde e a gente estava no mato desde de manhã cedinho. O garoto estava com a cara pálida e ficou tomando água o dia inteiro, a dele e a minha também. Mas a gente tinha esperança de que alguns dos caçadores lá embaixo fossem acossar um cervo para cima, na nossa direção. A gente estava sentado atrás de um tronco de árvore, vigiando a trilha. Ouvimos uns tiros lá embaixo no vale."

"Tem uns pomares lá embaixo", disse o cara que estava com o jornal na mão. Ele não parava de se mexer e cruzar a perna, balançava a botina um pouco e depois cruzava a outra perna. "Aqueles cervos ficam andando lá pelos pomares."

"Isso mesmo", disse o guarda. "Vão para lá de noite, os sacanas, e comem as maçãs verdes. Bom, a gente tinha ouvido uns tiros mais cedo, como eu disse, e a gente estava ali à toa, parado, quando de repente apareceu um cervo enorme do meio do mato, a menos de trinta metros da gente. O garoto viu na mesma hora que eu, é claro, se jogou no chão e saiu atirando no bicho, o cabeça de bagre. O cervo velho não corria o menor perigo com os tiros do garoto, como depois se viu, mas na hora ele ficou sem saber de onde estavam vindo os tiros. Não sabia para que lado tinha de pular. Aí eu mandei um tiro, mas no meio daquele nervosismo todo eu só fiz deixar o bicho atordoado."

"Deixou o bicho atordoado", disse o barbeiro.

"Sabe como é, ficou meio tonto", disse o guarda. "Foi um tiro meio no susto. Só deixou o bicho atordoado. Baixou a cabeça e começou a tremer. Tremeu no corpo todo. O garoto continuava atirando. Eu tive a sensação de que estava de volta à Coreia. Atirei de novo e errei. Então o velho senhor Cervo voltou para dentro do mato, mas agora, puxa vida, ele já não tinha mais nada do que a gente chama de senso de equilíbrio. O garoto tinha esvaziado a sua arma, naquela altura, e sem nenhum resultado, mas eu tinha acertado o bicho. Eu tinha metido uma bala bem na barriga dele e isso deixou o bicho meio sem fôlego. Por isso estou dizendo que ele ficou atordoado."

"Mas e aí?" O cara tinha enrolado o jornal e batia com o rolinho no joelho. "E aí? Vocês foram atrás do cervo, não é? Eles invariavelmente procuram um lugar bem difícil para morrer."

Olhei de novo para aquele sujeito. Ainda me lembro dessas palavras. O mais velho ficou escutando o tempo todo, olhando para o guarda enquanto ele contava a sua história. O guarda estava curtindo as luzes da ribalta.

"Mas vocês foram mesmo atrás dele?", perguntou o mais velho, embora não fosse propriamente uma pergunta.

"Eu fui. Eu e o garoto fomos atrás do rastro dele. Mas o garoto não serviu para grande coisa. Passou mal no meio do caminho. Retardava o nosso passo, aquele palerma." Dessa vez ele teve de rir, pensando na situação. "Tomar cerveja e caçar a noite inteira, e depois achar que ainda pode caçar cervos no dia seguinte. Agora ele aprendeu a lição, caramba. Mas a gente foi atrás do rastro do bicho. Um rastro bom, aliás. Tinha sangue no chão e sangue nas folhas e nas trepadeiras. Tinha sangue para todo lado. Tinha sangue até nos pinheiros em que ele se encostava para descansar. Nunca vi um cervo velho com tanto sangue assim. Nem sei como é que ele ainda conseguia andar. Mas nessa altura estava começando a escurecer em cima da gente e a gente teve de voltar. Fiquei preocupado com o velho, também, mas eu nem precisava me preocupar, como a gente viu depois."

"Às vezes, eles ficam andando a vida toda. Mas invariavelmente acham um lugar difícil para morrer", disse o cara com o jornal, repetindo em boa medida o que já tinha dito.

"Passei o maior sabão no garoto por ter errado os tiros e, quando ele quis começar a me responder, meti a mão na cara dele, de tão louco de raiva que eu estava. Bem aqui." Apontou para o lado da cabeça e deu um sorriso forçado. "Meti um murro bem no meio da orelha dele, para aprender, o bandido. Ele não é muito crescido, ainda. Precisava disso."

"Bem, então os coiotes já ficaram com o tal cervo, agora", disse o cara. "Os coiotes, os corvos e os abutres." Desenrolou o jornal, alisou e colocou de lado. Cruzou a perna de novo. Olhou em volta para todos nós e balançou a cabeça. Mas não parecia que aquilo tivesse grande importância para ele.

O mais velho tinha se virado na sua cadeira e olhava para fora, pela janela, para o sol pálido da manhã. Acendeu um cigarro.

"Acho que sim", disse o guarda. "É uma pena. Era grandão, o filho da mãe. Eu bem que gostaria de botar os chifres dele em cima da minha garagem. Mas então, em resposta à sua pergunta, Bill, eu peguei o meu cervo e ao mesmo tempo não peguei. De todo modo, a gente teve carne de caça na mesa, no final. Porque, naquele meio-tempo, aconteceu que o velho pegou um cervo pequeno. Já tinha levado para o acampamento e limpado as tripas do bicho, que ficou liso por dentro que nem uma goela. Já tinha embrulhado o coração, o fígado e os rins em papel impermeável e colocado na geladeira. Ouviu que a gente estava chegando e foi nos encontrar fora do acampamento. Estendeu as mãos para nós, todas cobertas de sangue seco. Não falou nenhuma palavra. O velho sacana até me assustou, no início. Por um momento, fiquei sem saber o que tinha acontecido. As mãos velhas pareciam que tinham sido pintadas. 'Olhem só', disse ele", e aí o guarda estendeu as suas mãos rechonchudas. "'Olhem só o que eu fiz.' Aí fomos para a parte iluminada e vi o cervo pequeno pendurado. Um cervozinho de nada. Só um sacaninha miúdo, mas o velho morreu de rir. Eu e o garoto não tínhamos nada para mostrar naquele dia, e o garoto ainda por cima estava de ressaca, estava pê da vida e tinha um machucado na orelha." O guarda riu e olhou em volta, na barbearia, como se estivesse tentando lembrar. Então pegou o palito de dentes e meteu de novo na boca.

O homem mais velho jogou fora o cigarro e voltou-se para o Charles. Respirou fundo e disse: "Você devia era estar lá no mato agora, procurando aquele cervo, em vez de ficar aqui para cortar o cabelo. É uma história nojenta". Ninguém falou nada. Uma expressão de espanto passou pelo rosto do guarda. Piscou os olhos. "Não o conheço nem quero conhecer, mas acho que não deviam deixar que você nem o seu garoto nem o seu velho saíssem pelo mato com outros caçadores."

"Não pode falar desse jeito", respondeu o guarda. "Seu velho babaca. Eu já vi você em algum lugar."

"Bem, eu nunca vi você antes. Eu lembraria, se tivesse visto a sua cara gorda antes."

"Pessoal, já chega. Isto aqui é a minha barbearia. É o meu local de trabalho. Não permito isso."

"Eu devia era meter um murro nas *suas* orelhas", disse o mais velho. Por um momento achei que ele ia pular da cadeira. Mas seus ombros subiam e baixavam e era evidente que tinha dificuldade para respirar.

"Experimente só para ver", retrucou o guarda.

"Charles, Albert é meu amigo", disse o barbeiro. Tinha colocado a tesoura e o pente em cima da bancada e estava com as mãos nos meus ombros agora, como se eu estivesse pensando em levantar de um pulo da cadeira, no meio daquela discussão. "Albert, faz anos que corto os cabelos do Charles e do garoto dele também. Espero que você não continue com isso." Olhava de um para o outro e mantinha as mãos nos meus ombros.

"Vamos resolver isso lá fora", disse o Invariavelmente, todo vermelho e ansioso para arranjar confusão.

"Agora já chega", disse o barbeiro. "Não quero ter de chamar a polícia. Charles, eu não quero mais ouvir nenhuma palavra sobre esse assunto. Albert, você é o próximo, é só esperar mais um minuto, até eu terminar com este cliente aqui." E se virou para o Invariavelmente. "Agora, eu não conheço você, mas seria muito bom se você não se metesse nessa história."

O guarda se levantou e disse: "Acho que vou deixar para cortar o cabelo mais tarde, Bill. A companhia por aqui está deixando muito a desejar". Saiu sem olhar para ninguém e fechou a porta com força.

O mais velho ficou lá parado, fumando o seu cigarro. Olhou para fora pela janela por um instante, em seguida examinou alguma coisa nas costas da mão. Depois levantou e colocou o chapéu na cabeça.

"Desculpe, Bill. Aquele cara me deixou nervoso, eu acho. Posso esperar mais uns dias para cortar o cabelo. Tenho só um compromisso, nada de mais. Vejo você na semana que vem."

"Então volte na semana que vem, Albert. E trate de se acalmar agora. Está ouvindo? Não foi nada, Albert."

O homem foi para o lado de fora e o barbeiro chegou até a janela para observá-lo. "Albert está à beira de morrer por causa de um enfisema", falou da janela. "A gente pescava junto. Ele me ensinou tudo sobre a pesca de salmão. As mulheres. Elas viviam em volta dele, o malandro. Mas nos últimos anos ficou nervoso. Para falar com franqueza, não posso dizer que não tenha havido certa provocação aqui, nesta manhã." Através da janela, a gente viu o homem entrar no seu caminhão e fechar a porta. Depois ligou o motor e foi embora.

O Invariavelmente não conseguia ficar parado. Levantou-se e ficou andando pela barbearia, parava para examinar tudo, o velho cabide de chapéus feito de madeira, fotos de Bill e seus amigos segurando fieiras de peixes, a folhinha da loja de ferragens, que mostrava paisagens ao ar livre de todos os meses do ano — ele levantou todas as páginas da folhinha e voltou para o mês de outubro —, chegou a ponto de ficar parado examinando o alvará da barbearia e disse: "Acho que eu também vou indo e volto mais tarde. Não sei o que vocês acham, mas eu estou precisando de uma cerveja". Saiu depressa e ouvimos a ignição do seu carro.

"Bem, quer que eu termine de cortar esse cabelo ou não?", me perguntou o barbeiro em tom rude, como se eu fosse o culpado.

Entrou mais uma pessoa, um homem de paletó e gravata. "Oi, Bill. O que é que está acontecendo?"

"Oi, Frank. Nada que valha a pena contar. Quais são as novidades com você?"

"Nada", respondeu o homem. Pendurou o paletó no cabide de chapéus e afrouxou o nó da gravata. Depois sentou numa cadeira e pegou o jornal do Invariavelmente.

O barbeiro me fez girar na cadeira para eu me ver no espelho. Pôs uma mão de cada lado da minha cabeça e me posicionou pela última vez. Abaixou a cabeça perto da minha e olhamos juntos para o espelho, com as mãos dele ainda em volta da minha cabeça. Olhei para mim mesmo, e ele também olhou para mim. Mas, se viu alguma coisa, não fez nenhuma pergunta nem acrescentou nenhum comentário. Aí começou a correr os dedos para trás e para a frente no meu cabelo, devagar, como se estivesse pensando em alguma outra coisa. Correu os dedos pelo meu cabelo de um jeito tão íntimo, tão carinhoso, como os dedos de uma amante.

Foi na cidade de Crescent, na Califórnia, perto da divisa com o Oregon. Fui embora de lá pouco depois. Mas hoje fiquei pensando naquela cidade, Crescent, e na minha tentativa de começar uma vida nova por lá, com a minha esposa, e como já então, naquela cadeira de barbeiro, naquela manhã, eu tinha tomado a decisão de ir embora, sem olhar para trás. Recordo a calma que senti quando fechei os olhos e deixei os dedos do barbeiro correrem pelo meu cabelo, a tristeza que havia naqueles dedos, o cabelo que já começava a crescer de novo.

É meu

O sol saiu durante o dia e a neve derreteu, formando uma água suja. Riscos de água escorriam da janelinha, que batia no ombro e dava para os fundos. Carros passavam em disparada pela rua, lá fora. Estava escurecendo, fora e dentro da casa.

Ele estava no quarto, empurrando roupas para dentro de uma mala, quando ela chegou à porta.

Estou contente por você estar indo embora, estou contente por você estar indo embora!, disse ela. Está ouvindo?

Ele continuou a colocar suas coisas dentro da mala e não levantou os olhos.

Filho da mãe! Estou muito contente por você estar indo embora! Ela começou a chorar. Você não consegue nem olhar para a minha cara, não é? Então ela percebeu a foto do bebê em cima da cama e pegou o retrato.

Ele olhou para ela, que enxugou os olhos e cravou os olhos nele, antes de dar as costas e voltar para a sala.

Traga isso de volta para cá.

Pegue as suas coisas e vá embora daqui, disse ela.

Ele não respondeu. Fechou bem a mala, vestiu o paletó e olhou para o quarto em volta, antes de apagar a luz. Então foi para a sala. Ela estava na porta da cozinha pequena, segurando o bebê.

Eu quero o bebê.

Está doido?

Não, mas quero o bebê. Vou mandar alguém para pegar as coisas dele depois.

Pode ir para o inferno, está bom? Você não vai nem tocar neste bebê.

O bebê tinha começado a chorar e ela abriu a manta que envolvia a cabeça da criança.

Oh, oh, disse ela, olhando para o bebê.

Ele se moveu na direção dela.

Pelo amor de Deus!, disse ela. Deu um passo para trás, para dentro da cozinha.

Quero o bebê.

Saia daqui!

Ela se virou e tentou manter o bebê fora do seu alcance e foi para um canto atrás do fogão, quando ele avançou.

Ele estendeu o braço por cima do fogão e apertou as mãos sobre o bebê.

Solte a criança, disse ele.

Vá embora, vá embora!, gritou ela.

O bebê estava com a cara vermelha e berrava. No meio da briga, os dois derrubaram um vasinho de flores que estava pendurado na parede por trás do fogão.

Ele a pressionou então contra a parede, tentou obrigá-la a soltar a criança, enquanto segurava o bebê e empurrava seu peso contra o braço dela.

Solte a criança, disse ele.

Não, disse ela, você está machucando o meu filho!

Ele não falou mais nada. Da janela da cozinha não vinha luz nenhuma. Naquela quase escuridão, ele forçava os dedos cerrados da mulher com uma das mãos tentando abri-los e, com a outra, segurava o bebê, que berrava, apertando a criança por baixo do braço, perto do ombro.

Ela sentiu que seus dedos estavam abrindo à força e sentiu o bebê sendo tirado dela. Não, disse, na hora em que as mãos soltaram a criança. Mas ela não podia ficar sem aquele bebê, cuja cara rechonchuda olhava, de baixo, para eles dois, na foto em cima da mesa. Ela agarrou o outro braço do bebê. Segurou o bebê pelo pulso e inclinou-se para trás.

Ele não queria saber de soltar. Sentiu o bebê sendo tirado das suas mãos e puxou de volta com força. Puxou para trás com muita força.

Desse modo eles resolveram a questão.

Distância

Ela está em Milão para passar o Natal e quer saber como eram as coisas quando ela era pequena. É sempre assim, nas raras ocasiões em que ele a encontra.

Me conte, diz ela. Me conte como era naquela época. Ela toma um gole de Strega e espera, com os olhos cravados nele.

É uma garota bacana, esbelta, atraente. O pai tem orgulho dela, está contente e agradecido por ela ter atravessado a salvo a adolescência e assim ter chegado à idade adulta.

Faz muito tempo. Foi há vinte anos, diz ele. Os dois estão no apartamento dele, na Via Fabroni, perto dos jardins Cascina.

Você consegue lembrar, diz ela. Vamos lá, me conte.

O que você quer saber?, pergunta ele. O que mais posso contar? Eu podia contar uma coisa que aconteceu quando você ainda era bebê. Quer saber como foi a primeira briga pra valer entre eles? Tem a ver com você, diz e sorri para ela.

Me conte, diz ela, e estala as mãos uma na outra, em sinal de ansiedade. Mas antes prepare mais um drinque para a gente, por favor, assim não vai ter de interromper a história no meio.

Ele volta da cozinha com dois drinques, se acomoda na sua cadeira, começa devagar:

Eles mesmos ainda eram crianças, mas estavam loucamente apaixonados, o rapaz de dezoito anos e a namorada de dezessete, quando casaram, e não passou muito tempo, logo tiveram uma filha.

O bebê veio no fim de novembro, durante uma onda de frio muito forte, que por acaso coincidiu com o auge da temporada das aves aquáticas naquela parte do país. O rapaz adorava caçar, entende, isso tem a ver com a história.

O rapaz e a garota, agora marido e mulher, pai e mãe, moravam num apartamento de dois quartos embaixo de um consultório de dentista. Toda noite eles limpavam o andar de cima em troca do seu aluguel e das contas dos serviços públicos. No verão, tinham de cuidar do gramado e das flores e, no inverno, o rapaz retirava a neve das calçadas com a pá e espalhava sal-gema na rua. Está acompanhando?

Estou, sim, diz ela. Uma combinação boa para todo mundo, inclusive para o dentista.

É isso mesmo, diz ele. A não ser quando o dentista descobriu que os dois andavam usando as folhas de papel timbrado do consultório para a sua correspondência pessoal. Mas isso é outra história.

Os dois jovens, como eu lhe disse, estavam muito apaixonados. Além disso, tinham grandes ambições e eram tremendos sonhadores. Viviam falando das coisas que iam fazer e dos lugares que iam conhecer.

Ele se levanta da cadeira e olha para fora pela janela por um minuto, por cima dos telhados de ardósia, para a neve que cai sem parar, no meio da luz fraca do fim de tarde.

Conte a história, lembra ela, com delicadeza.

O rapaz e a garota dormiam no quarto e o bebê dormia num

berço, na sala. O bebê tinha umas três semanas e naquela ocasião havia acabado de começar a dormir a noite inteira.

Naquela noite de sábado, depois de terminar o trabalho no andar de cima, o rapaz foi ao escritório particular do dentista, pôs os pés em cima da escrivaninha e ligou para Carl Sutherland, um velho amigo de caçada e pescaria do pai dele.

Carl, disse ele quando o homem atendeu o telefone, eu sou pai. Tivemos uma menina.

Meus parabéns, garoto, disse Carl. Como vai a esposa?

Está bem, Carl. O bebê também vai bem, disse o rapaz. Demos a ela o nome de Catherine. Todos vão bem.

Que bom, disse Carl. Estou contente em saber disso. Bem, dê meus parabéns à sua esposa. Se você telefonou por causa de alguma caçada, tenho uma notícia para você. Os gansos estão voando para lá feito loucos. Acho que nunca vi tantos gansos em todos esses anos que vou lá caçar. Só hoje, peguei cinco, dois de manhã e três de tarde. Vou voltar amanhã de manhã e, se você quiser, pode ir comigo.

Eu quero, sim, disse o rapaz. Foi por isso que liguei.

Esteja aqui às cinco da manhã e aí a gente vai junto para lá, disse Carl. Traga muita munição. Vamos dar um bocado de tiro, não se preocupe. Vejo você de manhã.

O rapaz gostava de Carl Sutherland. Tinha sido amigo do pai do rapaz, que nessa altura já tinha morrido. Depois da morte do pai, talvez tentando substituir a perda que os dois sentiam, o rapaz e Sutherland começaram a caçar juntos. Sutherland era um homem meio careca, pesadão, sem cerimônia, que morava sozinho e não era dado a jogar conversa fora. De vez em quando, o rapaz se sentia incomodado junto dele, se perguntava se não teria dito ou feito alguma coisa errada, porque não estava habituado a ficar com gente que se mantinha quieta por intervalos muito longos. Mas, quando falava, o velho muitas vezes se mostrava bastante intransigente, e com frequência o rapaz não concordava com as opiniões dele. No entanto, o homem tinha certa firmeza e também um conhecimento a respeito da mata que o rapaz apreciava e admirava.

O rapaz desligou o telefone e desceu para contar à garota que ia caçar na manhã seguinte. Estava contente por ir caçar, e alguns minutos depois separou suas coisas: casaco de caça, bolsa de munição, botas, meias de lã, boné de caça feito de lona marrom, com protetores de orelha, uma espingarda de caça calibre 12, ceroulas compridas de lã.

A que horas vai voltar?, perguntou a garota.

Provavelmente lá pelo meio-dia, disse ele, mas pode ser que só volte às cinco ou seis horas. Seria muito tarde?

Está bem, disse ela. Catherine e eu podemos ficar numa boa. Vá e se divirta, você merece. Quem sabe amanhã a gente não arruma a Catherine e faz uma visita à Claire?

Claro, parece uma boa ideia, disse ele. Vamos deixar planejado assim.

Claire era a irmã da garota, dez anos mais velha. Era uma mulher impressionante. Não sei se você já viu fotos dela. (Morreu de hemorragia num hotel em Seattle, quando você tinha uns quatro anos.) O rapaz estava um pouco apaixonado por ela, assim como estava um pouco apaixonado pela Betsy, a irmã mais nova da garota, que na época tinha só quinze anos. Uma vez, de brincadeira, ele disse para a garota que, se os dois não estivessem casados, ele ia dar em cima da Claire.

Mas e a Betsy?, disse a garota. Detesto admitir isso, mas na verdade acho que ela é mais bonita do que Claire ou do que eu. E a Betsy?

A Betsy também, respondeu o rapaz, e riu. A Betsy, é claro. Mas não da mesma forma que eu podia dar em cima da Claire. A Claire é mais velha, mas eu não sei, tem alguma coisa nela que deixa a gente balançado. Não, acho que eu ia preferir Claire à Betsy, se tivesse de escolher.

Mas quem é que você ama de verdade?, perguntou a garota. Quem é que você mais ama no mundo todo? Quem é a sua esposa?

Você é a minha esposa, respondeu o rapaz.

E a gente vai sempre se amar?, perguntou a garota, adorando aquela conversa, ele podia ver isso muito bem.

Sempre, respondeu o rapaz. E nós dois vamos ficar sempre juntos. Somos que nem os gansos canadenses, disse ele, fazendo a primeira comparação que lhe veio à cabeça, pois os gansos viviam na sua cabeça naquela ocasião. Eles só se casam uma vez. Escolhem um parceiro quando estão bem jovens e depois os dois ficam juntos a vida toda. Se um dos dois morre ou alguma coisa acontece com ele, o outro nunca mais se casa. Vai passar o resto da vida sozinho em algum canto, ou até pode continuar a viver com o seu bando, mas vai continuar solteiro e sozinho, entre os outros gansos.

É um destino triste, disse a garota. Porém é mais triste para o ganso viver desse jeito, eu acho, solteiro, mas no meio dos outros, do que ir embora e viver isolado até o fim da vida, em algum canto.

É triste, sim, disse o rapaz, mas faz parte da natureza, como tudo.

Você já matou alguma vez um desses casamentos?, perguntou ela. Sabe do que estou falando.

Ele fez que sim com a cabeça. Duas ou três vezes atirei num ganso, disse ele, e um ou dois minutos depois vi um outro ganso separar-se do resto e começar a circular e grasnar, chamando o ganso que estava estirado no chão.

E você atirou nele também?, perguntou ela com ar preocupado.

Quando eu podia, atirava, respondeu. Às vezes errava.

E você não ficava chateado com isso?, perguntou ela.

Nunca, respondeu ele. Não se pode pensar assim quando a gente está caçando. Eu adoro tudo o que diz respeito à caça ao ganso. E também adoro ficar olhando para os gansos, mesmo quando não estou caçando. Mas na vida há contradições de todo tipo. Não dá para ficar pensando em todas as contradições.

Depois do jantar, ele acendeu o aquecedor e ajudou a garota a dar banho no bebê. Ficou encantado mais uma vez com a criança, que tinha uma parte das suas feições, os olhos e a boca, e uma parte das feições da garota, o queixo, o nariz. Pôs talco no corpinho e depois entre os dedos da mão e do pé. Ficou olhando a garota vestir a fralda e o pijama no bebê.

Esvaziou a banheira no chuveiro e foi para o andar de cima. Lá fora estava nublado e frio. Sua respiração fazia fumaça no ar. A grama, o que restava da grama, lembrava uma lona, dura e cinzenta, sob a luz da rua. Havia montes de neve ao lado da calçada. Um carro passou pela rua e ele ouviu a areia triturada embaixo das rodas. Ficou imaginando como ia ser o dia seguinte, os gansos voando em círculos acima da sua cabeça, o peso da espingarda no seu ombro.

Em seguida trancou a porta e foi para baixo.

Na cama, os dois tentaram ler, mas caíram no sono, ela primeiro, deixando a revista afundar na colcha depois de alguns minutos. Os olhos dele fecharam, mas acordou de novo, verificou a hora no despertador, apagou a luz.

Acordou ao ouvir os gritos do bebê. A luz estava acesa lá na sala e a garota estava parada junto ao berço, balançando a criança nos braços. Um minuto depois, colocou a criança no berço, apagou a luz e voltou para a cama.

Eram duas horas da madrugada e o rapaz adormeceu outra vez.

Mas meia hora depois ouviu o bebê de novo. Dessa vez, a

garota continuou a dormir. O bebê chorou de maneira descontínua, por alguns minutos, e parou. O rapaz ficou escutando, depois pegou no sono.

O choro do bebê o acordou de novo. A luz da sala estava acesa. Ele sentou e acendeu a luz junto à cama.

Não sei qual é o problema, disse a garota, andando para um lado e para o outro com o bebê nos braços. Já troquei a roupa dela, dei alguma coisa para comer, mas ela não para de chorar. Não quer parar de chorar. Estou tão cansada que tenho medo de deixar ela cair.

Volte para a cama, disse o rapaz. Eu vou segurar a criança um pouco.

Levantou-se e pegou o bebê, e a garota foi deitar-se de novo.

É só ficar balançando a criança por um tempo, disse a garota lá do quarto. Talvez ela durma outra vez.

O rapaz sentou-se no sofá e segurou o bebê nos braços, balançou a criança no seu colo até os olhos dela fecharem. Os olhos dele também estavam quase fechando. Levantou-se com cuidado e colocou o bebê de volta no berço.

Faltavam quinze para as quatro e ele ainda tinha quarenta e cinco minutos. Arrastou-se até a cama e desabou.

Mas alguns minutos depois o bebê começou a chorar outra vez e agora os dois levantaram e o rapaz soltou um palavrão.

Pelo amor de Deus, qual é o problema com você?, disse a garota para ele. Vai ver ela está doente ou com alguma coisa. Vai ver a gente não devia ter dado banho nela.

O rapaz pegou o bebê. A criança deu chutes no ar e sorriu. Olhe só, disse ele, acho que na verdade não tem nada de errado com ela.

Como é que você sabe?, disse a garota. Vamos, me dê a criança aqui. Eu sei que tenho de dar alguma coisa para ela, mas não sei o que é.

A voz da garota tinha um tom cortante, que fez o rapaz olhar bem para ela.

Depois que passaram alguns minutos sem que o bebê chorasse mais, a garota colocou a criança no berço outra vez. A garota e o rapaz ficaram olhando para o bebê, depois olharam um para o outro, enquanto o bebê abria os olhos e, mais uma vez, começou a chorar.

A garota pegou a criança. Neném, neném, disse ela, com lágrimas nos olhos.

Vai ver tem alguma coisa na barriga, disse o rapaz.

A garota não respondeu. Continuou a balançar o bebê em seus braços, sem prestar a menor atenção no rapaz.

O rapaz esperou mais um minuto, depois foi à cozinha e pôs água no fogo para fazer café. Vestiu sua ceroula de lã por cima do calção e da camiseta, abotoou e depois vestiu suas roupas.

O que está fazendo?, perguntou a garota.

Vou caçar, respondeu.

Acho que você não devia ir, disse ela. Quem sabe podia ir mais tarde, quando o bebê ficar melhor, mas agora de manhã eu acho que você não devia ir. Não quero ficar aqui sozinha com ela desse jeito.

O Carl está contando comigo, respondeu o rapaz. A gente já planejou tudo.

Não dou a mínima para o que você e o Carl planejaram, se inflamou a garota. E também não dou a mínima para o Carl, se quer saber. Eu nem conheço esse sujeito. Não quero que você vá e pronto. Acho que você não devia nem pensar em ir, nessas circunstâncias.

Você já encontrou o Carl, você conhece ele, disse o rapaz. Por que está dizendo que não conhece?

A questão não é essa e você sabe muito bem, retrucou a garota. A questão é que não pretendo ficar aqui sozinha com

244

uma criança doente. Se você não estivesse sendo egoísta, ia entender isso perfeitamente.

Escute, espere aí, isso não é verdade, disse ele. Você não está entendendo.

Não, você é que não está entendendo, disse ela. Eu sou a sua esposa. Esta é a sua filha. Ela está doente ou tem alguma coisa, olhe só para ela. Por que é que está chorando desse jeito? Você não pode nos deixar para ir caçar.

Não fique tão histérica por causa disso, reclamou ele.

Estou dizendo que você não pode ir caçar toda hora que tiver vontade, disse ela. Tem alguma coisa errada com a criança e você quer nos deixar para ir caçar.

Ela também começou a chorar. Colocou o bebê de volta no berço, mas o bebê logo recomeçou a chorar. A garota enxugou os olhos às pressas, na manga do roupão, e pegou a criança nos braços outra vez.

O rapaz amarrou o cadarço das botas lentamente, vestiu a camisa, o suéter e o casaco. A chaleira apitou no fogão, na cozinha.

Você vai ter de escolher, disse a garota. Ou o Carl ou nós, estou falando sério, você vai ter de escolher.

O que você quer dizer?, perguntou o rapaz, devagar.

Você ouviu muito bem o que eu disse, respondeu a garota. Se quiser uma família, vai ter de escolher. Se sair por aquela porta, não vai mais voltar, estou falando sério.

Olharam fixo um para o outro. Aí o rapaz pegou seu equipamento de caça e foi para o andar de cima. Ligou o motor do carro, depois de certa dificuldade, saiu, deu a volta pelas janelas do carro e raspou o gelo dos vidros, com muito esforço.

A temperatura caíra durante a noite, mas o céu tinha limpado, assim as estrelas haviam saído e agora rebrilhavam no céu, acima da sua cabeça. Enquanto dirigia, o rapaz olhou para cima uma vez, para as estrelas, e se comoveu ao imaginar a distância de onde brilhavam.

A luz da varanda da casa de Carl estava acesa, sua caminhonete, estacionada na entrada para carro, com o motor ligado em ponto morto. Carl saiu da casa na hora em que o rapaz desacelerava junto ao meio-fio. O rapaz tinha tomado uma decisão.

Se quiser, pode estacionar fora da rua, disse Carl, enquanto o rapaz vinha subindo pela calçada. Já estou pronto, deixe só eu apagar as luzes. Estou com o maior gás, falando sério, prosseguiu Carl. Pensei que você tinha dormido além da hora e acabei de ligar para a sua casa nesse instante. Sua esposa falou que você tinha saído. Acho que eu não devia ter telefonado.

Não tem importância, respondeu o garoto, tentando escolher bem as palavras. Pôs o peso do corpo numa perna e levantou a gola do casaco. Meteu as mãos nos bolsos do casaco. Ela já estava acordada, Carl. Nós dois já estávamos acordados fazia algum tempo. Acho que a criança está com algum problema, sei lá. Não para de chorar, entende? Acontece que eu acho que não posso ir desta vez. Ele estremeceu de frio e olhou para o lado.

Você devia ter pegado o telefone e me avisado, rapaz, disse Carl. Está tudo bem. Puxa, você sabe que não precisava ter vindo aqui só para me dizer isso. Que diabo, esse negócio de caçar a gente pode deixar para outro dia. Não é tão importante assim. Quer uma xícara de café?

Não, obrigado, acho melhor voltar para casa, respondeu o rapaz.

Bem, como já estou acordado e com tudo pronto, acho que vou em frente assim mesmo, disse Carl. Olhou para o rapaz e acendeu um cigarro.

O rapaz continuou ali na varanda, sem falar nada.

A situação já está esclarecida, disse Carl. Afinal, não estou mesmo esperando grande coisa esta manhã. Está frio demais na verdade.

O rapaz fez que sim com a cabeça. A gente se fala mais tarde, Carl, disse ele.

Até logo, disse Carl. Ei, não deixe ninguém atrapalhar a sua vida, disse Carl, quando ele já tinha se afastado um pouco. Você é um rapaz de muita sorte, falando sério.

O rapaz ligou o carro e esperou, ficou olhando Carl percorrer a casa e apagar as luzes. Em seguida, o rapaz engrenou a primeira e partiu.

A luz da sala estava acesa, mas a garota estava dormindo na cama e o bebê dormia ao lado dela.

O rapaz tirou as botas, as calças, a camisa e, de meias e de ceroulas de lã, sentou no sofá e leu o jornal de domingo.

Dali a pouco, começou a clarear lá fora. A garota e o bebê continuaram a dormir. Depois de um tempo, o rapaz foi para a cozinha e começou a fritar um toucinho.

A garota saiu do quarto de roupão, alguns minutos mais tarde, e pôs os braços em volta dele sem falar nada.

Ei, cuidado para o seu roupão não pegar fogo, disse o rapaz. Ela estava inclinada sobre ele, mas encostava também no fogão.

Desculpe por ontem, disse ela. Não sei o que foi que deu em mim, por que falei aquelas coisas.

Está tudo bem, disse ele. Escute, meu bem, me deixe tirar o toucinho do fogo.

Eu não queria criar tanta confusão, disse ela. Foi horrível.

Foi culpa minha, respondeu ele. Como está a Catherine?

Agora está bem. Não sei qual era o problema com ela naquela hora. Troquei a roupa dela mais uma vez depois que você saiu e aí ela ficou bem. Ficou quieta na mesma hora e logo começou a dormir. Não sei o que era. Mas não fique com raiva da gente.

O rapaz riu. Não estou com raiva de vocês, não seja boba, disse ele. Escute, deixe eu cuidar dessa frigideira aí.

Fique sentado, disse a garota. Deixe que eu preparo o café da manhã. Que tal um *waffle* com esse toucinho?

Acho ótimo, respondeu ele. Estou morto de fome.

Ela tirou o toucinho da frigideira e depois bateu a massa do *waffle*. Ele se sentou à mesa, agora relaxado, e ficou olhando a garota se movimentar pela cozinha.

Ela saiu para fechar a porta do quarto deles, depois parou na sala para pôr na vitrola um disco de que os dois gostavam.

A gente não quer acordar a menina outra vez, disse a garota.

Colocou o prato na frente dele, com toucinho, um ovo frito e um *waffle*. Colocou um outro prato na mesa, para si mesma. Está pronto, disse.

Parece ótimo, disse ele. Passou manteiga e calda em cima do *waffle*, mas quando ele começou a cortar o *waffle*, o prato virou em cima do seu colo.

Não acredito, exclamou, pulando da mesa.

A garota olhou para ele, depois viu a expressão no seu rosto e começou a rir.

Se você pudesse ver a sua cara no espelho, disse ela, e continuou a rir.

Ele olhou para baixo, para a calda derramada que cobria a parte da frente da sua ceroula de lã, olhou para os pedaços de *waffle*, toucinho e ovo que ficaram grudados na calda. Ele começou a rir.

Eu estava morto de fome, disse ele, balançando a cabeça.

Você estava morto de fome, disse ela, ainda rindo.

Ele tirou a ceroula de lã e jogou na porta do banheiro. Depois abriu os braços e a garota veio para ficar entre eles. Os dois começaram a se mover bem devagar no ritmo da música do disco, ela de roupão, ele de calção e camiseta.

Não vamos mais brigar, não é?, disse ela. Não vale a pena, não é?

É isso mesmo, respondeu ele. Olhe só como a gente fica se sentindo depois.

Não vamos brigar nunca mais, disse ela.

Quando o disco terminou, ele beijou demoradamente os lábios da garota. Eram mais ou menos oito horas da manhã, um frio domingo de dezembro.

Ele se levanta da cadeira e enche os copos dos dois.

Pois é, diz ele. Fim da história. Reconheço que não é grande coisa.

Eu fiquei interessada, diz ela. Foi muito interessante, se quer saber. Mas o que foi que aconteceu?, pergunta. Quer dizer, depois disso.

Ele dá de ombros e vai com o seu drinque até a janela. Agora está escuro, mas ainda está nevando.

As coisas mudam, diz ele. Os jovens crescem. Não sei o que aconteceu. Mas as coisas mudam de fato, e sem a gente perceber, sem a gente querer.

Sim, é verdade, só que... Mas ela não termina a frase.

Então, deixa o assunto pra lá.

No reflexo da janela, ele vê a jovem observar as unhas. Em seguida, ela levanta a cabeça, pergunta animadamente se ele, afinal, vai lhe mostrar um pouco da cidade.

Claro, responde. Calce as botas e pé na estrada.

Mas ele continua parado na janela lembrando a vida que passou. Depois daquela manhã, houve os tempos difíceis que os aguardavam adiante, outras mulheres para ele e um outro homem para ela, mas naquela manhã, naquela manhã em especial, os dois dançaram. Dançaram e depois ficaram bem juntos, como se aquela manhã fosse durar para sempre, e mais tarde os dois riram daquele *waffle*. Apoiaram-se um no outro e riram daquilo até chorar, enquanto lá fora tudo gelava, pelo menos por um tempo.

Iniciantes

Meu amigo Herb McGinnis, um cardiologista, estava falando. Nós quatro estávamos sentados em volta da sua mesa na cozinha tomando gim. Era sábado à tarde. A luz do sol enchia a cozinha, entrando pela janela grande atrás da pia. Estávamos eu, Herb, a sua segunda esposa, Teresa — Terri, assim a chamávamos — e minha esposa, Laura. Morávamos em Albuquerque, mas éramos todos de outros lugares. Tinha um balde de gelo em cima da mesa. O gim e a água tônica rodavam sem parar e, sei lá como, a gente acabou entrando no assunto do amor. Herb achava que o amor verdadeiro não podia ser nada menos do que o amor espiritual. Quando jovem, ele passara cinco anos como seminarista, antes de largar o seminário e ir para a faculdade de medicina. Havia abandonado a igreja na mesma época, mas dizia que ainda recordava aqueles anos no seminário como os mais importantes da sua vida.

Terri disse que o homem com quem tinha vivido antes de morar com o Herb a amava tanto que tentou matá-la. Herb riu depois que ela disse isso. Ele fez uma careta. Terri olhou para

250

ele. Em seguida falou: "Uma noite ele bateu em mim, a última noite que ficamos juntos. Me arrastou pela sala, me puxando pelas canelas, e não parava de falar: Eu amo você, não está vendo? Eu amo você, sua piranha. E continuou a me arrastar pela sala, enquanto minha cabeça ia batendo nas coisas". Ela olhou para nós em volta da mesa e depois olhou para as suas mãos, que estavam no copo. "O que é que a gente pode fazer com um amor feito esse?", perguntou. Era uma mulher muito magra, com uma cara bonita, olhos escuros e cabelo castanho, que pendia pelas suas costas. Gostava de colares feitos de turquesas e de brincos pingentes compridos. Era quinze anos mais jovem do que o Herb, tinha sofrido períodos de anorexia e, entre os dezesseis e os dezessete anos, antes de entrar na escola de enfermagem, largara os estudos, foi "moradora de rua", como dizia. Às vezes Herb a chamava carinhosamente de a sua hippie.

"Meu Deus, não seja tola. Isso não é amor e você sabe disso", retrucou Herb. "Não sei como é que se chama uma coisa dessas, eu chamaria de loucura, mas sem dúvida não tem nada de amor."

"Diga o que quiser, eu sei que ele me amava", disse Terri. "Sei que ele me amava. Pode parecer maluquice para você, mesmo assim é a pura verdade. As pessoas são diferentes, Herb. Claro, às vezes ele se comportava feito um louco. Tudo bem. Mas ele me amava. Ao seu jeito, pode ser, mas me amava. *Havia* amor ali, Herb. Não pode negar isso."

Herb soltou um suspiro. Ergueu o copo e virou-se para mim e para Laura. "Ele também ameaçou matar *a mim*." Terminou sua bebida e estendeu a mão para pegar a garrafa de gim. "Terri é uma romântica. Terri é da escola do 'me chute e aí vou ter certeza de que você me ama'. Terri, meu bem, não me olhe assim." Estendeu o braço para o outro lado da mesa e tocou no rosto dela com os dedos. Sorriu para Terri.

251

"Agora ele quer fazes as pazes", disse Terri. "Depois que tentou me esculachar." Ela não estava sorrindo.

"Fazer as pazes por quê?", disse Herb. "O que há para fazer as pazes? Eu sei o que sei, e pronto."

"Então, que nome você daria a isso?", perguntou Terri. "Afinal, como foi que a gente entrou nesse assunto?" Levantou o copo e bebeu. "Herb sempre teve amor na cabeça", disse ela. "Não é, meu bem?" Agora sorriu, e eu achei que era o fim.

"Meu anjo, só estou dizendo que eu não chamaria o comportamento do Carl de amor, só isso", disse Herb. "E vocês?", perguntou para mim e para Laura. "Para vocês isso parece amor?"

Dei de ombros. "Não sou a pessoa certa para se perguntar. Nem conheci o sujeito. Só ouvi o nome dele mencionado de passagem. Carl. Não sei dizer. Era preciso conhecer todos os detalhes. Na minha cartilha, isso não é amor, mas quem é que pode garantir? Tem uma porção de formas diferentes de mostrar afeição. Essa forma aí não me entra na cabeça. Mas, Herb, você está querendo dizer que o amor é um absoluto?"

"O tipo de amor de que estou falando é", respondeu Herb. "No tipo de amor de que estou falando, a gente não tenta matar os outros."

Laura, a minha doçura, a minha grande Laura, disse tranquilamente: "Não sei nada sobre o Carl nem nada a respeito da situação. Quem é que pode julgar a situação de uma outra pessoa? Mas, Terri, eu não sabia dessa violência".

Toquei nas costas da mão de Laura. Ela sorriu de leve para mim, depois voltou o olhar para Terri. Segurei a mão de Laura. A mão estava quente, as unhas lustrosas, muito benfeitas pela manicure. Envolvi o pulso largo com os dedos, como se fosse um bracelete, e segurei-o.

"Quando fui embora, ele tomou veneno para rato", disse Terri. Apertou os braços com as mãos. "Foi levado para o hospital de Santa Fe, onde morava na época, e salvaram a vida dele, as gengivas ficaram separadas, quer dizer, se afastaram dos dentes. Depois disso, ele ficou com os dentes todos para fora, feito caninos. Meu Deus", disse ela. Esperou um minuto, depois soltou os braços e pegou seu copo.

"O que as pessoas são capazes de fazer!", disse Laura. "Lamento por ele, e acho até que eu nem gosto do sujeito. Por onde ele anda, agora?"

"Está fora de combate", disse Herb. "Morreu." Passou para mim o pratinho com fatias de lima-da-pérsia. Peguei uma fatia, espremi na minha bebida e mexi os cubos de gelo com o dedo.

"A coisa é pior, não parou por aí", disse Terri. "Ele deu um tiro na boca, mas nem isso ele fez direito. Coitado do Carl", continuou. Balançou a cabeça.

"Coitado do Carl nada", disse Herb. "Era um sujeito perigoso." Herb tinha quarenta e cinco anos. Alto e magro, com cabelos ondulados meio grisalhos. O rosto e os braços estavam bronzeados de jogar tênis. Quando sóbrio, seus gestos, todos os seus movimentos, eram precisos e cuidadosos.

"Mas ele me amava de verdade, Herb, isso você tem de admitir", insistiu Terri. "É só o que estou pedindo. Ele não me amava do mesmo jeito que você, não estou dizendo isso. Mas ele me amava. Você pode reconhecer isso por mim, não pode? Não é pedir muita coisa."

"O que você quer dizer com 'nem isso ele fez direito'?", perguntei. Laura inclinou-se para a frente, com o copo na mão. Pôs os cotovelos sobre a mesa e segurou o copo com as duas mãos. Lançou um olhar para Herb e para Terri e esperou, com uma expressão de perplexidade no rosto franco, como que admirada por tais coisas acontecerem com pessoas que ela conhecia. Herb terminou sua bebida. "Como foi que ele não fez as coisas direito quando quis se matar?", perguntei de novo.

"Vou contar o que aconteceu", disse Herb. "Ele pegou aquela pistola calibre vinte e dois que tinha comprado para ameaçar a Terri e a mim... ah, estou falando sério, ele queria mesmo usar a arma. Vocês deviam ter visto a maneira como a gente vivia naquela época. Que nem fugitivos. Eu mesmo cheguei a comprar uma arma, e eu que pensava que era do tipo não violento. Mas comprei uma arma para autodefesa e a levava no porta-luvas. Às vezes eu tinha de sair do apartamento no meio da noite, sabe, para ir ao hospital. Terri e eu não estávamos casados naquela época e a minha primeira esposa ficou com a casa, os filhos, o cachorro e tudo. E Terri e eu morávamos neste apartamento. Às vezes, como estou dizendo, eu recebia um chamado no meio da noite e tinha de ir ao hospital às duas ou três horas da madrugada. Estava tudo escuro no estacionamento e eu começava a suar já muito antes de chegar ao carro. Eu nunca sabia se ele não ia sair do meio dos arbustos ou de trás de um carro, dando tiros. Quero dizer, ele estava louco. Era capaz de instalar uma bomba no meu carro, fazer qualquer coisa. Costumava ligar para o meu serviço de atendimento a qualquer hora e dizer que precisava falar com o médico e, quando eu respondia a ligação, ele dizia: 'Filho da mãe, seus dias estão contados'. Coisinhas bobas desse tipo. Era de meter medo, falando sério."

"Mesmo assim, tenho pena dele", disse Terri. Tomou um gole da sua bebida e olhou fixo para Herb. Ele a encarou de volta.

"Parece um pesadelo", disse Laura. "Mas o que exatamente aconteceu depois que ele tentou se matar com um tiro?" Laura é secretária de um advogado. A gente se conheceu numa situação profissional, muita gente em volta, mas conversamos e eu a convidei para jantar comigo. Antes que a gente percebesse, já era um namoro. Ela tem trinta e cinco anos, três anos mais jovem do que eu. Além de estarmos apaixonados, gostamos um do outro e

254

apreciamos a companhia um do outro. Ela é fácil de conviver. "O que foi que aconteceu?", perguntou Laura outra vez.

Herb esperou um minuto e virou o copo que tinha na mão. Em seguida falou: "Ele deu um tiro na boca, no quarto dele. Alguém ouviu o tiro e avisou o porteiro. Vieram com uma chave mestra, viram o que tinha acontecido e chamaram uma ambulância. Por acaso eu estava lá quando o levaram para a sala de emergência. Eu estava cuidando de um outro caso. Ele ainda estava vivo, mas já não havia mais nada que se pudesse fazer por ele. Mesmo assim, ainda sobreviveu três dias. Falando sério, a cabeça dele inchou até ficar duas vezes maior do que o tamanho normal. Nunca vi nada igual e espero nunca ver outra vez. Terri queria ir lá e ficar perto dele, quando ela soube. Nós dois tivemos uma discussão por causa disso. Eu não achava que ela fosse querer ver o sujeito naquele estado. Eu não achava que ela devesse ver aquilo, e ainda penso assim".

"Quem ganhou a discussão?", perguntou Laura.

"Eu estava perto quando ele morreu", disse Terri. "Ele nunca recobrou a consciência e não havia mais esperança para o seu caso, mas fiquei perto dele. Ele não tinha mais ninguém."

"Ele era perigoso", disse Herb. "Se você chama isso de amor, pode ficar com ele para você."

"Era amor, sim", disse Terri. "Claro que era anormal, aos olhos da maioria das pessoas, mas ele estava disposto a morrer por esse amor. Na verdade, ele morreu por isso."

"Eu nunca vou chamar isso de amor, de jeito de nenhum", disse Herb. "A gente não sabe por que ele morreu. Já vi uma porção de suicidas e não posso dizer que tenha visto nenhuma pessoa conhecida de um suicida que soubesse explicar com certeza por que ele se matou. E quando a pessoa diz que ela mesma é a causa, bem, eu não sei." Pôs as mãos na nuca e inclinou-se para trás, apoiando-se só nas pernas de trás da cadeira. "Não me interesso por esse tipo de amor. Se isso é amor, pode ficar com ele para você."

Um minuto depois, Terri falou: "Estávamos com medo. Herb chegou a fazer um testamento e escreveu para o irmão, na Califórnia, que tinha sido boina-verde. Disse para o irmão quem ele devia procurar no caso de alguma coisa misteriosa acontecer com ele. Ou nem tão misteriosa assim!". Balançou a cabeça e, agora, riu daquilo. Bebeu do seu copo. Prosseguiu. "Mas a gente vivia mesmo que nem fugitivos, um pouco. A gente *tinha* medo dele, nem se discute. Cheguei a chamar a polícia, a certa altura, mas eles não ajudaram nada. Disseram que não podiam fazer nada contra ele, não podiam prender nem fazer nada, a menos que ele de fato *fizesse* alguma coisa com o Herb. Não é uma piada?", disse Terri. Pôs no seu copo o que restava do gim e sacudiu a garrafa. Herb levantou-se da mesa e foi até o armário. Pegou outra garrafa de gim.

"Bem, Nick e eu estamos apaixonados", disse Laura. "Não é, Nick?", bateu o joelho no meu joelho. "Tem de falar alguma coisa, vamos", disse ela e me voltou um grande sorriso. "A gente se dá muito bem, eu acho. Gostamos de fazer as coisas juntos e nenhum de nós bateu no outro até agora, graças a Deus. Deixe eu bater na madeira. Eu diria que a gente é muito feliz. Acho que tivemos muita sorte."

Em resposta, peguei a mão dela e ergui até os lábios com um floreio. Fiz uma verdadeira cena para beijar a sua mão. Todo mundo achou graça.

"Temos sorte", falei.

"Vocês, hein?", disse Terri. "Agora parem com isso. Estão me dando enjoo! Ainda estão na lua de mel, por isso ficam desse jeito. Ainda estão doidos um pelo outro. Mas esperem só. Faz quanto tempo que estão juntos? Quanto tempo faz? Um ano? Mais do que um ano."

"Já vai para um ano e meio", respondeu Laura, ainda ruborizada e sorrindo.

"Vocês ainda estão na lua de mel", disse Terri outra vez. "Espere só para ver." Levantou a bebida e lançou um olhar para Laura. "Estou só brincando", disse.

Herb abriu o gim e rodou a mesa com a garrafa. "Meu Deus, Terri, você não devia falar desse jeito, mesmo que não seja a sério, ainda que só de brincadeira. Dá má sorte. Vamos lá, pessoal. Vamos brindar. Quero fazer um brinde. Um brinde ao amor. O amor verdadeiro", disse Herb. Tocamos nossos copos.

"Ao amor", dissemos.

Lá fora, no quintal, um dos cães começou a latir. As folhas do choupo que se inclinava diante da janela tremulavam na brisa. O sol da tarde era como uma presença na cozinha. De repente, uma sensação de serenidade e generosidade tomou conta da mesa, uma sensação de amizade e consolo. Poderíamos estar em qualquer lugar. Levantamos os copos outra vez e sorrimos uns para os outros como crianças que, para variar, estavam de acordo.

"Vou explicar para vocês o que é o amor", disse Herb, afinal, quebrando aquele encanto. "Quer dizer, vou dar um bom exemplo disso e depois vocês mesmos vão poder tirar suas próprias conclusões." Serviu mais um pouco de gim no seu copo. Acrescentou um cubo de gelo e uma rodela de lima-da-pérsia. Ficamos esperando e tomamos um gole de nossas bebidas. Laura e eu tocamos nossos joelhos de novo. Pus a mão na sua coxa quente e deixei a mão ficar ali.

"O que qualquer um de nós sabe de verdade sobre o amor?", disse Herb. "Estou falando a sério mesmo, vocês me desculpem. Mas acho que a gente não passa do nível de iniciantes no amor. A gente diz que ama um ao outro, e amamos mesmo, não duvido disso. Nós nos amamos e amamos muito, todos nós. Eu amo a Terri e a Terri me ama, e vocês dois amam um ao outro. Vocês conhecem o tipo de amor de que estou falando agora. Amor sexual, a atração pela outra pessoa, o parceiro, conhecem tão bem quanto eu o tipo de amor simples e cotidiano, o amor pela pessoa do outro, o amor por estar com o outro, as pequenas coisas que formam o amor cotidiano. O amor carnal, então, e o amor sentimental, podem chamar assim, o cuidado cotidiano com o outro. Mas às vezes eu me vejo em sérios apuros quando tenho de explicar o fato de que, afinal, eu devo ter amado também a minha primeira esposa. Mas eu amei, sei que amei. Portanto acho que, antes que vocês possam dizer qualquer coisa, eu *sou* como a Terri nesse aspecto. Terri e Carl." Refletiu por um minuto e depois foi em frente. "Mas a certa altura eu achava que amava a minha primeira esposa mais do que a própria vida, e tivemos filhos. Mas agora morro de ódio dela. Sério. Como é que a gente pode entender isso? O que foi que aconteceu com aquele amor? Será que aquele amor simplesmente foi apagado do grande quadro-negro, como se nunca tivesse estado lá, como se nunca tivesse acontecido? O que foi que aconteceu com ele, é isso o que eu gostaria de saber. Queria que alguém pudesse me explicar. Então tem o Carl. Muito bem, voltamos ao Carl. Ele amava tanto a Terri que tentou matá-la e acabou matando a si mesmo." Parou de falar e balançou a cabeça. "Vocês dois estão juntos há dezoito meses e amam um ao outro, está escrito na cara de vocês, chega a brilhar em volta de vocês, mas vocês já amaram outras pessoas antes de se conhecerem. Os dois já foram casados antes, assim como a gente também. E na certa vocês amaram outras pessoas antes disso. Terri e eu estamos juntos há cinco anos, estamos casados há quatro. E o terrível da história, a coisa terrível, mas também a coisa boa, a graça redentora, a gente pode chamar assim, é que, se alguma coisa acontecer com um de nós, me desculpe por

dizer isso, mas se alguma coisa acontecer com um de nós amanhã, acho que o outro, o outro parceiro, ficará de luto por um
tempo, sabe, mas depois a parte sobrevivente vai continuar
tocando a sua vida e vai amar de novo, vai ter uma outra pessoa
em pouco tempo, e todo esse, todo esse amor... meu Deus, como
é que se explica isso?... vai ser só uma lembrança. Talvez nem
sequer uma lembrança. Vai ver que tem de ser assim mesmo.
Mas estou enganado? Será que errei o alvo completamente? Eu
sei que é isso o que aconteceria com a gente, com a Terri e
comigo, por mais que a gente ame um ao outro. Com qualquer
de um nós, aliás. Ponho a mão no fogo que vai ser assim. Além
do mais, nós mesmos já demos prova disso. Só que eu não
entendo. Se acham que estou enganado, me corrijam. Eu quero
saber. Não sei de nada e sou o primeiro a reconhecer."

"Herb, pelo amor de Deus", disse Terri. "Esse papo é deprimente. Isso pode deixar a gente muito deprimido. Ainda que seja
mesmo verdade", disse ela, "ainda assim é deprimente." Esticou
a mão para ele e segurou seu antebraço, perto do pulso. "Está
ficando embriagado, Herb? Meu bem, está bêbado?"

"Meu anjo, estou só falando, está tudo bem", respondeu
Herb. "Não preciso estar bêbado para falar o que tenho na
cabeça, não é? Não estou bêbado. A gente está só conversando,
certo?", disse Herb. E aí sua voz mudou. "Mas se eu quiser ficar
bêbado, vou ficar, e dane-se. Hoje posso fazer tudo o que eu quiser." Cravou os olhos nela.

"Meu bem, não estou criticando você", disse ela. Pegou o
seu copo.

"Não estou de serviço hoje", disse Herb. "Posso fazer qualquer coisa que eu quiser hoje. Estou cansado, só isso."

"Herb, nós amamos você", disse Laura.

Herb olhou para Laura. Foi como se, por um minuto, ele
não conseguisse saber quem ela era. Laura continuou olhando

para ele, manteve o sorriso. Tinha as faces ruborizadas e o sol batia nos seus olhos, por isso ela piscou os olhos para enxergar Herb. As feições dele relaxaram. "Também amo você, Laura. E você, Nick. Vou dizer uma coisa, vocês são nossos camaradas", disse Herb. Levantou seu copo. "Pois é, o que estava dizendo mesmo? Ah, é. Eu queria contar para vocês uma coisa que aconteceu um tempo atrás. Acho que eu queria demonstrar uma tese, e vou fazer isso, é só eu conseguir contar essa história do jeito como aconteceu. Aconteceu há alguns meses, mas ainda está acontecendo agora. A gente podia dizer isso, é sim. Mas a gente pode acabar se sentindo envergonhado, quando a gente fala como se soubesse do que está falando quando fala de amor."

"Herb, vamos, chega", disse Terri. "Você está embriagado demais. Não fale desse jeito. Não fale como se estivesse bêbado, se não está bêbado."

"Cale a boca só um instante, pode ser?", disse Herb. "Deixe eu contar essa história. É uma coisa que ficou na minha cabeça. Fique calada só um minuto. Contei para você um pouco disso, quando aconteceu. O casal de idosos que sofreu um acidente na rodovia interestadual, lembra? Um moleque bateu no carro deles e os dois ficaram muito arrebentados, quase sem chance de se recuperarem. Deixe eu contar, Terri. Agora fique calada só um minuto. Tá legal?"

Terri olhou para nós e depois olhou de volta para Herb. Parecia aflita, é a única palavra que serve. Herb passou a garrafa para os outros, em volta da mesa.

"Tente me surpreender, Herb", disse Terri. "Me surpreenda para além do pensamento e da razão."

"Pode ser que eu consiga", respondeu Herb. "Pode ser. Toda hora eu mesmo fico admirado com as coisas. Tudo na minha vida me deixa surpreso." Ficou olhando para ela por um minuto. Depois começou a falar.

"Eu estava de serviço naquela noite. Era maio ou junho. Terri e eu tínhamos acabado de sentar para jantar quando ligaram do hospital. Tinha acontecido um acidente na rodovia interestadual. Um moleque embriagado, um adolescente, bateu com a caminhonete do pai num carro de camping, onde estava aquele casal de idosos. Estavam beirando os oitenta anos. O moleque, ele tinha só dezoito ou dezenove anos, já chegou sem vida ao hospital. O volante perfurou o seu esterno e ele deve ter morrido instantaneamente. Já o casal de idosos ainda estava vivo, mas em estado muito grave. Tinham contusões e fraturas múltiplas, lacerações, tudo ao mesmo tempo, os dois em estado de choque. Estavam por um fio, acreditem. E, é claro, a idade não ajudava nem um pouco. Ela estava ainda um pouco pior do que ele. Tinha o baço rompido e, para completar, as duas patelas se partiram. Mas os dois estavam com o cinto de segurança e, Deus do céu, foi só isso o que os salvou."

"Pessoal, isso é um anúncio do Conselho Nacional de Segurança", disse Terri. "Este é o seu porta-voz, o doutor Herb McGinnis. Vamos ouvi-lo, agora", disse Terri e riu, depois baixou a voz. "Herb, você às vezes é demais. Adoro você, meu bem."

Todos rimos. Herb também riu. "Meu bem, amo você. Mas você já sabe disso, não é?" Inclinou-se sobre a mesa, Terri inclinou-se para ele e os dois se beijaram. "Terri tem razão, pessoal", disse Herb, depois que se ajeitou no lugar outra vez. "Afivelem bem os cintos de segurança. Ouçam o que o doutor Herb está dizendo. Mas, falando sério, eles estavam muito mal mesmo, aqueles velhos. Na hora em que cheguei lá, o médico residente e as enfermeiras já estavam cuidando deles. O moleque tinha morrido, como eu disse. Estava separado num canto, estirado numa maca. Alguém já tinha notificado algum parente, e o pessoal da funerária estava a caminho. Dei uma olhada no casal de idosos e disse para a enfermeira da sala de emergência para me conseguir um neurologista e um ortopedista. Vou tentar abreviar essa longa história. Os outros colegas deram as caras e levamos o casal para a sala de cirurgia e trabalhamos neles durante a noite quase toda. Eles deviam ter umas reservas incríveis, aqueles dois velhos, às vezes a gente encontra esse tipo de coisa. A gente fez tudo o que podia fazer e, de manhã, calculamos que eles tinham cinquenta por cento de chance, talvez menos do que isso, talvez trinta por cento para a esposa. Chamava-se Anna Gates e era uma senhora mulher. Mas ainda estavam vivos na manhã seguinte e transferimos os dois para a unidade de terapia intensiva, onde o pessoal podia monitorar cada respiração e vigiar os dois durante vinte e quatro horas. Ficaram na terapia intensiva durante quase duas semanas, ela um pouco mais, até que o estado deles melhorou o suficiente para a gente poder transferir os dois para os seus quartos."

Herb parou de falar. "Vamos lá", disse Herb. "Vamos tomar este gim aqui. Vamos beber. Depois vamos jantar, certo? Terri e eu conhecemos um lugar bom. Um lugar novo. É para lá que a gente vai, aquele restaurante que a gente conheceu. Vamos para lá quando a gente acabar de tomar este gim aqui."

"O nome é A Biblioteca", disse Terri. "Vocês ainda não comeram lá, não é?", perguntou, e Laura e eu balançamos a cabeça. "É um lugar legal. Dizem que faz parte de uma rede nova, mas não parece uma rede, vocês entendem o que estou dizendo. Tem até prateleiras lá, com livros de verdade. A gente pode escolher um livro nas estantes, levar para casa e colocar de volta no lugar na próxima vez em que a gente for lá comer. E a comida, vocês nem acreditam. E o Herb está lendo *Ivanhoé*! Pegou o livro quando a gente foi lá na semana passada. Só assinou um cartão e pronto. Que nem numa biblioteca de verdade."

"Eu gosto de *Ivanhoé*", disse Herb. "*Ivanhoé* é ótimo. Se eu fosse começar de novo, ia estudar literatura. Neste momento, estou numa crise de identidade. Não é, Terri?", disse Herb. Ele riu. Fez o gelo girar dentro do copo. "Há anos que estou numa crise de identidade. A Terri sabe. A Terri pode contar para vocês. Mas deixe que conte isso para vocês. Se eu puder voltar para viver uma outra vida diferente, numa outra época e tudo, sabe? Eu gostaria de voltar como um cavaleiro. A gente fica perfeitamente a salvo dentro daquela armadura. Era uma boa ser cavaleiro, até surgirem a pólvora, os mosquetes e as pistolas calibre vinte e dois."

"Herb gostaria de montar um cavalo branco e levar uma lança", disse Terri, e riu.

"Levar uma liga de mulher para todo lado que você fosse", disse Laura.

"Ou só uma mulher", falei.

"É isso mesmo", respondeu Herb. "E lá vamos nós. Você sabe das coisas, não é, Nick?", disse ele. "A gente ia levar os lencinhos perfumados das moças para toda parte aonde a gente cavalgasse. Será que usavam lencinhos perfumados naquele tempo? Não importa. Um pouco de miosótis. Um símbolo, é o que estou tentando dizer. Tinha de ter um símbolo para levar com a gente, naquele tempo. De todo modo, seja o que for, naquele tempo era melhor ser um cavaleiro do que um servo", disse Herb.

"É sempre melhor", disse Laura.

"Os servos não tinham uma vida nada boa naquele tempo", disse Terri.

"Os servos nunca tiveram uma vida boa", disse Herb. "Mas acho que mesmo os cavaleiros eram súbitos de alguém. Não é assim que as coisas funcionavám naquele tempo? Mas no final todo mundo é súbito de alguém. Não é verdade? Hein, Terri? Mas o que eu gostava nos cavaleiros, além das suas donzelas, era que tinham aquela roupa em forma de armadura, sabe, e era difícil se ferir com aquilo. Puxa, naquele tempo não existiam carros. Nada de adolescentes embriagados para bater com o carro em cima da gente."

"Súditos", falei.

"O quê?", perguntou Herb.

"Súditos", falei. "Eram chamados de *súditos*, doutor, não de *súbitos*."

"Súditos", disse Herb. "Súditos, súbitos, supino, sudorese. Ora, você entendeu o que eu estava dizendo, não foi? Todos vocês são mais cultos do que eu nesses assuntos", disse Herb. "Não sou culto. Aprendi o meu ofício. Sou cirurgião cardíaco, claro, mas na verdade não passo de um mecânico. Eu apenas meto a mão na massa e conserto as peças que não funcionam direito dentro do corpo. Não passo de um mecânico."

"A modéstia é uma coisa que não combina com você, Herb", disse Laura, e Herb sorriu para ela.

"Vejam só, pessoal, ele não passa de um médico modesto", falei. "Mas às vezes os cavaleiros sufocavam dentro daquela armadura, Herb. Podiam ter um ataque do coração, se ficasse quente demais, e se eles estivessem muito cansados e esgotados. Li em algum lugar que eles caíam do cavalo e nem conseguiam levantar do chão, porque estavam cansados demais para ficar em pé, com toda aquela armadura em cima deles. Às vezes eram esmagados pelos próprios cavalos."

"Isso é horrível", disse Herb. "É uma imagem horrível, Nicky. Então acho que eles ficavam lá estirados no chão esperando que alguém, o inimigo, viesse e fizesse picadinho deles."

"Um outro súdito", disse Terri.

"Isso mesmo, um outro súdito", disse Herb. "Aí está, um outro súdito ia aparecer e furar com a lança o seu camarada cavaleiro, em nome do amor. Ou fosse lá qual fosse a causa pela qual lutavam naquele tempo. As mesmas coisas pelas quais lutamos em nosso tempo, eu imagino", disse Herb.

"Política", disse Laura. "Nada mudou." O rubor continuava no rosto de Laura. Seus olhos brilhavam. Levou o copo aos lábios.

Herb serviu-se de mais um drinque. Olhou atentamente para o rótulo, como se examinasse as figurinhas dos guardas parrudos. Em seguida, baixou lentamente a garrafa na mesa e estendeu a mão para pegar água tônica.

"Mas e o tal casal de idosos?", perguntou Laura. "Você não terminou a história que começou." Laura estava tendo dificuldade para acender o cigarro. Os fósforos sempre apagavam. A luz dentro da cozinha, agora, estava diferente, cambiante, ficava mais fraca. As folhas do lado de fora da janela ainda cintilavam e fiquei olhando o desenho emaranhado que formavam no vidro e na bancada de fórmica embaixo da janela. Não havia nenhum barulho, exceto o que Laura fazia ao riscar os fósforos.

"O que houve com o casal de idosos?", perguntei, depois de um instante. "Na última vez em que ouvimos falar deles, tinham acabado de sair da unidade de terapia intensiva."

"Raposa velha não cai em armadilha", disse Terri.

Herb ficou olhando para ela.

"Herb, não me olhe assim", pediu Terri. "Continue a sua história. Eu estava só brincando. O que aconteceu depois? Todos queremos saber."

"Terri, às vezes...", disse Herb.

"Por favor, Herb", disse ela. "Meu bem, não seja assim tão sério o tempo todo. Por favor, continue a história. Eu estava só brincando, pelo amor de Deus. Não sabe brincar, não?"

"Isso não é assunto para brincadeira", respondeu Herb. Ficou segurando o copo e olhando fixamente para ela.

"O que aconteceu depois, Herb?", perguntou Laura. "A gente quer mesmo saber."

Herb cravou os olhos em Laura. Em seguida, relaxou e sorriu. "Laura, se eu não tivesse a Terri e a amasse tanto, e se Nick não fosse meu amigo, eu ficaria apaixonado por você. Eu ia levar você embora comigo."

"Herb, seu cretino", disse Terri. "Conte lá a sua história de uma vez. Se eu não estivesse apaixonada por você, para começo de conversa eu nunca estaria aqui, pode ter certeza disso. Meu bem, vamos lá. Termine a sua história. Depois vamos para A Biblioteca. Certo?"

"Certo", respondeu Herb. "Onde é que eu estava? Onde é que eu estava? Essa é a melhor pergunta. Acho que tenho de perguntar isso." Esperou um minuto e depois começou a falar.

"Quando eles se safaram do risco mais sério, pudemos retirar o casal da terapia intensiva, na hora em que vimos que eles iam resistir. Eu passava lá para ver os dois todos os dias, às vezes duas vezes por dia, se eu tivesse de atender outros chamados. Estavam cobertos de gesso e ataduras, da cabeça aos pés. Sabem como é, vocês já viram isso em filmes, mesmo que não tenham visto na realidade. Só que eles estavam mesmo cobertos de ataduras da cabeça aos pés, gente, não é só maneira de falar, é da cabeça aos pés mesmo. Esse era o aspecto dos dois, pareciam aqueles atores gozados no cinema, depois que sofrem um grande acidente. Só que era real. A cabeça estava enrolada em ataduras, só tinha uns buraquinhos para os olhos, para o nariz e para a boca. Anna Gates, ainda por cima, tinha de ficar com as pernas suspensas. Estava pior do que ele, eu já disse. Os dois receberam glicose e alimentação intravenosa por um tempo. Bem, Henry Gates ficou muito deprimido por um bom período. Mesmo depois que soube que a esposa ia escapar e se recuperar, ele ainda ficou muito deprimido. Não com o acidente em si, se bem que, é claro, aquilo afetou um bocado o velho, como sempre acontece nesses casos. Lá está você num momento, tudo correndo às mil maravilhas, sabe, e aí de repente, pum, você dá de cara com o fundo do abismo. Você escapa. Parece um milagre. Mas aquilo deixou uma marca em você. É o que acontece. Um dia, eu estava sentado numa cadeira ao lado da cama do velho, que falava devagar através do buraco no lugar da sua boca, e por isso às vezes eu tinha de levantar e chegar perto da cara dele para conseguir ouvir, e o velho me descreveu como foi para ele passar por aquela situação, como se sentiu na hora em que o carro do rapaz saiu da sua faixa da estrada, passou para a faixa dele e continuou vindo na sua direção. Contou que sabia que estava tudo acabado para os dois, que era a última imagem que seus olhos iam ver deste mundo. Foi isso. Mas contou que nada passou pela sua cabeça, sua vida não passou rapidamente diante dos seus olhos, nada disso. Contou que apenas lamentou não poder mais ver a sua Anna, porque tinham levado uma vida boa, juntos. Foi a sua única mágoa. Ele ficou olhando direto para a frente, agarrado ao volante, enquanto via o carro do rapaz vir na sua direção. E não havia nada que ele pudesse fazer, a não ser falar: 'Anna! Se segure, Anna!'."

"Isso me dá calafrio", disse Laura. "Brrrr", disse ela, balançando a cabeça.

Herb fez que sim com a cabeça. Continuou a falar, agora envolvido pelo que narrava. "Todo dia eu ficava um pouco sentado ao lado da cama dele. O velho ali deitado, todo enrolado em ataduras, olhando para fora pela janela, ao pé da cama. A janela ficava alta demais para ele poder enxergar qualquer outra coisa lá fora a não ser a parte mais alta das árvores. Era só isso o que ele via, durante horas a fio. Não podia virar a cabeça sem ajuda e só podia fazer isso duas vezes por dia. Toda manhã, por alguns minutos, e toda noite, ele tinha permissão de virar a cabeça. Mas, durante as nossas visitas, ele tinha de virar a cabeça para a janela quando falava. Eu falava um pouco, fazia algumas perguntas, mas na maior parte do tempo eu só escutava. Ele estava muito deprimido. O mais deprimente para ele, depois que soube que a esposa ia ficar boa, que ela estava se recuperando, para a satisfação de todos, o mais deprimente era o fato de os dois não poderem ficar fisicamente juntos. Que ele não pudesse ver a esposa e ficar com ela todos os dias. Me contou que casaram em 1927 e desde então só ficaram separados por algum tempo em duas ocasiões. Mesmo quando nasceram os filhos, nasceram lá no seu rancho, e Henry e a patroa se viam todos os dias, conversavam e andavam juntos por todo lado. Mas o velho disse que os dois só ficaram separados por um tempo um pouco maior em duas ocasiões: na vez em que a mãe dela morreu, em 1940, e Anna teve de pegar um trem para St. Louis a fim de cuidar das coisas por lá. E de novo em 1952, quando a irmã dela morreu em Los Angeles e ela teve de viajar até lá para reclamar o corpo. Eu devia ter contado para vocês que eles tinham um rancho pequeno a uns cento e vinte quilômetros de Bend, no Oregon, e foi lá que passaram a maior parte da vida. Venderam o rancho e se mudaram para a cidade de Bend alguns anos antes do acidente. Quando o acidente aconteceu, estavam vindo de Denver, onde tinham ido visitar a irmã dela. Iam visitar um filho e alguns netos em El Paso. Mas em toda a sua vida de casados só ficaram separados por mais tempo nessas duas ocasiões. Imaginem só. Mas, meu Deus, ele estava se sentindo sozinho por causa da saudade que tinha dela. Estava *se consumindo* por ela. Eu nunca havia entendido o que essa palavra queria dizer, *se consumir*, até ver o que acontecia com aquele homem. Sentia uma saudade feroz da esposa. Queria de todo jeito a companhia dela, o velho. Claro que ele se sentia melhor, mais animado, quando eu lhe transmitia o relatório diário sobre a recuperação de Anna, e dizia que ela estava se restabelecendo, que ela ia ficar boa, era só questão de um pouco mais de tempo. Agora, o velho já estava livre dos gessos e das ataduras, mas ainda se sentia extremamente solitário. Eu lhe disse que, assim que fosse possível, talvez dali a uma semana, eu o poria numa cadeira de rodas e o levaria para fazer uma visita à esposa, o levaria até o fim do corredor para ver a esposa. Nesse intervalo, eu o visitava e nós conversávamos. Ele me contou um pouco da vida deles lá no rancho, no fim da década de 1920 e no início dos anos 1930." Herb olhou para nós, em volta da mesa, e balançou a cabeça para aquilo que ia dizer em seguida, ou talvez simplesmente porque era uma coisa muito difícil de imaginar. "Ele me contou que, no inverno, tudo o que havia era neve e mais nada e, durante meses, talvez, eles não podiam sair do rancho, a estrada ficava bloqueada. Além disso, ele tinha de dar comida para a criação todos os dias, durante aqueles meses de inverno. Os dois ficavam lá juntos e mais nada, ele e a esposa. Ainda não tinham filhos. Vieram mais tarde. Mas, entrava mês e saía mês, eles estavam lá, juntos, os dois, na mesma rotina, tudo igual, sempre, nunca tinha mais ninguém para conversar nem para visitar durante aqueles meses de inverno. Mas eles tinham um ao outro. Era só e era tudo o que tinham, um ao outro. 'E o que vocês faziam para passar o tempo?', perguntei. Eu estava falando sério. Queria mesmo saber. Não conseguia entender como é que alguém podia viver daquele jeito. Acho que ninguém consegue viver assim hoje em dia. Vocês não acham? Para mim, parece impossível. Sabe o que ele disse? Quer saber o que ele respondeu? Ficou deitado, quieto, pensando bem na pergunta. Levou um bom tempo. Então falou: 'A gente ia dançar toda noite'. 'Como é?', perguntei. 'Acho que não entendi, Henry', falei e cheguei mais perto, achando que não tinha ouvido direito. 'A gente ia dançar toda noite', repetiu. Tentei imaginar o que ele queria dizer. Não sabia do que ele estava falando, mas esperei que continuasse a falar. Ele puxou pela memória para recordar aquele tempo de novo e dali a pouco falou: 'A gente tinha uma vitrola e uns discos, doutor. A gente tocava a vitrola toda noite, escutava os discos e dançava ali na sala. Fazíamos isso toda noite. Às vezes estava nevando lá fora e a temperatura estava abaixo de zero. A temperatura cai para valer naquelas bandas, em janeiro e fevereiro. Mas a gente ficava escutando os discos e dançava, de meias, no chão da sala, até ouvir todos os discos. Depois eu alimentava o fogo da lareira e apagava as luzes todas, menos uma, e íamos para a cama. Algumas noites nevava, e lá fora estava tudo tão parado que dava para ouvir o barulho da neve caindo. É verdade, doutor', disse ele. 'Dava para fazer isso. Às vezes, dava para ouvir a neve caindo. Se a gente ficar quieto, tiver a mente bem limpa e se a gente estiver em paz consigo mesmo e tudo, pode ficar deitado no escuro e ouvir a neve. Experimente só, um dia', disse ele. 'Por aqui neva de vez em quando, não é? Experimente só, um dia. Pois é, então a gente ia dançar toda noite. E depois íamos para a cama, debaixo de um monte de cobertores, e dormíamos bem aquecidos até de manhã. Quando a gente acordava, dava para ver a nossa respiração no ar', disse ele.

"Quando ele ficou recuperado o bastante para ser transportado numa cadeira de rodas, suas ataduras já tinham sido retiradas havia muito tempo, uma enfermeira e eu o empurramos numa cadeira de rodas pelo corredor até onde estava a esposa. Ele fez a barba naquela manhã e pôs um pouco de loção. Vestia roupão e a roupa de hospital, ainda estava se recuperando, sabe, mas mantinha as costas eretas na cadeira de rodas. Mesmo assim, estava nervoso que nem um gato, dava para perceber. À medida que chegávamos perto do quarto, a cor dele ficava mais viva e o velho ficou com um ar de ansiedade na cara, uma expressão que nem sei como começar a descrever. Eu empurrava a cadeira e a enfermeira caminhava ao meu lado. A enfermeira tinha uma certa ideia daquela situação, havia levantado algumas informações. As enfermeiras, sabe, elas já viram de tudo o que se pode imaginar e, depois de um tempo, nada mais afeta uma enfermeira, mas aquela ali estava também um pouco ansiosa naquela manhã. A porta foi aberta e empurrei a cadeira do Henry para dentro do quarto. A senhora Gates, Anna, ainda estava imobilizada, mas podia mexer a cabeça e o braço esquerdo. Tinha os olhos fechados, porém eles se abriram de repente quando entramos no quarto. Ainda estava com ataduras, mas só da região pélvica para baixo. Empurrei a cadeira de Henry até o lado esquerdo da cama da esposa e disse: 'A senhora tem companhia, Anna. Companhia para a senhora, minha cara'. Mas não consegui falar mais nada além disso. Ela deu um pequeno sorriso e seu rosto se iluminou. A mão saiu de debaixo do lençol. Tinha um aspecto roxo e machucado. Henry segurou a mão com as suas duas mãos. Segurou-a e beijou-a. Em seguida, falou: 'Oi, Anna. Como é que vai, meu docinho? Lembra-se de mim?'. Lágrimas começaram a correr pelas bochechas da esposa. Ela fez que sim com a cabeça. 'Senti sua falta', disse ele. Ela continuou fazendo que sim com a cabeça. Eu e a enfermeira tratamos de sair logo dali. Ela desatou a chorar assim que saímos do quarto, e olha que ela é bem durona, essa enfermeira. Foi uma tremenda experiência que a gente passou, não é mole. Mas, depois disso, levavam o velho até lá na cadeira de rodas toda manhã e toda tarde. Demos um jeito para que os dois almoçassem e jantassem juntos no quarto dela. Nos intervalos, os dois ficavam parados, de mãos dadas, e conversavam. Sempre tinham assunto para conversar."

"Você nunca me contou isso, Herb", disse Terri. "Você só falou meio por alto, quando aconteceu. Puxa vida, você nunca me contou nada disso. Agora está contando tudo isso só para me fazer chorar. Herb, é melhor que essa história não tenha um final triste. Não tem, não é? Você não está fazendo uma trapaça com a gente, está? Se estiver, não quero ouvir nem mais uma palavra. Não precisa ir além desse ponto, pode parar por aí mesmo. Hein, Herb?"

"O que aconteceu com eles, Herb?", perguntou Laura. "Termine a história, pelo amor de Deus. Tem mais alguma coisa? Mas eu estou com a Terri, não quero que nada aconteça com eles. É uma coisa fora de série."

"Os dois estão bem, agora?", perguntei. Eu também fiquei envolvido pela história, mas estava ficando embriagado. Era difícil manter os pensamentos em foco. A luz parecia estar indo embora da cozinha, voltando para o lado de fora, através da janela por onde tinha entrado antes. Mesmo assim, ninguém fez o menor movimento para levantar da mesa ou acender uma luz elétrica.

"Claro que estão bem", respondeu Herb. "Tiveram alta um tempo depois. Na verdade, faz poucas semanas. Em pouco tempo, o Henry já podia circular de muletas, depois passou para uma bengala e então andava por todo lado. Mas agora o seu estado de ânimo tinha ficado muito bom, andava de bom humor, depois que passou a ver a sua patroa, ele melhorava a cada dia. Quando ela pôde ser transportada, o filho deles de El Paso e a esposa vieram ao hospital numa caminhonete e levaram os dois de volta. Ela ainda tinha de convalescer um pouco, mas estava melhorando bastante. Recebi um cartão do Henry alguns dias atrás. Acho que essa é a razão por que os dois estão na minha cabeça agora. Isso, e também o que estávamos conversando aqui, mais cedo, a respeito do amor.

"Escutem", continuou Herb, "vamos terminar este gim. Sobrou o bastante para todo mundo beber um bocado. Depois vamos comer, vamos à Biblioteca. O que vocês acham? Não sei, tudo aquilo foi um troço muito fora do comum. A coisa ia se desdobrando de um dia para o outro. Algumas daquelas conversas que tive com ele... Não vou esquecer aqueles dias. Mas falar sobre isso, agora, me deixou deprimido. Puxa, de repente fiquei muito deprimido."

"Não fique deprimido, Herb", disse Terri. "Herb, por que não toma uma pílula, meu bem?" Virou-se para mim e para Laura e disse: "O Herb toma esses estimulantes de vez em quando. Não é segredo, é, Herb?".

Herb balançou a cabeça. "Já tomei tudo o que existe para tomar, em um momento ou outro. Não tem segredo nenhum."

"Minha primeira esposa também tomava", falei.

"E isso ajudava?", perguntou Laura.

"Não, ela continuou deprimida. Chorava muito."

"Tem gente que nasce deprimida, eu acho", disse Terri. "Tem gente que nasce infeliz. E também sem sorte. Conheci pessoas que tinham falta de sorte em tudo. Outras pessoas, não você, meu bem, não estou falando de você, é claro que não, mas outras pessoas simplesmente fazem tudo para se tornarem infelizes e acabam ficando infelizes." Ela estava esfregando com o dedo alguma coisa na mesa. Depois parou de esfregar.

"Acho que vou telefonar para os meus filhos antes de a gente sair para comer", disse Herb. "Tudo bem, para vocês? Não vou demorar. Vou tomar um banho rápido para refrescar e depois vou telefonar para os garotos. Aí a gente vai comer."

"Talvez você tenha de falar com a Marjorie, Herb, se ela atender o telefone. É a ex-esposa do Herb. Vocês já ouviram a gente falar da Marjorie. Você não vai querer falar com a Marjorie esta tarde, Herb. Vai deixar você se sentindo pior ainda."

"Não, eu não quero falar com a Marjorie", respondeu Herb. "Mas quero falar com os meus filhos. Estou com muita saudade deles, meu bem. Estou com saudade do Steve. Fiquei acordado na noite passada lembrando coisas de quando ele era pequeno. Quero falar com ele. Também quero falar com a Kathy. Estou com saudade deles, por isso vou ter de correr o risco de a mãe deles atender o telefone. Aquela piranha."

"Não passa um dia sem que o Herb diga que gostaria que ela casasse de novo, ou então que morresse. Para começo de conversa, ela está nos levando à ruína", disse Terri. "Além disso, ela tem a guarda dos dois filhos. A gente consegue trazer os filhos para cá só por dois meses, durante o verão. Herb diz que é só para chatear que ela não casa de novo. Ela tem um namorado que mora com eles, também, e Herb está sustentando também o namorado."

"Ela é alérgica a abelhas", disse Herb. "Quando não estou rezando para ela casar de novo, estou rezando para que ela vá para o interior e seja picada até morrer por um enxame de abelhas."

"Herb, isso é horrível", disse Laura, e riu até os olhos ficarem cheios d'água.

"Tremendamente engraçado", disse Terri. Todos nós rimos. Rimos sem parar.

"Bzzzz", disse Herb, transformando seus dedos em abelhas e zumbindo com eles em volta do pescoço e do colar de Terri. Em seguida, deixou as mãos caírem e recostou-se na cadeira, de repente sério outra vez.

"Ela é uma piranha safada. É verdade", disse Herb. "Ela é maldosa. Às vezes, quando fico embriagado, como estou agora, acho que gostaria de ir até lá vestido que nem um apicultor, sabe, com aquele capuz que parece um capacete com uma tela que cobre a cara inteira, as luvas grandes e grossas, e um casaco acolchoado. Eu queria só bater na porta e jogar uma colmeia de abelhas dentro da casa dela. Primeiro eu ia me certificar de que as crianças não estariam em casa, é claro." Com certa dificuldade ele cruzou as pernas. Depois colocou os dois pés no chão e inclinou-se para a frente, com os cotovelos apoiados sobre a mesa e o queixo encaixado nas mãos. "Talvez seja melhor eu não telefonar para as crianças agora, afinal. Talvez você tenha razão, Terri. Talvez não seja uma ideia lá muito boa. Acho que vou só tomar um banho rápido e trocar de camisa e depois a gente sai para comer. O que vocês acham, hein?"

"Por mim, está ótimo", respondi. "Comer ou não comer. Ou continuar bebendo. Eu podia continuar assim até o raiar do dia."

"O que isso quer dizer, meu bem?", perguntou Laura, voltando o olhar para mim.

"Quer dizer o que eu disse mesmo, meu bem, só isso, mais nada. Estou só dizendo que eu podia continuar assim e ir ficando aqui. Foi só isso o que eu quis dizer. Acho que é esse pôr do sol." A janela tinha uma coloração avermelhada agora, enquanto o sol ia baixando.

"Eu bem que gostaria de comer alguma coisinha", disse Laura. "Acabei de perceber que estou com fome. O que tem aqui para a gente beliscar?"

"Vou servir umas bolachas com queijo", disse Terri, mas continuou sentada no mesmo lugar.

Herb terminou de beber o seu drinque. Em seguida, levantou-se da mesa devagar e disse: "Me desculpem. Vou tomar banho". Saiu da cozinha e andou lentamente pela sala até o banheiro. Fechou a porta.

"Estou preocupada com o Herb", disse Terri. Balançou a cabeça. "Às vezes fico mais preocupada, outras vezes menos, mas nos últimos tempos ando bastante preocupada." Olhou fixamente para o seu copo. Não falou mais em trazer bolachas com queijo. Eu resolvi então levantar e dar uma olhada na geladeira. Quando Laura diz que está com fome, sei que ela precisa mesmo comer. "Podem se servir à vontade, pegue o que achar aí, Nick. Traga para cá tudo o que estiver com uma cara boa. Tem queijo lá no fundo, e um salame também, acho. As bolachas estão naquele armário em cima do fogão. Esqueci. Vamos beliscar alguma coisa. Não estou com fome, mas vocês dois devem estar morrendo de fome. Não estou mais com apetite. Mas o que eu estava dizendo?" Fechou os olhos e abriu depois. "Acho que nós não contamos isso para vocês, vai ver já contamos, eu não lembro, mas o Herb andou muito suicida depois que desmanchou seu primeiro casamento e depois que a esposa se mudou para Denver com os filhos. Ele fez tratamento com um psiquiatra durante bastante tempo, meses. Às vezes diz que ainda devia estar indo ao psiquiatra." Pegou a garrafa vazia e virou-a de cabeça para baixo em cima do copo. Eu estava cortando um salame em cima da bancada, da maneira mais cautelosa que podia. "Esta aqui secou", disse Terri. Em seguida falou: "Ultimamente, o Herb anda falando de novo em suicídio. Sobretudo quando bebe. Às vezes acho que ele é muito vulnerável. Não tem nenhuma defesa. Não tem proteção contra nada. Bem", disse ela, "o gim acabou. Está na hora de cair fora. Está na hora de parar de ter prejuízo, como dizia o meu pai. Está na hora de comer, eu acho, se bem que não estou com o menor apetite. Mas vocês devem estar mortos de fome. Estou contente de ver vocês comendo alguma coisa. Isso aí vai dar para segurar até a hora de ir ao restaurante. A gente pode conseguir mais bebida no restaurante, se quiser. Esperem só para ver aquele lugar, é fora de série. A gente pode levar um livro para casa, junto com a quentinha. Acho melhor eu também me arrumar. Vou só lavar o rosto e passar um batom. Vou com esta roupa mesmo. Se eles não gostarem, azar. Só quero dizer uma coisa, prestem atenção. Mas não quero que pareça negativo. Eu torço e rezo para que vocês dois ainda se amem por mais cinco, ou por mais três anos, como acontece hoje. Ou até por mais quatro anos, vamos dizer. Essa é a hora da verdade, quatro anos. É tudo o que tenho a dizer sobre o assunto." Passou os braços finos em torno de si e começou a correr as mãos para cima e para baixo. Fechou os olhos.

Levantei-me da mesa e fiquei atrás da cadeira de Laura. Inclinei-me sobre ela, cruzei os braços embaixo dos seus seios e a apertei. Levei o rosto até o lado do rosto dela. Laura apertou os meus braços. Apertou com mais força e não soltou.

Terri abriu os olhos. Olhou para nós. Em seguida, pegou o seu copo. "Um brinde a vocês", disse ela. "Um brinde a todos nós." Esvaziou o copo e o gelo estalou nos seus dentes. "Ao Carl também", disse e colocou o copo de volta na mesa. "Coitado do Carl. Herb achava que ele era um babaca, mas Herb na verdade tinha medo dele. Carl não era um babaca. Ele me amava, e eu o amava. Só isso. Às vezes ainda penso nele. É a verdade, e não tenho vergonha de dizer. Às vezes penso no Carl, ele aparece de repente na minha cabeça, de uma hora para outra. Vou contar uma coisa para vocês, e olha que eu detesto que a vida acabe virando um novelão sentimental, de um jeito que no final nem é mais a vida da gente, mas acontece que as coisas se passaram assim mesmo. Fiquei grávida dele. Foi na vez em que ele tentou se matar pela primeira vez, quando tomou veneno de rato. Carl não sabia que eu estava grávida. E o pior veio depois. Eu resolvi fazer um aborto. Também não contei isso para ele, é claro. Não estou contando nada que Herb não saiba. Herb sabe tudo sobre isso. Último capítulo. Herb deu um jeito para eu abortar. Simples, não é? Mas eu achava que o Carl era louco naquela época. Eu não queria o filho dele. Depois ele pegou e se matou. Mas depois disso, depois que ele tinha saído de cena e não havia mais nenhum Carl para ficar falando e para eu escutar como ele via as coisas, nem para eu ajudar quando ele estava com medo, comecei a me sentir muito mal. Lamentei aquele filho, lamentei não ter tido o filho. Eu amo o Carl, na minha cabeça não existe a menor dúvida sobre isso. Ainda amo. Mas, meu Deus, eu amo o Herb também. Vocês conseguem entender isso, não é? Não preciso explicar para vocês. Ah, não é uma loucura, tudo isso?" Enfiou a cara nas mãos e começou a chorar. Lentamente, inclinou-se para a frente e pôs as mãos sobre a mesa.

Laura baixou a sua comida na mesma hora. Levantou-se e disse: "Terri. Terri, querida", e começou a esfregar o pescoço e os ombros de Terri. "Terri", murmurou.

Eu estava comendo um pedaço de salame. A cozinha havia ficado muito escura. Terminei de mastigar o que tinha na boca, engoli e fui até a janela. Olhei para fora, para o quintal. Olhei para além do choupo e dos dois cachorros que dormiam entre as cadeiras no gramado. Olhei para além da piscina, na direção do pequeno curral, com o seu portão aberto, e para a velha cocheira vazia, e além. Havia um capinzal, depois uma cerca, e depois um outro capinzal e depois a rodovia interestadual que ligava El Paso a Albuquerque. Carros iam e vinham pela rodovia. O sol estava baixando por trás das montanhas e as montanhas tinham ficado escuras, havia sombras em toda parte. Mas também havia luz e a luz parecia abrandar as coisas que eu via. O sol estava cinzento perto do topo das montanhas, tão cinzento quanto um dia escuro de inverno. Mas havia uma faixa de céu azul logo acima do cinzento, o azul que a gente vê em cartões-postais dos trópicos, o azul do Mediterrâneo. A água na superfície da piscina estava arrepiada e a mesma brisa fazia as folhas do choupo tremerem. Um dos cachorros levantou a cabeça como se atendesse a um sinal, escutou por um minuto com as orelhas levantadas e depois voltou a baixar a cabeça entre as patas da frente.

Tive a sensação de que alguma coisa ia acontecer, era a lentidão das sombras e da luz e, o que quer que fosse aquilo, podia me levar junto. Eu não queria que acontecesse. Observei o vento se mover em ondas pelo capim. Dava para ver o capim se curvar com o vento nos campos e depois ficar de pé novamente. O segundo capinzal se estendia num aclive até alcançar a rodovia, e o vento subia pelo morro, no capim, onda após onda. Fiquei ali esperando, observando o capim se curvar com o vento. Eu chegava a sentir as batidas do coração. Em algum lugar nos fundos da casa, o chuveiro estava aberto. Terri ainda chorava. Devagar e com esforço, eu me virei e olhei para ela. Estava com a cabeça sobre a mesa, a cara virada para o fogão. Os olhos estavam abertos, mas de vez em quando piscava para desafogar as lágrimas. Laura tinha puxado a cadeira para perto e estava sentada com o braço em volta dos ombros de Terri. Ainda sussurrava, os lábios colados no cabelo de Terri.

"Está certo, está certo", dizia Terri. "Pode deixar."

"Terri, minha querida", dizia Laura com ternura. "Vai dar tudo certo, você vai ver. Vai dar certo."

Então Laura levantou os olhos para mim. Seu olhar era penetrante e meu coração bateu mais devagar. Ela fitou os meus olhos pelo que me pareceu um tempo bastante longo e depois fez que sim com a cabeça. Foi só isso o que fez, o único sinal que deu, mas foi o bastante. Foi como se me dissesse: Não se preocupe, vamos superar isso, tudo vai dar certo com a gente, você vai ver. Fique frio. Pelo menos foi assim que preferi interpretar o olhar dela, embora eu pudesse estar enganado.

O chuveiro foi fechado. Um minuto depois, ouvi um assobio, quando Herb abriu a porta do banheiro. Eu continuava olhando para a mulher na mesa. Terri ainda chorava e Laura acariciava seu cabelo. Virei-me para a janela. Agora a camada azul do céu havia se rendido e estava escurecendo, como o resto. Mas tinham aparecido umas estrelas. Reconheci Vênus e, mais longe e para o lado, não tão brilhante, porém lá, no horizonte, de modo inequívoco, Marte. O vento havia ficado mais forte. Vi o que ele estava fazendo nos capinzais desertos. De modo insensato, pensei que era muita pena que os McGinnis não tivessem mais cavalos. Eu queria imaginar cavalos correndo por aqueles campos, na penumbra do crepúsculo, ou apenas parados, sossegados, com a cabeça voltada na direção oposta à cerca. Fiquei junto à janela e esperei. Sabia que tinha de ficar quieto por mais um tempo, manter os olhos voltados para lá, para fora da casa, enquanto houvesse alguma coisa para ver.

Mais uma coisa

A esposa de L. D., Maxine, disse para ele ir embora numa noite em que chegou do trabalho e deu com ele embriagado de novo e maltratando Bea, a filha de quinze anos. L. D. e sua filha estavam na mesa da cozinha, discutindo. Maxine nem teve tempo de se desfazer da bolsa ou tirar o casaco.

Bea disse: "Conte para ele, mãe. Conte para ele do que a gente estava falando. Está dentro da cabeça dele, não é? Se ele quer mesmo parar de beber, é só dizer para si mesmo que vai parar. Está tudo dentro da cabeça dele. Tudo está só na cabeça".

"Você acha que é simples assim, não é?", disse L. D. Virou o copo que tinha na mão, mas não bebeu o conteúdo. Maxine o fitava de modo ferino e perturbador. "Isso é a maior besteira", continuou ele. "Não meta o nariz em assuntos de que você não sabe nada. Você não sabe o que está falando. É difícil levar a sério alguém que passa o dia inteiro lendo revistas de astrologia."

"Isso não tem nada a ver com *astrologia*, pai", disse Bea. "Não precisa me insultar." Fazia seis semanas que Bea não ia ao colégio. Falava que ninguém era capaz de obrigá-la a voltar.

Maxine disse que aquilo era mais uma tragédia numa longa série de tragédias.

"Por que vocês dois não param com isso?", disse Maxine. "Meu Deus, já estou com dor de cabeça. Isso já é demais. Não é, L. D.?"

"Conte para ele, mamãe", disse Bea. "Mamãe também acha a mesma coisa. Se você disser para si mesmo que vai parar, você pode parar. O cérebro é capaz de tudo. Se a pessoa tem medo de perder o cabelo e ficar careca, mas não estou falando do senhor, papai, aí o cabelo vai acabar caindo mesmo. Tudo está dentro da cabeça da gente. Qualquer um que entenda o mínimo desse assunto vai explicar para você."

"E a diabetes?", disse ele. "E a epilepsia? O cérebro pode controlar isso?" Levantou o copo bem debaixo dos olhos de Maxine e terminou sua bebida.

"Diabetes também", respondeu Bea. "Epilepsia, tudo! O cérebro é o órgão mais poderoso do corpo. Pode fazer tudo o que a gente quiser." Bea pegou na mesa os cigarros do pai e acendeu um para si.

"E o câncer? Que tal o câncer?", perguntou L. D. "O cérebro pode impedir que a gente tenha câncer? Hein, Bea?" Achou que agora tinha pegado Bea de jeito. Olhou para Maxine. "Não sei como foi que a gente começou essa briga."

"O câncer", disse Bea e balançou a cabeça diante da ingenuidade do pai. "O câncer também. Se a pessoa não tiver medo de ter câncer, não vai ter câncer. O câncer começa no *cérebro*, pai."

"Isso é loucura!", disse ele e bateu na mesa com a mão espalmada. O cinzeiro chegou a pular. O copo dele tombou de lado e rolou na direção de Bea. "Você está doida, Bea, sabia? Onde foi que aprendeu tanta besteira? Esse papo não passa de besteira, uma enorme besteira, Bea."

"Já chega, L. D.", disse Maxine. Desabotoou o casaco e pôs

a bolsa na bancada. Olhou para ele e disse: "L. D., eu estou cheia. A Bea também. Assim como todo mundo que conhece você. Andei pensando muito sobre isso. Quero que você vá embora daqui. Agora, nesta noite. Neste minuto. Estou fazendo um favor para você, L.D. Agora. Um dia você vai se lembrar disso. Um dia você vai se lembrar e me agradecer".

L. D. falou: "Eu vou? Eu vou? Um dia eu vou me lembrar", disse ele. "Você acha mesmo, é?" L. D. não tinha a menor intenção de ir a parte alguma, nem num caixão nem de nenhum outro jeito. Seu olhar passou de Maxine para um vidro de picles que estava em cima da mesa desde a hora do almoço. Pegou o vidro e arremessou por cima da geladeira, através da janela da cozinha. O vidro se espatifou no chão e no parapeito e o picles voou para a noite fria. Ele segurou com força a beirada da mesa.

Bea tinha pulado da sua cadeira. "*Puxa*, pai! *Você* é que está doido", disse ela. Ficou parada ao lado da mãe e arquejava com inspirações curtas pela boca.

"Chame a polícia", disse Maxine. "Ele é violento. Saia da cozinha antes que ele machuque você. Chame a polícia", disse ela.

Começaram a deixar a cozinha. Por um momento, de um modo meio louco, L. D. teve a lembrança de duas velhas que recuavam, uma de roupão e camisola, a outra de casaco preto que chegava aos joelhos.

"Estou indo, Maxine", disse ele. "Estou indo embora neste minuto. Para mim não tem coisa melhor. Vocês duas estão malucas mesmo. Isto aqui é uma casa de doidos. Tem uma outra vida lá fora. Acredite, isto aqui não é a única vida que existe no mundo, não." Sentiu bater no rosto a aragem que vinha de fora, através da janela. Fechou e abriu os olhos. Ainda estava com as mãos na beirada da mesa e balançava a mesa para trás e para a frente, apoiada nas pernas, enquanto falava.

"Espero que não seja mesmo", disse Maxine. Ficou parada na porta da cozinha. Bea desviou-se dela e passou para o outro cômodo. "Deus sabe como todo dia eu rezo para que exista uma outra vida."

"Estou indo embora", disse ele. Chutou a sua cadeira e levantou-se da mesa. "Vocês duas nunca mais vão me ver."

"Você já me deixou recordações de sobra, L. D.", disse Maxine. Agora ela estava na sala. Bea estava ao seu lado. Bea parecia incrédula e apavorada. Segurava a manga do casaco da mãe com os dedos de uma das mãos e o cigarro entre os dedos da outra mão.

"*Meu Deus*, pai, a gente estava só conversando", disse ela.

"Agora vamos, vá embora logo, L. D.", insistiu Maxine. "Sou eu que estou pagando o aluguel e estou mandando você ir embora. Agora."

"Estou indo", respondeu. "Não empurre", disse. "Estou indo."

"Não faça mais nada violento, L. D.", disse Maxine. "A gente sabe que você é forte quando se trata de quebrar as coisas."

"Vou embora daqui", disse L. D. "Vou embora desta casa de doidos."

Seguiu para o quarto e tirou do armário uma das malas dela. Era uma mala marrom, velha, feita de imitação de couro, com um fecho quebrado. Antigamente Maxine enchia aquela mala de suéteres e levava para a faculdade. Ele também tinha frequentado a faculdade. Muitos anos antes e em outro lugar. Ele jogou a mala em cima da cama e começou a pôr dentro dela suas roupas de baixo, calças e camisas de manga comprida, suéteres, um velho cinto de couro com fivela de latão, todas as suas meias e lenços. Da estante junto à cama, pegou as revistas. Pegou o cinzeiro. Enfiou na mala tudo o que pôde, tudo o que coube. Fechou o lado bom da fechadura da mala, amarrou com uma correia, e aí se lembrou dos objetos do banheiro. Achou a bolsinha de vinil para objetos de uso pessoal na prateleira de cima do armário, atrás dos chapéus de Maxine. A bolsinha era um presente de aniversário que ele havia ganhado de Bea, mais ou menos um ano antes. Lá dentro estavam a navalha e o creme de barba, o talco, o desodorante em bastão e sua escova de dente. Também pegou uma pasta de dentes. Podia ouvir Bea e Maxine falando na sala, em voz baixa. Depois de lavar o rosto e usar a toalha, colocou o sabonete dentro da bolsinha para objetos de uso pessoal. Depois guardou também ali a saboneteira e o copo que estava na pia. De repente bateu na sua cabeça a ideia de que, se tivesse talheres e um prato de lata, conseguiria se virar sozinho numa boa durante um bom tempo. Não conseguiu fechar a bolsinha, mas agora estava pronto. Vestiu o paletó e pegou a mala. Foi para a sala. Maxine e Bea pararam de falar. Maxine pôs o braço nos ombros de Bea.

"Isto é o adeus, eu acho", disse L. D. e esperou. "Não sei o que mais vou dizer, a não ser que nunca mais vou ver vocês", disse para Maxine. "Não foi isso o que eu planejei, em todo caso. Nem você, também", disse para Bea. "Você e as suas ideias de miolo mole."

"*Pai*", disse ela.

"Por que você faz de tudo para atormentar a menina?", perguntou Maxine. Segurou a mão de Bea. "Será que já não causou estrago suficiente nesta casa? Vá embora, L. D. Vá embora e nos deixe em paz."

"Está tudo na sua cabeça, pai. Lembre-se disso", repetiu Bea. "Mas para onde é que você vai? Posso escrever para você?", perguntou.

"Estou indo embora, é tudo o que posso dizer", disse L. D. "Vou para qualquer lugar. Para longe desta casa de doidos", disse. "Isso é o principal." Deu uma última olhada na sala e depois passou a mala de uma mão para a outra e pôs a bolsinha de objetos de uso pessoal embaixo do braço. "Vou manter contato com você, Bea. Meu bem, desculpe por ter perdido a cabeça. Me perdoe, está bem? Vai me perdoar?"

"Você transformou isto aqui numa casa de doidos", disse Maxine. "Se é uma casa de doidos, L. D., foi você que fez isso. Foi você que fez. Lembre-se disso, L. D., para onde quer que você vá."

Ele baixou a mala no chão e colocou a bolsinha de objetos de uso pessoal em cima da mala. Empertigou-se e olhou para as duas. Maxine e Bea recuaram.

"Não fale mais nada, mãe", disse Bea. Em seguida, ela viu a pasta de dente apontando para fora da bolsinha. Falou: "Olhe, o papai está levando a pasta de dentes. Pai, por favor, não leva a pasta de dentes".

"Ele pode levar", disse Maxine. "Deixe que ele leve, deixe que leve tudo o que quiser, contanto que suma daqui."

L. D. pôs a bolsinha embaixo do braço outra vez e pegou a mala de novo. "Eu só quero dizer mais uma coisa, Maxine. Escute bem. Lembre-se disso", falou. "Eu amo você. Amo você, não importa o que aconteça. Amo você também, Bea. Amo vocês duas." Ficou parado na porta e sentiu os lábios começarem a formigar, enquanto olhava para elas pelo que acreditava ser, talvez, a última vez. "Adeus", falou.

"Você chama isso de amor, L. D.?", disse Maxine. Soltou a mão de Bea. Cerrou o punho. Em seguida, balançou a cabeça e enfiou as mãos nos bolsos do casaco. Olhou bem para ele e depois baixou os olhos para algo no chão, perto dos seus sapatos.

Com um choque, veio à cabeça de L. D. a ideia de que ele ia lembrar-se daquela noite e de Maxine daquele jeito. Ficou apavorado ao pensar que, nos anos à sua frente, ela talvez se tornasse uma mulher que ele não conseguiria mais reconhecer, uma figura muda, num casaco comprido, parada no meio de uma sala iluminada, com os olhos abaixados.

"Maxine!", gritou ele. "Maxine!"

"O amor é isso, L. D.?", perguntou ela, com os olhos fixos nele. Os olhos de Maxine estavam terríveis e profundos, e ele encarou seu olhar o mais que pôde.

Notas

ABREVIAÇÕES

Texto-base: Manuscritos de Gordon Lish: Raymond Carver, *What we talk about when we talk about love*, primeira versão do manuscrito; Lilly Library, Indiana University (Bloomington, Indiana). A redução editorial do número de palavras de cada conto está expressa em uma percentagem do texto-base.

C: *Cathedral* (primeira edição) (Nova York: Alfred A. Knopf, 1983).

F_1: *Fires: Essays, poems, stories*, primeira edição (Santa Barbara: Capra Press, 1983).

F_2: *Fires: Essays, poems, stories*, segunda edição ampliada (Nova York: Vintage Books, 1989).

FS: *Furious seasons and other stories* (Santa Barbara: Capra Press, 1977). Primeira e única edição limitada a cem exemplares numerados em capa dura, assinados pelo autor, e 1200 exemplares em brochura, nenhum deles numerado ou assinado. Os manuscritos de Capra Press estão guardados na Lilly Library.

GL: Gordon Lish (1934-)

ms(s): Manuscrito(s)

RC: Raymond Carver (1938-88)

TG: Tess Gallagher (1943-)

ds(s): Versão(sões) datilografada(s)

WICF: *Where I'm calling from: New and selected stories*, primeira edição (New York: Atlantic Monthly Press, 1988).

WICFv: *Where I'm calling from: New and selected stories* (Nova York: Vintage Books, 1989). Primeira edição em brochura, publicada postumamente, com paginação diferente de WICF.

WWTA: *What we talk about when we talk about love*, primeira edição (Nova York: Alfred A. Knopf, 1981).

POR QUE NÃO DANÇAM?

Título em WWTA: "Why don't you dance?", WWTA, pp.3-10. Texto--base em *Beginners*: oito páginas ds. de RC, que GL cortou em 9% para publicação em WWTA, está integralmente restaurado. Publicação prévia: "Why don't you dance?" foi publicado em *Quarterly West* [University of Utah, Salt Lake City, Utah] 7 (outono de 1978): pp. 26-30. Uma versão do conto foi publicada mais tarde em *Paris Review* 23:79 (primavera de 1981), pp. 177-82. O texto em *Paris Review* era fruto da primeira revisão de GL do texto-base. Em 1977, RC submeteu uma versão de "Why don't you dance?" a GL.para uma possível publicação em *Esquire*. GL revisou o texto e mudou o título para "I am going to sit down" [Vou sentar], mas o conto não foi aceito por *Esquire*. A versão em *Quarterly West* incluía muitas, mas não todas, as emendas sugeridas por GL. O texto em *Quarterly West* é quase idêntico ao texto-base. Nota sobre WWTA: na primeira versão revista por GL, ele trocou "Max" por "*the man*", "Carla" por "*the girl*", e "Jack" (exceto uma vez) por "*the boy*". Publicação subsequente: "Why don't you dance?" foi coligida em WICF, pp. 116-21 (WICFv, pp. 155-61), na versão que veio a público em WWTA.

VISOR

Título em WWTA: "Viewfinder", WWTA, pp. 11-5. Texto-base em *Beginners*: seis páginas ds. de RC, que GL cortou em 30% para publicação em WWTA, está integralmente restaurada. Publicação prévia: O conto foi publicado como "View finder" em *Iowa Review* [University of Iowa, Iowa City, Iowa] 9:1 (inverno de 1978), pp. 50-2. Uma versão quase idêntica foi publicada em *Quarterly West* [University of Utah, Salt Lake City, Utah] 6 (primavera/verão de 1978), pp. 69-72. A versão da revista incluía muitas das alterações de GL feitas em "The mill", uma versão anterior e mais longa que só existe em ds. inédita. O título baseou-se no comentário do homem sem mão: *"You're going through the mill now"* [Você está comendo o pão que o diabo amassou]. GL rebatizou o conto de "View-finder" segundo uma palavra empregada duas vezes no original ds. de RC. Os esforços para publicar o conto em *Esquire* foram abandonados quando GL deixou de ser editor, em setembro de 1977. A versão em *Quarterly West* é idêntica ao texto-base. Nota sobre *WWTA*: GL corrigiu a grafia do título para "Viewfinder" já no final do processo editorial. Publicação subsequente: nenhuma.

CADÊ TODO MUNDO?

Título em *WWTA*: "Mr. Coffee and mr. Fixit", *WWTA*, pp. 17-20. Texto-base em *Beginners*: quinze páginas ds. de RC, que GL cortou em 78% para publicação em *WWTA*, está integralmente restaurado. Publicação prévia: "Where is everyone?" foi publicado em *TriQuarterly* [Northwestern University, Evanston, Ill.] 48 (primavera de 1980), pp. 203-13. A versão em *TriQuarterly* é idêntica ao texto-base, salvo por ligeiras diferenças na pontuação. Nota sobre *WWTA*: o texto-base contém pequenas alterações com a caligrafia de RC. Na primeira revisão de GL, ele mudou o nome da filha de "Kate" para "Melody", mudou o nome da esposa de "Cynthia" para "Myrna", e eliminou todas as referências ao filho, "Mike". GL rebatizou o conto de "Mr. Fixit", mas posteriormente mudou o título para "Mr. Coffee and Mr. Fixit". Publicação subsequente: RC republicou "Where is everyone?" em F_1, pp. 155-65 (F_2, pp. 155-65). A versão em *Fires* recuperou o texto de *TriQuarterly* com ligeiras alterações de RC, inclusive a supressão do título "I don't know where everyone is at home" [Não sei onde se meteu todo mundo aqui de casa]. Em consequência, o título aparece apenas em *TriQuarterly* e no texto-base. Nenhuma das alterações de GL em *WWTA* foi incluída em *Fires*.

CORETO

Título em *WWTA*: "Gazebo", *WWTA*, pp. 21-9. Texto-base em *Beginners*: treze páginas ds. de RC, que GL cortou em 44% para publicação em *WWTA*, está integralmente restaurado. Publicação prévia: Uma versão de

"Gazebo" foi publicada em *Missouri Review* [University of Missouri, Columbia, Mo.] 4:1 (outono de 1980), pp. 33-8. O texto em *Missouri Review* foi fruto da primeira revisão de GL do texto-base. Publicação subsequente: "Gazebo" foi coligido em *WICF*, pp. 104-9 (*WICFv*, pp. 139-46), na versão que veio a público em *WWTA*.

QUER VER UMA COISA?

Título em *WWTA*: "I could see the smallest things" [Eu conseguia enxergar as menores coisas], *WWTA*, pp. 31-6. Texto-base em *Beginners*: onze páginas ds. de RC, que GL cortou em 56% para publicação em *WWTA*, está integralmente restaurado. Publicação prévia: "Want to see something?" veio a público em *Missouri Review* [University of Missouri, Columbia, Mo.] 4:1 (outono de 1980), pp. 29-32. A versão em *Missouri Review* foi fruto da primeira revisão de GL do texto-base. Nota sobre *WWTA*: na primeira revisão de GL, ele suprimiu a maior parte do final original. Na sua segunda revisão, GL mudou o título para "I could see the smallest things". Publicação subsequente: nenhuma.

O LANCE

Título em *WWTA*: "Sacks" [Bolsas], *WWTA*, pp. 37-45. Texto-base em *Beginners*: 21 páginas ds. de RC, que GL cortou em 61% para publicação em *WWTA*, está integralmente restaurado. Publicação prévia: "The fling" foi publicado em *Perspective: A Quarterly of Modern Literature* [Washington University, St. Louis, Mo.] 17:3 (inverno de 1974), pp. 139-52. O conto foi coligido em *FS*, pp. 62-78. A fonte do texto de *FS* foi uma fotocópia de páginas de *Perspective*. A versão em *Perspective* e *FS* são quase idênticas ao texto-base. Nota sobre *WWTA*: na primeira revisão de GL, ele mudou o título para "Sacks". Publicação subsequente: nenhuma.

UMA COISINHA BOA

Título em *WWTA*: "The bath" [O banho], *WWTA*, pp. 47-56. Texto-base em *Beginners*: 37 páginas ds. de RC, que GL cortou em 78% para publicação em *WWTA*, está integralmente restaurado. Publicação prévia: uma versão do conto foi publicada como "The bath" em *Columbia: A Magazine of Poetry and Prose* [Columbia University, Nova York, N.Y.] 6 (primavera/verão de 1981), pp.

32-41. O texto em *Columbia* foi fruto da primeira revisão de GL do texto-base. Nota sobre *WWTA*: na primeira revisão de GL, ele suprimiu as últimas dezoito páginas e mudou o título para "The bath". Publicação subsequente: RC restaurou o conto quase em sua forma original e publicou-o como "A small, good thing" em *Ploughshares* [Cambridge, Mass.] 8:2/3 (primavera/verão, 1982), pp. 213-40. A versão em *Ploughshares* segue o texto-base, salvo por alterações menores de seleção vocabular e de estilo, bem como pela supressão de um *flashback* de quatro páginas que se encontra no texto-base. Nenhuma das alterações de GL em "The bath" foi incorporada na versão de *Ploughshares*, exceto ligeiras alterações de estilo nos primeiros parágrafos. RC republicou "A small, good thing" em *C*, pp. 59-89. A versão em *C* incluía ligeiras alterações de RC no texto de *Ploughshares* e diversas sugestões de TG. Por insistência de RC, a revisão de GL em *C* se ateve ao mínimo, no geral restrita a questões de ortografia e pontuação. "A small, good thing" foi coligido em *WICF*, pp. 280-301 (*WICFv*, pp. 377-405), na versão que veio a público em *C*.

DIGA ÀS MULHERES QUE A GENTE JÁ VAI

Título em *WWTA*: "Tell the women we're going", *WWTA*, pp. 57-66. Texto-base em *Beginners*: dezenove páginas ds. de RC, que GL cortou em 55% para publicação em *WWTA*, está integralmente restaurado. Publicação prévia: o conto foi publicado como "Friendship" [Amizade] em *Sou'wester Literary Quarterly* [Southern Illinois University, Edwardsville, Ill.] (verão de 1971), pp. 61-74. RC escreveu para GL em 1969 para agradecer por ter feito uma revisão cuidadosa de "Friendship". RC tinha esperança de publicar o conto em *Esquire*, onde GL tinha sido nomeado editor de ficção, mas o conto nunca foi publicado na revista. RC mais tarde sugeriu coligir "Friendship" em *FS*, mas o editor Noel Young considerou o conto "aterrador demais para os meus nervos fracos" (mss. de Capra Press, carta de 24 abril de 1977). A versão em *Sou'wester Literary Quarterly* é quase idêntica ao texto-base, exceto pelo título, alterações secundárias de palavras e por um final mais longo no texto-base. Publicação subsequente: nenhuma.

SE VOCÊS NÃO SE IMPORTAM

Título em *WWTA*: "After the denim" [Depois do macacão], *WWTA*, pp. 67-78. Texto-base em *Beginners*: 26 páginas ds. de RC, que GL cortou em 63% para publicação em *WWTA*, está integralmente restaurado. Publicação prévia: "If it please you" foi publicado em *New England Review* [Kenyon Hill Publications: Hanover, N.H.] 3:3 (primavera de 1981), pp. 314-32. A versão em *New England Review* é quase idêntica ao texto-base. Nota sobre *WWTA*: o texto-base inclui diversas alterações feitas à mão por RC. Na primeira revisão de GL, ele mudou o título para "Community center" [Centro comunitário] e suprimiu as últimas seis páginas. GL mais tarde reintitulou o conto de "After the denim". Publicação subsequente: RC republicou "If it please you" numa edição limitada de 226 exemplares, *If it please you* (Lord John Press: Northridge, Calif., 1984). O texto na edição limitada seguiu a versão em *New England Review*, exceto por ligeiras correções. RC reviu repetidas vezes a frase final do conto:"*If it please you," he said in the new prayers for all of them, the living and the dead.* ~~Then he slept.~~ [Depois dormiu.] (Texto-base, frase final suprimida à mão por RC)

"If it please you", he said in the new prayers for all of them, the living and the dead. (*New England Review*)

"If it please you", he said in the new prayers for all of them. (Edição limitada, de Lord John Press)

TANTA ÁGUA TÃO PERTO DE CASA

Título em *WWTA*: "So much water so close to home", *WWTA*, pp. 79-88. Texto-base em *Beginners*: 27 páginas ds. de RC, que GL cortou em 70% para publicação em *WWTA*, está integralmente restaurado. Publicação prévia: "So much water so close to home" foi publicado em *Spectrum* [University of California, Santa Barbara, Calif.] 17:1 (1975), pp. 21-38. O conto foi coligido em *FS*, pp. 41-61. A fonte do texto em *FS* foi um conjunto de folhas arrancadas de *Spectrum*. Uma versão editorialmente abreviada do conto veio a público em *Playgirl* [Santa Monica, Calif.] 3:9 (fevereiro de 1976), pp. 55, 80-1, 110-1. O editor de *Playgirl* fez cortes substanciais, mas também acrescentou duas frases finais que são exclusivas dessa versão: "*I begin to scream. It doesn't matter any longer*" (p.111) [Eu começo a chorar. Já não importa mais.]. O texto em *FS* é idêntico ao texto-base, exceto por ligeiras diferenças na pontuação. Publicação subsequente: RC republicou "So much water so close to home" em F_1, pp. 167-86 (F_2, pp. 167-86). A versão em *Fires* restaurou o texto de *FS* e incluiu também várias alterações sugeridas por TG. "So much water so close to home" foi coligido em *WICF*, pp. 160-77 (*WICFv*, pp. 213-37), na versão publicada em *Fires*. Nenhuma das alterações de GL em *WWTA* foi incorporada em *Fires*.

MUDO

Título em *WWTA*: "The third thing that killed my father off" [A terceira coisa que arrasou meu pai], *WWTA*, pp. 89-103. Texto-base em *Beginners*: 24 páginas ds. de RC, que GL cortou em 40% para publicação em *WWTA*, está integralmente restaurado. Publicação prévia: "Dummy" foi publicado em *Discourse: A Review of the Liberal Arts* [Concordia College, Moorhead, Minn.] 10:3 (verão de 1967), pp. 241-56. O conto foi coligido em *FS*, pp. 9-26. A fonte do texto em *FS* foi uma separata de páginas de *Discourse* nas quais RC fez correções ocasionais. A versão em *FS* é quase idêntica ao texto-base. Nota sobre *WWTA*: na segunda revisão de GL, ele mudou o título para "The first thing that killed my father off" [A primeira coisa que arrasou meu pai] depois de acrescentar e em seguida suprimir o título "Friendship" [Amizade]. Mais tarde ele mudou o título para "The third thing that killed my father off". Publicação subsequente: "The third thing that killed my father off" foi coligida em *WICF*, pp. 149-59 (*WICFv*, pp. 198-212). Exceto por algumas alterações de palavras, a versão em *WICF* é idêntica à que consta em *WWTA*.

TORTA

Título em *WWTA*: "A serious talk" [Uma conversa séria],*WWTA*, pp. 105-13. Texto-base em *Beginners*: onze páginas ds. de RC, que GL cortou em 29% para publicação em *WWTA*, está integralmente restaurado. Publicação prévia: Uma versão do conto foi publicada como "A serious talk" em *Missouri Review* [University of Missouri, Columbia, Mo.] 4:1 (outono de 1980), pp. 23-8. O texto em *Missouri Review* foi fruto da primeira revisão de GL e da segunda revisão parcial do texto-base. Meses depois "Pie" foi publicado em *Playgirl* [Santa Monica, Calif.] 8:7 (dezembro de 1980), pp. 72-3, 83, 92, 94-5. "Pie" foi uma versão do conto anterior a "A serious talk", mas o editor de *Playgirl* adiou a publicação para o Natal. A versão em *Playgirl* é quase idêntica ao texto-base. Nota sobre *WWTA*: na segunda revisão de GL, ele mudou o título para "A serious talk". Publicação subsequente: "A serious talk" foi coligido em *WICF*, pp. 122-7 (*WICFv*, pp. 162-9), na versão que veio a público em *WWTA*.

A CALMA

Título em *WWTA*: "The calm", *WWTA*, pp. 115-21. Texto-base em *Beginners*: nove páginas ds. de RC, que GL cortou em 25% para publicação em

WWTA, está integralmente restaurado. Publicação prévia: "The calm" foi publicado em *Iowa Review* [University of Iowa, Iowa City, Iowa] 10:3 (verão de 1979), pp. 33-7. O texto em *Iowa Review* é idêntico ao texto-base. Nota sobre *WWTA*: ao rever a última frase do conto, GL inicialmente mudou a definição da ponta de loucura do barbeiro feita por RC de "loucura" para "ternura" e posteriormente para "doçura". Publicação subsequente: "The calm" foi coligido em *WICF*, pp. 178-82 (*WICFv*, pp. 238-44), na versão que veio a público em *WWTA*.

É MEU

Título em *WWTA*: "Popular Mechanics" [Mecânica popular], *WWTA*, pp. 123-5. Texto-base em *Beginners*: é o único conto do qual não existem ds. na primeira versão manuscrita de *WWTA*. O texto-base se baseia no segundo ms. revisto de *WWTA*, que corresponde à segunda revisão de GL. Três páginas ds. de RC, que GL cortou em 1% para publicação em *WWTA*, estão integralmente restauradas. Publicação prévia: "Mine" foi publicado em *FS*, pp. 92-3. Uma versão idêntica foi publicada com o título "Little things" [Coisinhas] em *Fiction* [City College of New York] 5, nᵒˢ 2 e 3 (1978), pp. 241-2. "Mine" foi republicado em *Playgirl* [Santa Monica, Calif.] 6:1 (junho de 1978), p. 100, na mesma versão de *FS*. Em abril de 1977, RC mandou "um miniconto de três páginas" intitulado "A separate debate" [Um debate à parte] para Noel Young, da Capra Press, junto com um contrato assinado de *FS*. RC simultaneamente submeteu o conto a GL, que o revisou para uma possível publicação em *Esquire*. GL cortou "A separate debate" em 7% e pediu que RC propusesse um título diferente. RC mudou o título para "Little things" e posteriormente para "Mine", mas o conto nunca foi publicado em *Esquire*. A versão publicada como "Mine" em *FS* incorporou muitas, mas não todas, as sugestões editoriais de GL e é quase idêntica ao texto-base. Nota sobre *WWTA*: na segunda revisão de GL ele mudou o título para "Popular Mechanics". Publicação subsequente: o conto foi coligido como "Little things" em *WICF*, pp. 114-5 (*WICFv*, pp. 152-4). Exceto pela restauração do título antigo feita por RC, a versão em *WICF* é idêntica à de *WWTA*.

DISTÂNCIA

Título em *WWTA*: "Everything stuck to him" [Tudo gruda nele], *WWTA*, pp. 127-35. Texto-base em *Beginners*: treze páginas ds. de RC, que GL cortou em 45% para publicação em *WWTA*, está integralmente restaurada. Publicação prévia: "Distance" foi publicado em *Chariton Review* [Northeast Missouri State

University, Kirksville, Mo.] 1:2 (outono de 1975), pp. 14-23. O conto foi coligido em *FS*, pp. 27-36. A fonte do texto em *FS* foi uma fotocópia de páginas da *Chariton Review* em que foram feitas correções eventuais. "Distance" foi republicado em *Playgirl* [Santa Monica, Calif.] 5:10 (março de 1978), pp. 101-4, quase na mesma versão de *FS*. A versão de *FS* é idêntica ao texto-base. Nota sobre *WWTA*: na segunda revisão de GL, ele mudou o título para "Everything stuck to him". Publicação subsequente: RC republicou "Distance" em F_1, pp. 113-21 (F_2, pp. 113-21). A versão de *Fires* restaurou amplamente o texto de *FS*, mas também incorporou algumas alterações de GL extraídas de *WWTA*, bem como diversas alterações sugeridas por TG. "Distance" foi coligido em *WICF*, pp. 140-8 (*WICFv*, pp. 186-97). Exceto por alterações eventuais na seleção vocabular, a versão em *WICF* é idêntica à de *Fires*.

INICIANTES

Título em *WWTA*: "What we talk about when we talk about love" [Do que estamos falando quando falamos de amor], *WWTA*, pp. 137-54. Texto-base em *Beginners*: 33 páginas ds. de RC, que GL cortou em 50% para publicação em *WWTA*, está integralmente restaurado. Publicação prévia: uma versão do conto foi publicada como "What we talk about when we talk about love" em *Antaeus* [Ecco Press, New York, N.Y.] 40/41 (inverno/primavera de 1981), pp. 57-68. O texto em *Antaeus* foi fruto da segunda revisão de GL do texto-base e das suas correções subsequentes na prova tipográfica. Nota sobre *WWTA*: o texto-base contém ligeiras alterações à mão de RC, inclusive a supressão das duas frases finais: ~~Then it would get better. I knew if I closed my eyes, I could get lost.~~ [Depois iria melhorar. Eu sabia que, se fechasse os olhos, poderia ficar perdido]. Na primeira revisão de GL do texto-base, ele suprimiu as últimas cinco páginas. Na sua segunda revisão, mudou o título para "What we talk about when we talk about love" e eliminou os nomes do casal de idosos, "Anna" e "Henry [Gates]". Publicação subsequente: "What we talk about when we talk about love" foi coligido em *WICF*, pp. 128-39 (*WICFv*, pp. 170-85) na versão que veio a público em *WWTA*. "Beginners" foi publicado em *New Yorker*, 24-31 de dezembro de 2007, pp. 100-9, numa versão idêntica ao texto-base.

MAIS UMA COISA

Título em *WWTA*: "One more thing", *WWTA*, pp. 155-9. Texto-base em *Beginners*: sete páginas ds. de RC, que GL cortou em 37% para publicação em

WWTA, está integralmente restaurado. Publicação prévia: "One more thing" foi publicado em *North American Review* [University of Northern Iowa, Cedar Falls, Iowa] 266:1 (março de 1981), pp. 28-9. O texto em *North American Review* é quase idêntico ao texto-base. Nota sobre *WWTA*: na primeira revisão de GL, ele suprimiu o final original do conto. GL mais tarde mudou o nome ficcional da filha, de "Bea" para "Rayette" e, por fim, para "Rae". Publicação subsequente: "One more thing" foi coligido em *WICF*, pp. 110-3 (*WICFv*, pp. 147-51), na versão que veio a público em *WWTA*.

1ª EDIÇÃO [2009] 1 reimpressão

ESTA OBRA FOI COMPOSTA EM ELECTRA POR OSMANE GARCIA FILHO E
IMPRESSA PELA GEOGRÁFICA EM OFSETE SOBRE PAPEL PÓLEN NATURAL
DA SUZANO S.A. PARA A EDITORA SCHWARCZ EM MARÇO DE 2023

A marca FSC® é a garantia de que a madeira utilizada na fabricação do papel deste livro provém de florestas de origem controlada e que foram gerenciadas de maneira ambientalmente correta, socialmente justa e economicamente viável.